EDGAR WALLACE

Der Redner

Es ist unmöglich,
von Edgar Wallace nicht gefesselt zu sein!

Von EDGAR WALLACE

sind zur Zeit lieferbar:

Die Abenteuerin. 164
A. S. der Unsichtbare. 126
Die Bande des Schreckens. 11
Der Banknotenfälscher. 67
Bei den drei Eichen. 100
Die blaue Hand. 6
Der Brigant. 111
Der Derbysieger. 242
Der Diamantenfluß. 16
Der Dieb in der Nacht. 1060
Der Doppelgänger. 95
Die drei Gerechten. 1170
Die drei von Cordova. 160
Der Engel des Schreckens. 136
Feuer im Schloß. 1063
Der Frosch mit der Maske. 1
Gangster in London. 178
Das Gasthaus an der Themse. 88
Die gebogene Kerze. 169
Geheimagent Nr. 6. 236
Geheimnis der gelben Narzissen. 37
Das Geheimnis der Stecknadel. 173
Das geheimnisvolle Haus. 113
Die gelbe Schlange. 33
Ein gerissener Kerl. 28
Das Gesetz der Vier. 230
Das Gesicht im Dunkel. 139
Der goldene Hades. 226
Die Gräfin von Ascot. 1071
Großfuß. 65
Der grüne Bogenschütze. 150
Der grüne Brand. 1020
Gucumatz. 248
Hands up! 13
Der Hexer. 30
Im Banne des Unheimlichen. 117
In den Tod geschickt. 252
Das indische Tuch. 189
John Flack. 51
Der Joker. 159
Das Juwel aus Paris. 2128
Kerry kauft London. 215
Der leuchtende Schlüssel. 91
Lotterie des Todes. 1098
Louba der Spieler. 163
Der Mann, der alles wußte. 86
Der Mann, d. seinen Namen änderte. 1194
Der Mann im Hintergrund. 1155
Der Mann von Marokko. 124
Die Melodie des Todes. 207
Die Millionengeschichte. 194
Mr. Reeder weiß Bescheid. 1114
Nach Norden, Strolch! 221
Neues vom Hexer. 103
Penelope von der »Polyantha«. 211
Der Preller. 116
Der Rächer. 60
Der Redner. 183
Richter Maxells Verbrechen. 41
Der rote Kreis. 35
Der Safe mit dem Rätselschloß. 47
Die Schuld des Anderen. 1055
Der schwarze Abt. 69
Der sechste Sinn des Mr. Reeder. 77
Die seltsame Gräfin. 49
Der sentimentale Mr. Simpson. 1214
Das silberne Dreieck. 154
Das Steckenpferd des alten Derrick. 97
Der Teufel von Tidal Basin. 80
Töchter der Nacht. 1106
Die toten Augen von London. 181
Die Tür mit den sieben Schlössern. 21
Turfschwindel. 155
Überfallkommando. 75
Der Unheimliche. 55
Der unheimliche Mönch. 203
Die unheimlichen Briefe. 1139
Das Verrätertor. 45
Der viereckige Smaragd. 195
Die vier Gerechten. 39
Zimmer 13. 44
Der Zinker. 200

EDGAR WALLACE

Der Redner

THE ORATOR

Kriminalgeschichten

WILHELM GOLDMANN VERLAG
MÜNCHEN

8. Auflage

Ungekürzte Ausgabe · Made in Germany

Aus dem Englischen übertragen von Ravi Ravendro. Umschlag: Szenenbild aus dem Edgar-Wallace-Film ›Neues vom Hexer‹, Foto: Rialto/Constantin. Gesetzt aus der Linotype-Garamond-Antiqua. Druck: Presse-Druck Augsburg. KRIMI 183 · ze/Hu

ISBN 3-442-00183-8

Der Redner

Allgemein nannte man Chefinspektor Oliver Rater durch Zusammenziehung seines Vor- und Familiennamens »Orator«. Das heißt auf deutsch »Redner«. Die Entstehung des Spitznamens ist ohne weiteres klar, aber weniger bekannt ist die Tatsache, daß der Chefinspektor eigentlich sehr wenig sprach und daß diese Bezeichnung daher eine ironische Bedeutung hatte. Aber sowohl seine Vorgesetzten als auch andere Leute wußten sehr gut, daß er dafür um so mehr dachte.

Er war hochgewachsen und breitschultrig und hatte regelmäßige, klare Züge, aber sein Gesicht blieb meist unbewegt. Wenn sich jemand mit ihm unterhielt, hatte er zweifellos zunächst den Eindruck, daß der Chefinspektor ihm nicht glaubte. Außerdem kam ihm am Ende des Gesprächs zum Bewußtsein, daß Mr. Rater kaum zehn Worte gesagt hatte. Mancher Verbrecher hatte ein so vollständiges Alibi, daß es lächerlich schien, ihn in Gewahrsam zu halten. Wenn er aber dem Redner vorgeführt wurde, brachte ihn oft genug das tödliche Schweigen dieses Mannes zur Verzweiflung, und er bekannte schließlich doch die Wahrheit.

Als Mr. Rater an einem Februarnachmittag in der Ecke eines großen Saales stand, in dem eine Hochzeitsfeier abgehalten wurde, hüllte er sich wieder wie gewöhnlich in tiefes Schweigen. Auf großen Tischen waren die Geschenke aufgebaut, die von den Gästen bewundert wurden.

Im allgemeinen lädt man einen Chefinspektor der Geheimpolizei nicht ein, um Hochzeitsgeschenke zu bewachen. Der Redner hatte sich aber freiwillig zu dieser Aufgabe angeboten, obwohl er selbst zu den Gästen gehörte. Der verstorbene Vater der Braut war eng mit ihm befreundet gewesen. Angela Marken erinnerte sich daran, als sie die Liste der einzuladenden Personen aufstellte.

»Aber Liebling«, sagte ihre Mutter ärgerlich, »du kannst doch unmöglich einen Polizeibeamten zu der Gesellschaft bitten. Das halte ich einfach für lächerlich.«

Angela seufzte und lehnte sich in ihren Stuhl zurück.

»Ach, das ist doch nicht so schlimm«, erwiderte sie ein wenig gelangweilt. »Er bekleidet immerhin ein hohes öffentliches Amt.« Nach einem kleinen Zögern fragte sie: »Wie wäre es, wenn ich Donald Grey zur Feier bitten würde?«

Mrs. Marken zog die Augenbrauen hoch und sah ihre Tochter verwundert an.

»Das geht unter keinen Umständen, Angela. Ich verstehe wirklich nicht, wie du auf solche Einfälle kommst. Donald ist ja ein ganz netter junger Mann, und ich schätze ihn persönlich außerordentlich, aber du kannst doch nicht seinetwegen an deinem Hochzeitstage sentimental werden. Ich bitte dich, er verdient im Jahr dreihundert Pfund!«

»Schön, dann werde ich es nicht tun«, entgegnete Angela ruhig und adressierte den Briefumschlag an den Chefinspektor. »Vielleicht beaufsichtigt Mr. Rater die Wertsachen für uns. Das wäre sehr nett von ihm – und wir könnten dann schließlich auch ein paar Pfund sparen«, fügte sie ein wenig bitter hinzu.

Warum sie in so trüber Stimmung war, wußten nur wenige Gäste. Lord Eustace Lightley war reich und erbte wahrscheinlich in absehbarer Zeit einen Herzogstitel. Er hatte auch ein hübsches Gesicht und stand außerdem in dem Ruf, poetisch veranlagt zu sein. Vom Standpunkt der großen Menge aus war er jedenfalls eine glänzende Partie für die Tochter eines mittellosen Feldmarschalls.

Angela sah an ihrem Hochzeitstage sehr schön aus, obwohl ihr Gesicht kaum Farbe hatte. Sie trat vollkommen sicher und selbstbewußt auf, und als sie in ihrem Brautkleid im Saal erschien, gefiel sie dem Redner ausnehmend gut.

Später traf er auch den Bräutigam, aber dieser große, schlanke Herr mit den etwas hageren Zügen und dem langen Schädel war ihm aus irgendeinem Grunde sofort unsympatisch. Er hatte eine Gesichtsfarbe wie Milch und Blut, die einem jungen Mädchen besser gestanden hätte als einem Mann von fünfunddreißig Jahren. Hätte der liebe Gott Mr. Rater die Aufgabe gestellt, Menschen zu formen, so wäre dieser Lord Eustace Lightley sicher nicht geschaffen worden!

Der Lord schien nervös und gereizt zu sein und zeigte sich wenig liebenswürdig. Die erste und einzige Unterhaltung zwischen ihm und dem Redner verlief deshalb auch nicht besonders befriedigend.

»Ach so, Sie sind ein Detektiv?« fragte Sir Eustace von oben herab.

Der Redner nickte, was für ihn schon gleichbedeutend mit einer langen Antwort war.

»Aber warum stehen Sie denn in der Ecke? Von hier aus können Sie doch gar nichts sehen! Es wäre viel besser, wenn Sie auf das Podium gingen.« Er zeigte auf die große Musiknische, von der aus man den ganzen Saal überschauen konnte.

Mr. Rater legte die Stirn in Falten.

»Hier sind Sie tatsächlich vollkommen nutzlos«, fuhr der Lord fort. »Ebensogut könnten Sie auf dem Grosvenor Square stehen.«

»Ich werde auch sofort hinausgehen«, erwiderte der Chefinspektor und verließ das Fest, ohne ein weiteres Wort zu verlieren.

Das war die erste und einzige Begegnung, die er mit Lord Eustace Ligthley hatte.

Als er aus der Haustür trat, wandte sich ein gutgekleideter junger Mann an ihn, der ein kleines Paket trug, und erkundigte sich, wie er wohl am besten den Lord allein sprechen könnte. Offenbar kannte er Mr. Rater dem Aussehen nach; das Bild des Chefinspektors erschien ja auch häufig genug in den Zeitungen.

»Es ist merkwürdig, was für romantische Geschichten im Leben passieren, Mr. Rater. Dinge, die man kaum für möglich hält. Schon über hundert Jahre hat die Familie des Lords nur in unserer Apotheke gekauft. Wir liefern ihm alles, was er an Medizinen und Drogen braucht. Und als er in Syrien lungenkrank wurde – das ist allerdings schon einige Jahre her –, haben wir ihm alles dorthin nachgeschickt. Jetzt ist er wieder ausgeheilt. Er machte damals zu seiner Kräftigung eine Arsenkur, und wir schickten ihm jede Woche...«

Mr. Rater hörte interessiert zu, was der junge Mann zu berichten wußte.

Ein Vierteljahr später brachte Mr. Rater seinen Sommerurlaub in Ostende zu. Da er Junggeselle war, konnte er für eine Erholungsreise ziemlich viel Geld ausgeben. Für Ostende entschied er sich, weil er dort bestimmt viele Landsleute treffen würde, die ihn am wenigsten in dem belgischen Seebad vermuteten und über seine Anwesenheit nicht gerade sehr erfreut sein würden.

Wenn er auf Urlaub war, las er gewöhnlich keine Zeitung. Aber nachdem er im Hippodrom eine kurze Unterhaltung gehört hatte, ließ er sich sofort die neuesten Londoner Blätter geben und fand auch kurz darauf, was er suchte. Es war nur eine kleine Notiz.

Zu unserem größten Bedauern müssen wir den Tod von Lord Eustace Lightley melden. Seit einigen Wochen lag er krank darnieder und starb in der vorigen Nacht plötzlich in seiner Stadtwohnung in der Hart Street, Mayfair.

»So, so!« murmelte der Redner nachdenklich vor sich hin.

Wenn er seiner eigenen Neigung hätte folgen dürfen, hätte er der Witwe ein Glückwunschtelegramm geschickt. Die Todesanzeige erinnerte ihn wieder an die Unterredung, die er damals mit dem jungen Mann aus der Apotheke hatte, und er machte sich eine Notiz in sein Tagebuch, um später darauf zurückzukommen. Da ihn aber in den nächsten Tagen eingehende Konferenzen mit den Ostender Polizeibehörden vollauf in Anspruch nahmen, vergaß er die Angelegenheit. Es waren nämlich mehrere Juwelendiebstähle in den großen Hotels begangen worden, während die Gäste beim Diner saßen oder sich im Kasino aufhielten.

Mr. Rater unterbrach seine Untätigkeit und sah sich unter seinen verdächtigen Landsleuten um, die sich zur Zeit in dem belgischen Seebad aufhielten.

Soweit er feststellen konnte, kamen fünf Individuen zweifelhaften Charakters in Frage, aber der Mann, nach dem er vor allem ausschaute, befand sich nicht in Ostende. Nach allen Nebenumständen zu urteilen, waren die Einbrüche typisch für einen gewissen Bill Osawold. Der Redner telefonierte mit Scotland Yard und hörte zu seiner großen Enttäuschung, daß sich der Mann zur Zeit in London aufhielt, wo ihn die Polizei schon seit einem Monat beobachtet hatte.

»Beinahe hätten wir ihn hier an dem Tag verhaftet, an dem die großen Diebstähle in Ostende begangen wurden«, sagte der Beamte am Apparat. »Ein Schutzmann sah ihn mitten in der Nacht aus einem Haus im Westen herauskommen und erkannte ihn. Aber anscheinend hat ihn tatsächlich eine Dame zu Hilfe gerufen, weil ihr Mann plötzlich schwer erkrankte. Ihr Telefon funktionierte nicht, und deshalb rief sie ihn von der Straße herein und bat ihn, einen Arzt zu holen.«

»Pech!« erwiderte der Redner.

Am nächsten Tag wurde der richtige Dieb gefaßt, und damit war das Geheimnis gelöst.

Mr. Rater kehrte gestärkt und gekräftigt von seinem Urlaub

nach London zurück und war in so freundlicher Stimmung, daß er sogar einem Mitreisenden antwortete, der mit ihm über das Wetter sprach.

In London stürzte er sich sofort wieder auf die Arbeit, und es warteten auch bereits zahlreiche Aufgaben auf ihn.

Eines Tages ging er durch den Hyde Park, als ihn plötzlich eine rauhe Stimme anrief.

»Hallo, Inspektor! Wollen Sie nicht eine kleine Spazierfahrt mit mir machen?«

Der Redner wandte sich langsam um und war erstaunt über den Anblick, der sich ihm bot. In einer prachtvollen, teuren Limousine saß ein elegant gekleideter Herr. Diamantringe mit großen Steinen glänzten an seinen Fingern.

»Steigen Sie doch bitte ein, Inspektor«, sagte Bill Osawold vergnügt.

Offenbar glaubte er nicht, daß seine Einladung angenommen würde, denn als der Redner die Tür des Wagens tatsächlich öffnete und einstieg, zeigte sich Bestürzung in Bills Gesicht, und er kniff die Augen zusammen. Der Tätigkeit des Chefinspektors hatte er es zu danken, daß er schon dreimal für empfindlich lange Zeit ins Gefängnis gewandert war.

»Nun, geschäftlich scheint es Ihnen nicht schlecht zu gehen«, meinte Mr. Rater und sah ihn scharf an.

Osawold räusperte sich verlegen und machte eine unruhige Bewegung.

»Habe selten jemanden gesehen, der einen so kompletten Eindruck machte wie Sie«, fuhr der Redner fort.

Bill Osawold sah auch wirklich tadellos aus. Er trug einen schwarzweiß karierten Anzug, der ihm vorzüglich stand, dazu ein seidenes Hemd mit passendem, weichem Kragen. Die Brillantnadel in seinem Schlips war allerdings etwas zu groß.

»Ich lasse mir jetzt nichts mehr zuschulden kommen, Inspektor«, erwiderte Bill mit etwas belegter Stimme. »Eine Tante von mir ist gestorben und hat mir eine Menge Geld hinterlassen. Sie müssen einmal zu mir kommen und sehen, wie schön ich es habe.«

Mr. Rater betrachtete ihn so eingehend vom Kopf bis zum Fuß, als ob seine Augen Staubsauger wären, die gründlich und sorgfältig auch das letzte Stäubchen erfassen wollten.

»So? Eine Tante? Na, die wird ja sehr zufrieden mit ihrem Neffen sein, wenn sie jetzt durch ein Himmelsfenster herunterguckt und den eleganten Wagen und den schönen Anzug bewundern kann. Sie wohnte wohl früher in Australien?«

»Nein, in Amerika.« Bill grinste. »Wenn Sie einmal durstig sind und gern etwas trinken wollen, dann kommen Sie doch zu mir – ich wohne Bloomsbury Mansions, Nr. 107.«

»Danke schön, wenn ich etwas trinken will, gehe ich lieber in ein Lokal«, entgegnete der Redner freundlich.

Die Verwunderung, die sich in seinen Zügen spiegelte, war nicht erheuchelt, sondern echt.

»Es ist doch kaum zu glauben«, sagte er nachdenklich. »Bei unserer letzten Begegnung habe ich Sie auf frischer Tat oben auf dem Dach von Albemarle Mansions erwischt. Fünf Jahre haben Sie brummen müssen, weil Sie eine Schußwaffe bei sich trugen!«

Bill ließ sich nicht gern an die Vergangenheit erinnern.

»Das hat nun alles aufgehört«, erwiderte er mit einer abwehrenden Handbewegung. »Seitdem mein Onkel gestorben ist –«

»Ach, ich dachte, es wäre eine Tante gewesen!«

»Natürlich war es eine Tante! Also, seit der Zeit habe ich nichts Unrechtes mehr getan. Ich komme auch nicht mehr mit der schlechten Gesellschaft zusammen, mit der ich früher verkehrte.«

Der Redner betrachtete Bill wie ein Kassierer einen gefälschten Scheck, und er war in mancher Beziehung nicht zufrieden. Mr. William Osawold hatte auch noch andere Verbrechen begangen als Einbrüche. Er war ein wilder und leidenschaftlicher Bursche. Der Chefinspektor erinnerte sich daran, daß Bill einmal wegen Vergewaltigung und Notzucht auf mehr als vier Jahre von der Bildfläche verschwinden mußte, und sprach auch von dieser Angelegenheit.

»Ich muß damals direkt verrückt gewesen sein«, entgegnete Mr. Osawold und schüttelte den Kopf. »Aber das Mädel hat das Blaue vom Himmel heruntergelogen, und Sie haben es mir auch ordentlich eingetränkt.«

»Das tue ich immer.«

Der Wagen war inzwischen am Marble Arch angekommen, und Osawold klopfte dem Chauffeur.

»Hier muß ich Sie leider absetzen, Inspektor. Ich habe nämlich eine Verabredung mit einer Freundin«, sagte er und atmete erleichtert auf, als sein Feind außer Sicht war.

Er hatte tatsächlich eine Verabredung, und zwar mit einer hübschen Verkäuferin, die unvorsichtigerweise eine Einladung zum Lunch in seiner Wohnung angenommen hatte.

Um fünf Uhr nachmittags wurde Mr. Rater von einem Bezirk aus angerufen – es handelte sich um Bill Osawold. Die junge Verkäuferin war verstört und entsetzt zur Polizeiwache gekommen. Sie war kaum vernehmungsfähig, aber sie beschuldigte den Mann schwerer sittlicher Vergehen.

»Gut, ich komme«, erwiderte der Redner freundlich.

Als er von Scotland Yard nach Whitehall ging, war der erste, dem er begegnete, Bill Osawold. Der Verbrecher wollte gerade zum Bahnhof fahren und hatte allem Anschein nach die Absicht, das Land für immer zu verlassen, denn auf dem Dach des Autos lagen ein großer Kabinen- und zwei riesige Lederkoffer. Der Wagen fuhr an Mr. Rater vorbei, wurde aber gleich gegenüber dem Parlamentsgebäude an einer Straßenkreuzung aufgehalten. Bevor der etwas phlegmatische Verkehrspolizist dem wartenden Wagen das Zeichen zur Weiterfahrt gab, war der Redner herangekommen und öffnete die Tür.

»Steigen Sie aus«, sagte er. »Und etwas lebhaft, bitte!«

Bill gehorchte wütend. Die Farbe wich aus seinem Gesicht, als der Chefinspektor einen uniformierten Polizisten heranwinkte.

»Durchsuchen Sie die Taschen des Mannes«, befahl er kurz. »Ich habe ihn in Verdacht, daß er eine Schußwaffe trägt.«

Der starke, kräftige Schutzmann führte die Aufgabe gründlich durch.

Fünf Minuten später stand Bill vor dem Pult des Sergeanten in der Cannon Row-Polizeistation und antwortete auf die Fragen nach seinen Personalien.

»Das ist eine abgekartete Geschichte!« rief er ärgerlich. »Was das Mädchen gegen mich sagt, sind die gemeinsten Lügen! Sie kam aus freiem Willen – seit Wochen hat sie mich verfolgt –«

»Bis jetzt ist überhaupt noch von keinem jungen Mädchen die Rede gewesen«, bemerkte der Redner.

Bills häßliches Gesicht verzog sich zu einem höhnischen Grinsen.

»Sie glauben wohl, Sie haben mich? Aber diesmal ist die Sache anders als sonst. Diesmal habe ich Geld hinter mir! Wenn ich will, kann ich dafür sorgen, daß Sie hinausfliegen!«

»Bringen Sie ihn in die Zelle mit der harten Pritsche«, sagte der Redner freundlich. »Wenn er sich zur Wehr setzt, geben Sie ihm einen kräftigen Kinnhaken, damit er zunächst einmal das Aufstehen wieder vergißt.«

Bills Eigentum lag auf dem Pult des Sergeanten. Es befanden sich darunter eintausendsiebenhundertfünfzig Pfund in Banknoten, eine kleine, geladene Browningpistole und verschiedene Brillantringe. Mr. Rater sah sich diese Dinge eingehend und nachdenklich an, ließ die Nummern der Banknoten aufschreiben und schickte dann drei Beamte aus, um Nachforschungen anzustellen.

In der Zeit, die von der Verhandlung vor dem Polizeigericht bis zu dem eigentlichen Prozeß verging, erfuhr er viele Einzelheiten. Einen Einbruch oder Raub konnte er Osawold allerdings nicht nachweisen.

Der Angeklagte wurde von den besten Verteidigern vertreten, und zwar nicht nur vor dem Polizeigericht, sondern auch während des Strafverfahrens selbst. Drei der bekanntesten und angesehensten Rechtsanwälte setzten sich für ihn ein. Infolgedessen dauerte der Prozeß, der unter gewöhnlichen Umständen nur ein paar Stunden in Anspruch genommen hätte, drei Tage. Es wurde eine Reihe von Leuten verhört, die die Glaubwürdigkeit der Hauptzeugin erschüttern und widerlegen sollten. Das gelang auch bis zu einem gewissen Grade.

Aber der Gerechtigkeit wurde doch Genüge getan, denn der Staatsanwalt war ein kluger Mann und überführte Bill Osawold langsam, aber sicher.

Am zweiten Verhandlungstag sah der Redner eine Dame auf der Galerie, deren Gesicht ihm sehr bekannt vorkam. Eine Weile später fiel ihm plötzlich ein, daß es Lady Angela Lightley war. Sie folgte den Vorgängen mit außerordentlichem Interesse, und es schien sie nicht nur reine Neugierde hergeführt zu haben. Bei manchen Aussagen, die für den Angeklagten katastrophal waren, zuckte sie zusammen.

Das Ende der Verhandlung kam. Die Geschworenen sprachen nach kurzer Beratung Bill Osawold schuldig.

Der Richter mit den hageren Zügen setzte seinen Klemmer auf, sah einen Augenblick nach dem Gefangenen hinüber und dann zu den Geschworenen.

»Ist sonst noch irgend etwas gegen diesen Mann vorzubringen?« fragte er mit harter, sachlicher Stimme.

Der Redner erhob sich, trat in den Zeugenstand, leistete mit erhobener Hand den Eid und gab dann eine kurze, aber schwerwiegende Auskunft.

»... der Angeklagte ist ein Dieb und Einbrecher. Außerdem hat er ein ähnliches Verbrechen wie dieses schon einmal begangen und ist deshalb zu einer fünfjährigen Zuchthausstrafe verurteilt worden. Er hat einen sehr schlechten Ruf und ist einer der gefährlichsten Verbrecher, die Scotland Yard kennt.«

Wütend sprang Osawold von der Anklagebank auf.

»Das sollen Sie noch bereuen, Rater!« schrie er.

Der Richter tauchte die Feder ein und schrieb.

»Sie werden zu einer Zuchthausstrafe von zwölf Jahren verurteilt«, sagte er.

Vier Gefängniswärter waren nötig, um den Tobenden aus dem Gerichtssaal in seine Zelle zu schaffen. Rater wartete draußen in der großen Eingangshalle und beobachtete die Leute, die das Gebäude verließen. Lady Angela konnte ihm nicht aus dem Weg gehen. Er sah, wie sie erblaßte, dann errötete und wieder bleich wurde.

»Ach, Mr. Rater, was werden Sie nur von mir denken... Ich schreibe ein Buch über Verbrechen ..., es war ein ganz schrecklicher Fall, nicht wahr?«

Sie tat ihm beinahe leid, daß sie ihre Bestürzung über diese plötzliche Begegnung mit ihm so wenig verbergen konnte. Sie zitterte an allen Gliedern.

»Sahen Sie mich schon während der Verhandlung? Ich dachte nicht, daß Sie mich wiedererkennen würden.«

»Sie wollen ein Buch schreiben, Mylady«, fragte er ruhig. Dann erinnerte er sich plötzlich daran, daß er ihr sein Beileid aussprechen mußte.

»Ach ja«, erwiderte sie hastig. »Meine Ehe war nicht sehr glücklich. Ich konnte kaum mit meinem Mann auskommen. Er war sehr – schwierig. In drei Monaten verheirate ich mich wieder – mit Mr. Donald Grey. Er hat jetzt eine gute Stellung im Auswärtigen Amt.«

Sie sah sich um, als ob sie einen Ausweg suchte, um ihm zu entkommen. Aber er begleitete sie noch hinunter.

»Haben Sie diesen Mann eigentlich früher schon gesehen?« fragte er.

Sie blieb entsetzt stehen.

»Osawold? Nein! Wie sollte ich denn dazu kommen?«

»Ein wirklich gemeiner Charakter«, sagte der Redner halb zu sich selbst. »Er hatte eine ziemlich große Summe bei sich, als wir ihn verhafteten. Ich möchte nur wissen, wie er zu dem Geld kam.«

»Es tut mir leid, aber darüber kann ich Ihnen auch keine Auskunft geben«, entgegnete sie atemlos. Das Sprechen fiel ihr schwer, und er hätte darauf schwören mögen, daß sie dicht vor einem Nervenzusammenbruch stand.

»Irgend jemand hat seine Verteidigung bezahlt. Es ist nichts von dem Geld verlangt worden, das wir für ihn in Verwahrung haben, und ich nehme deshalb an, daß er einflußreiche Freunde hat. Darf ich Sie einmal besuchen, Lady Angela?«

Sie zögerte.

»Ja«, erwiderte sie schließlich und gab ihm ihre Adresse. Sie wohnte in einem vornehmen Hotel im Westen.

Als sie auf die Straße traten, wurde sie ruhiger, und es gelang ihr, sich wieder einigermaßen zu fassen.

»Sie sind wahrscheinlich an solche Fälle so gewöhnt, daß es Ihnen nichts mehr ausmacht, zuzuhören. Aber mich hat es furchtbar mitgenommen. Ich habe niemals geglaubt, daß es so abscheuliche Menschen geben könnte. Wird er Berufung einlegen?«

Er fühlte, daß es sie große Überwindung kostete, diese Frage an ihn zu richten.

»Das nehme ich ohne weiteres als selbstverständlich an. Er scheint ja über sehr viel Geld zu verfügen.«

»Glauben Sie auch, daß er Erfolg damit haben wird? Auf der Galerie sagte jemand, daß der Richter verschiedene Bemerkungen gemacht hätte, die seine Voreingenommenheit gegen den Angeklagten bewiesen...«

Rater beobachtete sie scharf und schüttelte den Kopf.

»Nein, Osawold hat nicht die geringste Aussicht auf Erfolg, wenn er Berufung einlegt.«

»Ach!« Sie sagte dieses eine Wort so verzweifelt, daß er sie bestürzt anschaute.

»Ich wünschte, Sie würden sich mir anvertrauen, Lady Angela«, sagte er ernst.

»Warum denn?« fragte sie schnell.

»Sie haben schwere Sorgen, und ich könnte Sie vielleicht davon befreien. Ihr Vater war einer meiner besten Freunde. Ich würde alles tun, um seiner Tochter zu raten und zu helfen.«

Sie zwang sich zu einem Lächeln.

»Ich fürchte nur, das können Sie nicht, es sei denn, daß Sie das Buch für mich schrieben!«

Sie winkte ihrem Chauffeur, und Mr. Rater sah dem vornehmen Wagen nachdenklich nach.

Die Pflicht rief ihn in das Gefängnis von Pentonville, um den Verurteilten noch einem Verhör zu unterwerfen. Es handelte sich um einen der Brillantringe, der sich als gestohlenes Gut erwiesen hatte. Daß Osawold der Dieb war, hatte der Redner keinen Augenblick geglaubt, und die Aussage des Mannes, wie er in den Besitz des Stücks gekommen war, klang auch vollkommen überzeugend.

»Ich habe ihn von Louis Rapover. Dreiundvierzig Pfund habe ich dafür bezahlt. Wenn er gestohlen ist, kann ich nichts dazu. Ich weiß nichts davon. Deshalb können Sie mich doch wohl nicht vor Gericht stellen lassen, Mr. Rater.«

»Na, da sind Sie ja diesmal ein Unschuldslämmchen«, meinte der Chefinspektor etwas ironisch. »Wollen Sie übrigens gegen das letzte Urteil Berufung einlegen?«

Bill nickte.

»Machen Sie sich darüber nur keine Sorgen, ich komme schon damit durch. Meine Freunde müssen dafür sorgen, sonst geht es ihnen schlecht. Mir zwölf Jahre aufzuknallen..., das alte Schwein! Legen Sie doch ein gutes Wort für mich ein, wenn ich wieder vor die Geschworenen komme. Ich gebe Ihnen auch ein schönes Stück Geld ab.«

»Kommt für mich nicht in Frage, Bill«, erwiderte der Redner.

Die Berufung wurde vor dem Königlichen Gerichtshof im Strand verhandelt. Zwei Stunden vor Beginn der Sitzung brachte man Bill Osawold in das Gerichtsgebäude. Er kam in einem Auto, begleitet von drei Gefangenenwärtern, und wurde in einen kleinen, zellenartigen Raum geführt, der unter den Verhandlungssälen lag. Um zehn Uhr erschien ein junges Mädchen aus dem Restaurationsraum, um ihm das Frühstück zu bringen.

Ein Polizist begleitete sie und ging vor ihr die enge Treppe hinunter. Er war bereits außer Sicht, bevor sie das erste Podest erreicht hatte.

»Ach, entschuldigen Sie einen Augenblick.«

Die Kellnerin wandte sich um und sah eine Dame hinter sich, die ein kostbares Trauerkleid französischer Machart trug. Ein dichter, schwarzer Schleier fiel über den Rand ihres Hutes und verdeckte ihr Gesicht.

»Bringen Sie das Frühstück für Mr. Osawold?« fragte sie in gebrochenem Englisch.

»Ja.«

»Gehört der Polizist zu Ihnen?« fragte die Dame weiter und zeigte die Treppe hinunter.

Die Kellnerin schaute in die Richtung, konnte aber niemand bemerken.

»Wen meinen Sie denn?«

»Ach, ich dachte, ich hätte eben noch einen Polizisten gesehen.«

Mehr wurde nicht gesprochen. Die Dame drehte sich um und wäre beinahe mit Chefinspektor Rater zusammengestoßen, der von einem höheren Treppenabsatz aus die Szene interessiert beobachtet hatte. Mit einer Entschuldigung eilte sie an ihm vorbei, ohne aufzublicken. Sie stieg die Treppe so schnell hinauf, als ob sie fürchtete, verfolgt zu werden.

Mr. Rater sah ihr eine Sekunde nach, ging dann aber rasch hinter der Kellnerin her. Dicht vor der Zellentür erreichte er sie, nahm die Kaffeetasse vom Tablett, betrachtete sie einen Moment zerstreut und ließ sie dann plötzlich zu Boden fallen, wo sie in tausend Stücke zerschellte.

»Es tut mir leid, ich bin heute morgen etwas nervös«, sagte er. »Ich werde dafür sorgen, daß die Scherben aufgekehrt werden. Gehen Sie gleich zurück und holen Sie eine andere Tasse Kaffee. Und sagen Sie in der Wirtschaft, daß Chefinspektor Rater für den Schaden aufkommt.«

Er wartete bei dem Gefangenenwärter, bis das Mädchen zurückkam, dann stieg er die Treppe zur Halle hinauf.

Später war er bei der Verhandlung zugegen, als die drei Richter die Berufung verwarfen und die außerordentlich lange Zuchthausstrafe bestätigten, die fast einem Todesurteil gleichkam.

Um vier Uhr nachmittags wurde Lady Angela der Besuch gemeldet, den sie im stillen schon erwartet hatte. Mit düsterem Gesicht saß sie in ihrem Wohnzimmer. Rings um sie her lagen viele Zeitungen auf dem Boden verstreut.

»Lassen Sie Mr. Rater eintreten«, sagte sie so leise, daß sie den Auftrag wiederholen mußte.

Bei dieser Gelegenheit war der Redner wirklich einmal gesprächig. Er unterhielt sich mit Lady Angela über das Wetter, über den Lärm des Straßenverkehrs und über die hohen Kosten des Hotellebens. Dann kam er schließlich auf die Sache zu sprechen, die ihn zu ihr geführt hatte.

»Die Berufung Ihres Freundes ist nicht durchgegangen.«

»Warum nennen Sie denn diesen entsetzlichen Menschen meinen Freund?« fragte sie, ohne ihn anzusehen.

»Ach ja, man kann ihn eigentlich kaum so bezeichnen.« Er lächelte liebenswürdig. »Auf jeden Fall ist er nicht mein Freund. Ich hatte ihn wegen einer Reihe von Juwelendiebstählen in Ostende in Verdacht, telefonierte von dort nach Scotland Yard und erfuhr dabei etwas sehr Merkwürdiges. Der Beamte erzählte mir nämlich, daß man Osawold an demselben Morgen aus Ihrem Haus kommen sah, an dem Ihr Mann starb.«

Sie erwiderte nichts darauf.

»Nun ist es insofern schlimm mit mir«, fuhr der Redner fort, »als ich mir immer gleich Theorien bilden muß. Ich denke darüber nach, was sich wohl hinter verschlossenen Türen abgespielt haben mag, bis ich schließlich einen Zusammenhang entdeckte. Deshalb habe ich auch versucht, eine Erklärung für Ihr großes Interesse an Bill Osawold zu finden, und ich glaube, das ist mir gelungen.

Manches bringt man allerdings nicht bloß durch Nachdenken heraus.« Er schüttelte traurig den Kopf. »Was schüttete zum Beispiel heute morgen die französische Dame in den Kaffee, der Bill Osawold gebracht wurde? Ich sah, wie sie den Inhalt eines Fläschchens hineingoß, als die Kellnerin einen Augenblick wegschaute. Vielleicht war die Dame überhaupt keine Französin? Auf jeden Fall war sie aber wahnsinnig vor Furcht. Das ist nicht der richtige Weg, einen Mann vom Sprechen abzuhalten. Wenn Sie mit der Psyche der Verbrecher so vertraut wären wie ich, Lady Angela, wüßten Sie auch, daß die Drohungen solcher Menschen nicht zu fürchten sind. Bill Osawold erreicht auch nichts, wenn er eine Dame verrät, die ihm geholfen hat. Außerdem wird er nicht mehr lange leben, wenn der Gefängnisarzt seinen Zustand richtig beurteilt. Sollte er Ihnen jemals schreiben, schicken Sie mir seine Briefe nur zu. Aber ich glaube nicht, daß Sie noch etwas von ihm hören werden.«

Der Chefinspektor nahm seinen Hut und schaute ein paar Sekunden nachdenklich aus dem Fenster.

»Ich gehe jetzt, Lady Angela«, sagte er dann. »Vielleicht schreiben Sie mir an einem der nächsten Tage einmal, wie Ihr verstorbener Mann, der soviel Arsen zu sich nahm, Sie in eine schwierige Lage gebracht hat.«

Sie sprang auf und stand bleich und zitternd vor ihm.

»Sprachen Sie nicht eben von Arsen... Woher wußten Sie denn das?«

»Er hat ein paar Jahre in Syrien zugebracht, und ich weiß, daß auch andere Europäer dort dieser Schwäche verfallen sind. An Ihrem Hochzeitstage traf ich einen jungen Mann aus der Apotheke, der ein Paket Arsen für ihn abgeben sollte. Die Leute fangen erst mit kleinen Dosen an und nehmen schließlich so viel von dem Gift zu sich, daß man ein ganzes Regiment Soldaten damit unter die Erde bringen könnte, und bei diesem Stadium war Ihr Mann angelangt.«

Erst drei Monate später erhielt Mr. Rater einen Brief von Lady Angela.

... ich war entsetzt, als ich diese schreckliche Angewohnheit entdeckte. Ich hatte das nicht für möglich gehalten... Unser Zusammenleben war sehr unglücklich. Er war schrecklich nervös, gereizt, niederträchtig und grausam. Zweimal hat er mich in seiner kindischen Wut geschlagen. Ich wollte es damals dem Doktor sagen, aber er drohte mir, dann abzustreiten, daß er jemals Arsen genommen hätte, und dem Arzt zu erklären, daß ich ihn vergiften wollte.

Später litt er an sehr schwerer Bronchitis, so daß er nicht mehr ausgehen konnte und ich das Arsen für ihn beschaffen mußte. Schließlich weigerte sich sein Apotheker, ihm weitere Mengen zu liefern. Eines Nachts gab ich ihm das Gift nicht. Ein schrecklicher Auftritt war die Folge. Ich gab ihm dann etwas, aber er wollte mehr und schrie vom Bett aus: ›Ich werde den Leuten schon sagen, daß du mich vergiften willst! Du willst ja nur mein Geld haben – deshalb bringst du mich um!‹ Im selben Augenblick hörte ich ein Geräusch, sah mich um und entdeckte einen brutal aussehenden Menschen, der mir vollkommen fremd war. Er stand in der offenen Tür, die zu meinem Zimmer führte. Eustace stöhnte auf und fiel in die Kissen zurück. Sie können vermuten, daß der Fremde Bill Osawold war. Er war ins Haus eingebrochen, Zeuge der Szene gewesen und glaubte nun wirklich, daß ich meinen Mann umgebracht hatte. Wäre ich nicht so verwirrt gewesen, und hätte ich ruhig nachgedacht, so hätte ich einen Arzt zugezogen und ihm die Wahrheit erzählt. Man hätte ja leicht nachweisen können, daß Eustace seit Jahren Arsen nahm. Aber in jenem Augenblick war ich außer mir vor Furcht und Entsetzen. Ich gab dem Mann Geld und schickte ihm später mehr. Sie können sich nicht vorstellen, was ich in den Tagen der Gerichtsverhandlung durchmachte. Es gelang ihm, mir aus dem Gefängnis eine Nachricht zuzusenden, daß er mich anzeigen würde, wenn ich nicht für Freisprechung sorgte. Als seine Berufung verhandelt werden sollte, trieb mich meine wahnsinnige Angst dann schließlich zu jenem schrecklichen Versuch.

Der Redner las den Brief zweimal durch und warf ihn dann ins Feuer.

Die Gedankenleser

»Es gibt keine Polizei auf der Welt, die einen wirklich intelligenten Verbrecher mit Erfolg bekämpfen könnte«, schrieb Len Witlon in einem Artikel, der in den hervorragendsten Zeitungen Amerikas erschien. »Man kann ihn unmöglich fassen, wenn er seine Pläne ernst und vorsichtig vorbereitet und sie rücksichtslos zur Ausführung bringt.«

Len Witlon beherrschte fünf Sprachen und hatte Freunde und Verbündete in wenigstens einem Dutzend europäischer Gefängnisse. Er selbst war zwar schon in Untersuchungshaft gewesen, aber noch niemals verurteilt worden.

In Paris konnte man ihn in der American Bar des Hotels Claridge und in anderen vornehmen Lokalen treffen. Gelegentlich machte er eine Kur in Vichy oder in Baden-Baden, auch besuchte er berühmte Moorbäder in der Tschechoslowakei. Er war eitel, trat sehr elegant auf und war ängstlich darauf bedacht, seinen Ruf als Kavalier zu wahren.

»Um Einbrüche erfolgreich durchzuführen, muß man psychologisch denken können. Es genügt nicht, die drohenden Gefahren zu kennnen, man muß vor allem auch die Gedankengänge der Gegner verstehen. Das ist das wichtigste bei solchen Unternehmungen. Der Erfolg kann auf die Dauer nur einem Mann treu bleiben, der ein tüchtiger Organisator ist und seinen Verbündeten unverbrüchliche Treue hält.«

Chefinspektor Rater las diesen interessanten Artikel so oft durch, daß er ihn beinahe auswendig wußte. Er schnitt ihn auch aus und klebte ihn in ein Buch, um sich daran zu erinnern, wenn Len Witlon eines Tages seine Tätigkeit in England aufnehmen sollte.

»Sagen Sie Ihrem Freund«, bemerkte er eines Tages zu einem Vertrauten des großen Verbrechers, »wenn er sich hier in London sehen läßt, stecken wir ihn ohne Gnade und Barmherzigkeit ins Loch. Dann findet er vierzehn Jahre lang keine Gelegenheit mehr, sich von Zeitungsleuten interviewen zu lassen.«

Eines schönen Tages nahm Len diese Herausforderung an ...

Gemächlich ging Polizist Simpson auf seinem Patrouillengang über den Burford Square zur Ecke der Canford Street. Er hatte sich für elf Uhr mit seinem Kollegen Harry verabredet, der den benachbarten Bezirk überwachte, um mit ihm die unterbrochene Unterhaltung über seinen Schwager fortzusetzen. Dieser Mann war nämlich nach Kanada gegangen und hatte seine Frau mit ihren drei Kindern einfach sitzenlassen.

Ungefähr zu gleicher Zeit kamen die beiden am Treffpunkt an, und das interessante Thema wurde sofort wieder in Angriff genommen.

»Ich habe meiner Schwester immer gesagt, daß sie eigentlich selbst daran schuld ist, und daß...«

Simpson brach ab, denn plötzlich gellten furchtbare Schreie durch die Stille der Nacht. Sie kamen aus einem dunklen Haus in der Nähe.

»Mord... Mord!«

Die beiden Beamten eilten zu dem Gebäude, so schnell sie konnten. Auf den Stufen zu Nr. 95 stand ein junges Mädchen. In dem schwachen Schein einer entfernten Straßenlaterne sahen sie ihr weißes Nachthemd.

»Hilfe...! Ach, Gott sei Dank, daß Sie kommen!«

Sie trat vor den beiden durch die offene Tür in den dunklen Flur.

»Ich hörte, wie sie miteinander kämpften und wie er um Hilfe rief«, berichtete sie atemlos und verstört. »Und ich versuchte, in sein Zimmer einzudringen...«

Sie tastete nach dem elektrischen Schalter und drehte das Licht an. Eine große Lampe an der Decke verbreitete gelbliches Licht.

»Was ist denn los? Welches Zimmer meinen Sie denn?« fragte Simpson schnell.

Sie zeigte mit zitternder Hand die Treppe hinauf. Ihre Züge zeigten eine auffallende Blässe, aber sie war sehr schön.

»Häng doch der Dame einen Mantel um, Harry«, sagte Simpson und deutete auf einen Ständer in einer Nische, an dem Hüte und Kleider hingen. »Sie müssen uns das Zimmer zeigen«, wandte er sich dann an sie.

Aber sie schüttelte den Kopf und starrte die beiden entsetzt an.

»Nein, nein, das kann ich nicht... Es liegt am ersten Treppenabsatz – nach vorne hinaus. Man kann von dort aus auf den Platz sehen –«

Die Polizisten stürzten die Stufen hinauf, und als sie auf dem Podest ankamen, leuchtete die Deckenlampe auf. Wahrscheinlich befand sich der Schalter hierzu auch unten, denn oben konnten sie keinen entdecken. Sie standen vor einer Mahagonitür mit vergoldeten Schnitzereien und einem schönen Griff.

Simpson, dessen Schwager nach Kanada durchgebrannt war, drückte die Klinke herunter. Die Tür war aber von innen verschlossen.

»Öffnen Sie!« rief er und rüttelte heftig daran.

Aber niemand kam der Aufforderung nach, und als er aus Versehen die Klinke wieder berührte, gab die Tür plötzlich nach.

Sie traten in einen weiten Raum, der die volle Breite des Hauses einnahm. Ein Kristallkronleuchter brannte, und Simpson sah einen großen Mahagonischreibtisch vor sich. Dahinter zeigte sich ein kostbarer Marmorkamin, der elektrisch geheizt wurde. Als sie um den Schreibtisch herumgingen, entdeckten sie auf dem Boden einen Mann. Er war in Abendkleidung und packte mit einer Hand krampfhaft die Ecke des Kamins. Die andere war halb erhoben, als ob sie einen Schlag abwehren wollte.

»Er ist tot – erschossen... Sieh doch hin!«

Harry zeigte auf den Blutfleck über dem Herzen des Mannes.

Simpson starrte auf ihn nieder. Es war das erste schwere Verbrechen, das er im Dienst erlebte, und sofort durchzuckte ihn der Gedanke, welch große Bedeutung das für ihn und seine Karriere haben könnte. Dadurch geriet er jedoch in große Verwirrung; außerdem erinnerte er sich im Augenblick nur noch dunkel daran, wie man sich als Polizist unter solchen Umständen zu verhalten hatte.

»Niemand darf ins Zimmer kommen«, sagte er heiser und sah sich weiter um. Die große Glastür zum Balkon stand offen. Er trat hinaus und leuchtete mit seiner Taschenlampe das Geländer ab.

Ein Strick war um die Handleiste geschlungen und reichte bis nach unten zu den Treppenstufen vor der Haustür. Er mußte erst nach ihrem Eintritt ins Haus angebracht worden sein, sonst hätten sie direkt dagegenstoßen müssen.

»Der Täter ist entwischt, während wir mit der Dame sprachen«, erklärte Simpson. »Komm, wir wollen wieder nach unten gehen.«

Sie eilten wieder in den Flur hinunter, aber von der jungen Dame war nichts mehr zu sehen. Sie mußte auf ihr Zimmer gegangen sein. Das Haustor war verschlossen. Simpson drückte die Klinke herunter, aber die Tür bewegte sich nicht. Er versuchte es ein zweites Mal mit Gewalt, aber sie war mit schweren Stahlschienen beschlagen und rührte sich nicht von der Stelle.

»Sie ist doppelt gesichert. Das muß die junge Dame getan haben. Rufe sie doch und lasse dir den Schlüssel von ihr geben.«

Harry versuchte die nächste Tür – sie war auch verriegelt, ebenso eine zweite. Nur die dritte, die in den hinteren Teil des Hauses führte, ließ sich öffnen. Er kam in die Küche, und beim Schein seiner Taschenlampe sah er eine Tür, die nur angelehnt war. Er vermutete, daß es sich um die Garage handelte. Das große Tor zur hinteren Straße stand weit auf, und die beiden Flügel pendelten im Nachtwind.

Harry ging zu seinem Kollegen zurück.

»Warte hier«, befahl Simpson, der der Dienstältere war, und rannte zur hinteren Nebenstraße.

Mit zitternden Fingern zog er die Trillerpfeife heraus und pfiff schrill. Dann rannte er um das Gebäude herum und kam gerade vor der Haustür an, als zwei Polizisten und ein Mann in Zivil herbeieilten.

Chefinspektor Rater war zu einem bestimmten Zweck in die Gegend gekommen, aber als er das laute Alarmsignal hörte, verfolgte er seine eigenen Pläne nicht weiter, sondern wandte sich der neuen Aufgabe zu.

Atemlos erzählte der Polizist, was vorgefallen war, während er mit dem Chefinspektor in die hintere Nebenstraße zurückkehrte.

»Schon gut«, sagte der Redner ungeduldig. »Einer von den Leuten bleibt vor der Haustür und rührt sich nicht von der Stelle.«

»Wo ist die junge Dame?«

Harry hatte weder etwas von ihr gesehen noch gehört. Er äußerte aber die Meinung, daß sie wahrscheinlich ohnmächtig geworden sei. Als Familienvater wußte er aus Erfahrung, was Frauen zustoßen kann, wenn sie sich zu sehr aufregen.

Der Chefinspektor war schon halb die Treppe hinaufgestiegen und hörte nicht mehr, was Harry zur Erklärung vorbrachte.

»Das ist das Zimmer«, rief Simpson.

Der Redner drückte die Türklinke herunter.

»Verschlossen«, sagte er kurz, bückte sich und schaute durch das Schlüsselloch.

Er konnte sehen, daß die Glastür zum Balkon weit offenstand, wandte sich um und stellte eine Frage.

»Ja, ich habe sie aufgelassen. Am Geländer war ein Tau angebunden. Der Täter muß auf diese Weise entkommen sein.«

»Helfen Sie mir«, erwiderte der Redner.

Mehrmals stießen die beiden gleichzeitig mit ihren kräftigen Schultern gegen die Füllung. Plötzlich brach das Schloß, und die Tür sprang auf...

»Na, wo ist denn der Tote?«

Simpson starrte bestürzt auf den Boden, aber an der Stelle, wo der Ermordete noch eben gelegen hatte, war nichts mehr zu sehen. Das Zimmer war vollkommen leer!

Mr. Rater schaute erst auf den Polizisten, dann auf den Boden und schließlich zum Fenster hinaus. Im gleichen Augenblick dachte er an das Haus des Marquis Perello, das auf der anderen Seite des Platzes lag. Aus zwei Gründen dachte er daran. Erstens war Len Witlon in London, und zweitens befanden sich drüben in einem nicht allzu sicheren Safe vier Päckchen geschliffener Smaragde, die erst vor ein paar Tagen aus Argentinien angekommen waren. Die Steine sollten an eine hohe Persönlichkeit in Italien abgeliefert werden. Der Marquis hatte die Polizei benachrichtigt, und der Redner hatte deshalb einen Polizeiposten vor und hinter dem Hause aufgestellt. Er kannte die Namen der beiden Beamten und lehnte sich über das Geländer.

»Ist Walton hier?«

»Jawohl.«

»Martin auch?«

»Jawohl!« ertönte eine zweite Stimme.

»Ich möchte nur wissen, warum ausgerechnet Sie hierhergelaufen sind! Sie sollten doch drüben auf Ihrem Posten bleiben!«

Mr. Raters Schrecken war nicht gering, denn er wußte, wie schnell Len Witlon arbeitete. Er wartete nicht erst, bis die Haustür geöffnet werden konnte, sondern ließ sich an dem Tau auf die Straße hinunter. Fünf Minuten später klopfte er an der Haustür des Marquis Perello. Aber er mußte lange warten. Der Marquis war mit seiner Frau im Theater, die drei Dienstmädchen hatte man im oberen Geschoß eingeschlossen, und der Hausmeister, der mit geladener Pistole den Safe bewachen sollte, lag im Wohnzimmer bewußtlos auf dem Boden. Er war mit einem stumpfen Gegenstand niedergeschlagen worden. Und der Safe stand offen.

»Len hat mit vier Leuten gearbeitet«, erklärte der Redner mit philosophischer Ruhe.

Len Witlon arbeitete stets auf diese Weise. Also hatte Mr. Rater keine große, neue Entdeckung gemacht. Wenn ein Streich gelungen war, trennten sich die Komplicen und verließen das Land auf verschiedenen Wegen.

Len machte niemals den Fehler, auf althergebrachte Weise vorzugehen; seine Methoden waren originell und einzigartig. Niemand außer Len hätte ein möbliertes Haus am Burford Square gemietet, um dort mit vieler Mühe einen Mord vorzutäuschen. Dadurch versammelte er die ganze Polizei der Gegend an dem vermeintlichen Ort des Verbrechens und lenkte ihre Aufmerksamkeit von dem anderen Haus ab, in das er einbrechen wollte.

Eine genaue Durchsuchung des Gebäudes brachte nichts Neues an den Tag, nur fand man im Kamin des Speisezimmers eine Anzahl verkohlter Papiere und einen kleinen roten Zettel, der nur halb angebrannt war. Die Aufzeichnungen darauf handelten offenbar von Reisewegen, Berechnungen von Fahrpreisen und dergleichen mehr. Mr. Rater steckte ihn sorgsam in die Tasche und zog möglichst viele Erkundigungen ein. Der einzige Anhaltspunkt wurde am nächsten Morgen von einem Polizisten geliefert, der an der Ecke der Queen Victoria und der Cannon Street den Verkehr regelte. Er hatte einen Wagen mit einer Dame beobachtet. Ganz sicher war er allerdings nicht, daß es sich wirklich um eine Frau gehandelt hatte. Aber er nahm es an. Sie schlüpfte gerade in ein Kleid, als er sie sah, und Kopf und Oberkörper waren davon verdeckt.

Die Nachforschungen auf dem Bahnhof Cannon Street blieben erfolglos, denn dort war während der fraglichen Zeit keine Dame in einem Auto angekommen. Sie mußte also weiter nach Osten gefahren sein.

Der Redner war ein guter Psychologe und kannte auch den Charakter des Verbrechers. Witlon war gegen Damen stets zuvorkommend und hatte sich bestimmt davon überzeugt, daß seine schöne Verbündete in Sicherheit war.

Polizist Simpson war vollständig niedergeschmettert, daß sich sein erster Mordfall wieder in Dunst und Nebel aufgelöst hatte. Der Redner fragte ihn nach der Dame, die um Hilfe gerufen hatte.

»Sie sprach mit einem fremden Akzent«, erwiderte Simpson.

»Ich will jedes Wort hören, das sie Ihnen gesagt hat.«

Der Polizist dachte intensiv nach und rieb sich eifrig seine Stirn, um seinem Gedächtnis nachzuhelfen. Aber er hatte die Unterredung vollkommen vergessen.

»Ich kann mich an nichts mehr erinnern. Es ist mir nur aufgefallen, daß sie trotz allen Stöhnens und Seufzens nach ihrer Armbanduhr sah. Das habe ich zweimal genau beobachtet.«

»Es war doch gegen elf?«

Der Polizist meinte, es wäre etwas später gewesen.

»Die Sache ist mir jetzt vollkommen klar«, sagte Mr. Rater.

Als Simpson gegangen war, zog der Redner einen kleinen Briefumschlag mit dem halbverbrannten roten Zettel aus der Tasche und rekonstruierte die Aufzeichnungen...

*

Ein britischer Torpedobootzerstörer sichtete eines Morgens im Golf von Biskaya den Passagierdampfer »Emil«. Bald holte er ihn ein und signalisierte dem Kapitän zu stoppen. Es war ein Vergnügungsdampfer, der eine Reisegesellschaft nach Marokko und Madeira bringen sollte. Von London war er um Mitternacht abgefahren, kurz nach dem Einbruch im Hause des Marquis Perello.

Die hübsche Spanierin Avilez, die sich auch unter den Passagieren befand, wurde von allen als Schönheit bewundert. Erst im letzten Augenblick war sie an Bord gekommen. Sie protestierte heftig gegen ihre Verhaftung und hätte bei dem Versuch, ein kleines Paket über Bord zu werfen, beinahe das Tintenfaß über ihr Tagebuch geschüttet.

Das war recht seltsam, denn das Päckchen enthielt siebzehn geschliffene Smaragde, von denen keiner unter zehn Karat hatte.

Kurz nach ihrer Ankunft in London verhörte Mr. Rater die Gefangene. Alle seine Fragen beantwortete sie mit einem Hochmut, wie man ihn nur bei Spanierinnen findet.

Am nächsten Morgen erschien in der Londoner Presse eine Mitteilung, die der Redner selbst sehr sorgfältig ausgearbeitet hatte. Schriftlich drückte er sich etwas ausführlicher aus als mündlich.

> Ein Teil der Beute aus dem Einbruch bei Marquis Perello ist bei der Verhaftung einer gewissen Inez Avilez gefunden worden. Der Leiter der Bande, die den überaus schlau durchdachten Plan zur Ausführung brachte, hat dieser jungen Dame offensichtlich einen Weg zur Flucht angegeben, den man leicht verfolgen konnte. Dadurch hat er sich selbst in Sicherheit gebracht. Wahrscheinlich wollte er sie nur als Lockvogel benützen, um die Aufmerksamkeit von sich selbst abzulenken.

Und einen Tag nach der Verurteilung der schönen Spanierin brachten die Zeitungen eine zweite, wohlberechnete Notiz, die ebenfalls der Redner verfaßt hatte.

> Diese Frau wurde kaltblütig von dem Mann geopfert, der den Einbruch plante, und sie muß nun die Strafe für sein Verbrechen büßen.

»Ich habe Witlon jetzt so gut wie sicher«, berichtete der Redner kurz.

Seine Vorgesetzten wußten jedoch, daß nicht die geringsten Anhaltspunkte vorlagen, um Len Witlon mit diesem Verbrechen in Zusammenhang zu bringen. Im Gegenteil, er hatte ein vollkommenes Alibi und konnte Zeugen dafür benennen, daß er sich zur Zeit des Einbruchs in Frankreich aufgehalten hatte.

»Auch ich bin ein Gedankenleser«, erwiderte der Redner, als sie ihn um Auskunft fragten. »Gerade in diesem Moment weiß ich, was Witlon sagt und plant. Und was er gerade in dieser Minute über mich äußert, ist so gemein, daß ich mich noch im Grabe umdrehen könnte. Aber glücklicherweise bin ich noch nicht tot.«

Mr. Len Witlon hatte einen hervorragenden Helfer, einen gewissen Mr. John B. Stimmings, der ihn auf seine Aufforderung hin in Aix besuchte. Stimmings ahnte allerdings nicht in welcher Gemütsverfassung sich sein Herr und Meister befand.

»Die Sache mit Inez ist sehr unangenehm«, meinte er, als er in das prachtvoll ausgestattete Wohnzimmer trat und die Tür schloß. »Sie ist allerdings tüchtig und gerissen, und ich möchte wetten, daß Rater sie nur durch einen Trick gefangen hat. Sie ist in eine Falle gegangen.«

»Dazu ist der Mensch doch viel zu dumm«, entgegnete Len erregt. Sein sonst so hübsches Gesicht war von Wut und Ärger entstellt. »Den Redner nennen sie ihn? Na, ich werde ihn schon zum Reden bringen! Sehen Sie sich einmal das an!«

Er warf zwei Zeitungsausschnitte auf den Tisch.

»Mir konnte er selbstverständlich nichts anhaben. Die Geheimpolizei ist am nächsten Morgen bei mir gewesen, aber ich lag friedlich in meiner Villa in Auteuil im Bett.«

»In Paris erzählt man sich, daß Sie bald aus Frankreich ausgewiesen werden sollen –«

»Das ist doch purer Blödsinn. Die wissen ganz genau, daß ich in Frankreich nichts anrühre. Aber ich werde nach England gehen und mir diesen Redner einmal vornehmen!«

Mr. Stimmings sah ihn bestürzt an.

»Da mache ich aber nicht mit«, erklärte er sofort. »Für mich lösen Sie keine Fahrkarte, und für sich brauchen Sie kein Retourbillett zu nehmen. Ich glaube, Sie sind verrückt!«

Die Andeutung, daß sein Plan nichts taugte, entlockte Len nur ein verächtliches, mitleidiges Lächeln.

»Sie kennen mich doch, Stimmings. Ich weiß genau, was dieser verfluchte Kerl denkt. Ich sehe direkt, wie es in seinem Kopf aussieht. Erinnern Sie sich noch, daß ich seinerzeit die Perlenkette der Infantin stahl und vier Tage später nach Madrid zurückfuhr? Hat mich da jemand erkannt? Ich will dem Redner einmal zeigen, was ich kann. Jetzt kommt mein Meisterstück – Sie werden staunen!«

Er hätte auch noch hinzusetzen können, daß es ein häßlicher Racheplan war, denn in einer schlaflosen, unruhigen Nacht dachte er ein Verbrechen aus, wie er es bisher noch nicht begangen hatte.

Eine Woche später kam ein älterer Engländer in London an, der sich in einem der besten Hotels als Oberst Pershin einschrieb. Er besaß einen britischen Reisepaß und war offenbar ein nervöser, leicht reizbarer Herr, der keine besondere Beschäftigung hatte. Er wohnte im Wheetam-Hotel, das einerseits sehr abgelegen und ruhig, andererseits sehr elegant war. Mit besonderem Eifer las er die Zeitungen.

Ein paar Tage nach der Ankunft Pershins erhielt der Redner einen parfümierten Brief, der von einer Dame geschrieben sein mußte. Die Unterschrift lautete: »Eine, die es weiß.«

Wenn Sie wissen wollen, wo sich der Rest der gestohlenen Smaragde des Marquis Perello befindet, kann ich es Ihnen sagen. Da ich weiß, daß Sie als Polizeibeamter ein solches Versprechen nicht geben können, darf ich Sie auch nicht darum bitten, mir etwas darüber zu schreiben. Ich komme am Sonnabend um acht Uhr abends nach Scotland Yard. Werden Sie dann in Ihrem Büro sein?

Der Redner las diese Mitteilung mehrmals durch. Wenn Frauen die Hand im Spiel hatten, erschien ihm nichts unmöglich. Trotzdem hatte er den Eindruck, daß der Brief von Mr. Witlon oder in dessen Auftrag geschrieben worden war.

Lange Zeit stand er an seinem Fenster, sah auf das Themseufer und den Fluß hinunter und versuchte, sich in die Lage seines Feindes zu versetzen.

Zu jener Zeit regierte in Scotland Yard ein sehr unbeliebter Abteilungsleiter, der den Redner nicht leiden konnte. Es war Major Dawlton, der seine frühere Dienstzeit bei der indischen Polizei zugebracht hatte. Er war ein unverbesserlicher Theoretiker und besaß außerdem die schlechte Eigenschaft, die ihm unterstellten Beamten bei der Ausübung ihrer Pflichten zu hindern.

Eines Tages ließ er den Redner zu sich ins Büro kommen.

»Hören Sie einmal, Mr. Rater«, begann er etwas von oben herab, »das kann aber nicht so weitergehen. Sie packen die Sache wieder ganz verkehrt an. Es ist doch unerhört, daß diese wertvollen Smaragde direkt unter der Nase der Polizei gestohlen worden sind – um so mehr bedauerlich, als Sie vorher gewarnt waren und den besonderen Auftrag hatten, den Eigentümer zu schützen. Haben Sie die Morgenzeitungen schon gelesen?«

»Ich kann keine Zeitungen lesen«, erwiderte der Chefinspektor müde und machte eine lange Pause, so daß sein Vorgesetzter vor Wut beinahe einen Schlaganfall bekam. »Ich meine, wenn ich etwas anderes zu tun habe.«

»Es ist ein Skandal, Mr. Rater! Wirklich, ich schäme mich schon vor meinen Freunden im Klub. Die erkundigen sich bereits, warum wir denn keine Privatdetektive einstellen. Und ich muß unter diesen Umständen beinahe glauben, daß sie recht haben.«

»Um Len Witlon zu fangen, brauchen Sie keine Privatdetektive. Dazu brauchen Sie Gedankenleser.«

»Was für ein Blödsinn!« entgegnete der Major heftig.

An diesem friedlichen Sonnabendnachmittag war es in Scotland Yard so heiß, daß die Doppelfenster offenstanden. Die verlassenen Werften und Lagerhäuser, die das südliche Ufer der Themse begrenzen, lagen im prallen Sonnenschein.

Die Straßenbahnen waren mehr oder weniger leer, und am Ufer gingen Männer mit ihren Frauen und Kindern spazieren.

Chefinspektor Rater nahm mit einem Seufzer den Klemmer ab, faltete den Brief, den er noch einmal gelesen hatte, und steckte ihn wieder in den Umschlag. Nachdenklich sah er durch das offene Fenster. Ein Schlepper zog eine Reihe von Kähnen, die mit Bauholz hoch beladen waren, langsam den Strom hinauf. Am Ufer lehnten ein paar Leute am Geländer.

Der Redner wandte sich um, als sich die Tür öffnete und Major Dawlton hereinkam. Ohne ein Wort zu sagen, reichte er seinem Vorgesetzten das Schreiben. Der Major klemmte das Monokel ins Auge, las und lächelte dann höhnisch.

»Da haben wir es wieder. Wenn heutzutage in Scotland Yard überhaupt noch etwas herauskommt, dann hat man es Zwischenträgern und Spitzeln zu verdanken. Ich möchte die Frau sehen.«

»Wenn sie kommt«, erwiderte der Redner gelassen.

»Sie glauben, daß es sich um einen dummen Scherz handelt? Der Ansicht bin ich durchaus nicht. Wahrscheinlich ist es eine eifersüchtige Verbündete, die schlecht behandelt worden ist. Solche Briefe sind täglich nach Scotland Yard gekommen, solange ich hier bin.«

»Ganz recht, sie sind gekommen, solange ich hier bin – also seit siebzehn Jahren.«

Der Major war wütend über diese anzügliche Bemerkung, sagte aber nichts darauf.

»Sie wird nicht kommen, aber er«, meinte der Redner nach einer kurzen Pause.

»Sie meinen Len Witlon? Unsinn! Wir wissen doch genau, daß er in Frankreich ist. Diese gemeinen Kerle tragen ihre Haut nicht so leicht zu Markt. Und sollte er tatsächlich kommen, dann haben wir genügend Beweismaterial, um ihn des Einbruchs und des Diebstahls zu überführen. Heute abend um acht bin ich hier.«

»Kommen Sie lieber eine Viertelstunde später«, entgegnete der Redner giftig und sah seinen Vorgesetzten böse nach.

Major Dawlton saß vor dem Schreibtisch und gähnte.

»Sie hat Sie versetzt!« bemerkte er.

»Ich sagte Ihnen ja gleich, daß Sie nicht um acht kommen sollten.« Der Redner lehnte mit dem Rücken an der Wand und sah düster auf seinen Vorgesetzten herunter.

Der Major zog die Uhr.

»Eine Viertelstunde will ich noch zugeben –«

Im gleichen Augenblick summte ein Geschoß an ihm vorüber. Er fühlte es an dem scharfen, kurzen Luftzug und wandte sich erschrocken um. Das Glas einer gerahmten Fotografie splitterte, und die Scherben fielen klirrend zu Boden.

Einen Abschuß hatte man nicht gehört.

In der nächsten Sekunde sprang der Major auf und eilte ans Fenster.

Ein zweites Geschoß schlug in das Fensterbrett ein, prallte ab und riß Stuck und Putz von der Decke.

»Ich würde von dem Fenster weggehen«, warnte der Redner liebenswürdig. »Ich habe gehört, daß Len Witlon ein Scharfschütze ist. Allerdings dachte ich, er würde das Feuer von einem gegenüberliegenden Haus eröffnen. Die Sache mit dem Boot ist tatsächlich eine glänzende Idee!«

Dawlton war kreidebleich.

»Was, der Kerl schießt?« rief er. »Und dazu noch auf mich!«

»Die Kugeln galten mir«, erwiderte Mr. Rater nachdenklich. »Ich hoffe nur, daß unsere Beamten ihn fassen.«

Noch während er sprach, beobachtete er, wie zwei Motorboote der Strompolizei aus ihren Verstecken am Ufer in den Fluß glitten. Sie steuerten auf ein einzelnes Fahrzeug in der Mitte des Stromes zu.

»Es hat geklappt«, erklärte der Chefinspektor. »Jetzt haben wir wenigstens einen schwerwiegenden Grund, um ihm den Prozeß zu machen.«

»Nach mir zu schießen – unerhört!« beschwerte sich der Major, aber seine Stimme klang ängstlich.

»Ich habe Ihnen ja geraten, nicht zu kommen«, entgegnete der Redner. Der vergnügte Ausdruck seines Gesichts stand in krassem Gegensatz zu dem teilnehmenden Ton, in dem er sprach.

»Die Sache war gar nicht so schlecht ausgedacht«, berichtete Mr. Rater dem Polizeipräsidenten. »Witlon kannte meine Vorliebe für frische Luft. Er muß die Gegend vorher genau ausgekundschaftet und dabei entdeckt haben, wie leicht es ist, vom Fluß aus durch die offenen Fenster in mein Büro zu sehen. Daß er in England war, wußte ich natürlich – einer meiner Leute hat ihn erkannt, als er mit dem Dampfer von Le Havre in Southampton ankam.«

Der Polizeipräsident sah ihn durchdringend an.

»Aber Sie haben sich doch wohl nicht träumen lassen, daß er in Ihr Büro schießen würde? Sonst hätten Sie doch sicher dem Major nicht gestattet, daß er zu Ihnen kam?«

Der Redner seufzte tief und antwortete erst nach kurzer Überlegung.

»Ich glaube nicht«, sagte er dann langsam.

Mr. Rater mischte sich niemals in die Amtshandlungen eines Untergebenen ein, wenn es nicht dringend notwendig war. Der Untergebene war in diesem Fall ein einfacher Polizist, und er hatte die Aufgabe, Mrs. Stalmeester von dem bewußtlos am Boden liegenden Hausverwalter wegzureißen, der die Mieten einkassieren wollte. Der Mann hatte gedroht, sie auf die Straße zu setzen, wenn sie nicht ihre Miete zahlen würde. Daraufhin warf ihm die alte Frau einen Steinkrug an den Kopf, so daß er die Besinnung verlor. Wahrscheinlich kannte er ihren Charakter nicht genügend, sonst hätte er sofort den Rückzug angetreten, als sie nach dem Krug griff.

Sie war nahezu sechzig, groß und kräftig gebaut und hatte muskulöse Arme wie ein Hafenarbeiter. In ihrem Streit fand sie natürlich die Unterstützung aller Bewohner des Hauses Keller Row, Nr. 79, denn bei diesen Leuten waren Mieteinnehmer, Schulinspektoren und Polizisten gleich verfemt und verhaßt.

Als ein Parteigänger von Mrs. Stalmeester einen Spitzhammer packte, um den Polizisten anzugreifen, hielt es Chefinspektor Rater für nötig, einzugreifen.

Er riß die Frau von dem Bewußtlosen weg und zwang mit einem wohlgezielten Faustschlag den Mann mit dem Spitzhammer, sich von dem Schauplatz zurückzuziehen. Schließlich packte er Mrs. Stalmeester und trug sie in den Polizeiwagen, und als sie weiter tobte und wütete, half er, sie festzuschnallen. Eine halbe Stunde später mußte sie sich auf der Polizeistation verantworten. Sie erklärte in gebrochenem Englisch und vielen flämischen Worten, daß sie das Opfer eines gemeinen Angriffs sei, bis der Redner sie scharf zurechtwies und sie an ihre früheren Sünden erinnerte, die sie schon mehrfach mit der Polizei in Berührung gebracht hatten.

Sie war eine böse, gewalttätige Frau und der Schrecken ihrer Nachbarschaft. Fünfzehn Jahre lang hatte sie die Schweden, die Holländer und Schotten tyrannisiert, die in Keller Row in Greenwich wohnten. Die meisten von ihnen waren Seeleute und nahmen in unregelmäßigen Zwischenräumen auf den Schiffen Dienst, die von den Victoria-Docks abfuhren.

Mrs. Stalmeesters schimpfte noch eine Weile über die Gesetze und die Polizei, aber schließlich beruhigte sie sich.

»Fünfzehn Jahre wohne ich nun schon in der Gegend, und noch nie habe ich einen Streit mit jemand gehabt. Im Gegenteil, ich habe immer ruhig und zurückgezogen gelebt. Mein Sohn gibt mir sechs Pfund wöchentlich. Ich habe mich noch mit keinem Menschen verkracht, nur einmal mit meinem Bruder, aber das ist schon furchtbar lange her...«

Dann erzählte sie naiv eine Geschichte aus ihrem früheren Leben, ohne sich bewußt zu werden, daß sie damit ein Vergehen gegen Gesetz und Ordnung bekannte. Sie war sogar stolz auf ihre Handlungsweise. Mr. Rater hörte zu, ohne etwas zu erwidern.

Die Sache war vor vielen Jahren passiert, und schließlich handelte es sich dabei nur um Formalitäten. Deshalb wollte er gegen die Frau nichts unternehmen. Aber er war doch neugierig genug, die Angaben auf ihre Wahrheit hin nachzuprüfen.

Am nächsten Morgen wurde Mrs. Stalmeester von dem Polizeigericht mit einer empfindlichen Geldstrafe belegt, und außerdem erhielt sie eine ernste Verwarnung. Sie zahlte die Summe und die fällige Miete. Geld hatte sie genug, aber sie war von Natur aus geizig. Dann kehrte sie wieder in ihre Wohnung zurück, wo sie im darauffolgenden Winter starb.

Der Redner erfuhr nichts von ihrem Tod. Er war zu jener Zeit durch den Diamantendiebstahl in Chislehurst vollauf in Anspruch genommen. Der Fall lag ziemlich kompliziert, und obwohl man die Diebe fassen konnte, verzögerte sich ihre Verhaftung durch ungünstige Umstände so lange, bis die vierzehn großen Diamanten aus Lady Teighmounts altmodischem Diadem beiseite geschafft worden waren. Die alte, wertlose Goldfassung fand man allerdings. Der Redner war von diesem Resultat nicht gerade sehr befriedigt.

»Ich sage Ihnen die reine Wahrheit, Mr. Rater«, erklärte Harry Selt, der Hauptschuldige. »Ich habe die Steine einem Juden verkauft, seinen Namen kenne ich nicht. Er arbeitet mit einem großen Mann auf dem Festland zusammen. Nur zweihundert Pfund hat er mir dafür gegeben – damit kann man keine Sprünge machen. Ich habe gar keinen Grund, Ihnen was vorzulügen. Sie wissen ja selbst, wie viele Leute Sie deswegen schon ins Gefängnis gebracht haben.«

Mehr bekam der Redner aus Harry nicht heraus, und das war sehr unangenehm. Lady Teighmount war nämlich entfernt verwandt mit einem der Minister, und dieser bat eines Tages

Mr. Rater zu sich, um einmal unter vier Augen mit ihm zu sprechen.

»Ich bitte Sie um eine persönliche Liebenswürdigkeit«, sagte er. »Meine Tante will die Diamanten unter allen Umständen wiederhaben. Sie sind ein Geschenk ihres verstorbenen Mannes – allerdings noch aus den neunziger Jahren. Und der Wert, den sie ihnen beimißt, ist eigentlich nur persönlich sentimentaler Art. Ist es Ihnen nicht möglich, durch Ihre Beziehungen zu der Verbrecherwelt die Steine zurückzukaufen? Zweitausend Pfund will ich für die Wiederbeschaffung zahlen, und es sollen keine weiteren Nachforschungen angestellt werden –«

»Das verträgt sich nicht mit meinem Diensteid«, entgegnete der Chefinspektor nüchtern.

»Ich weiß, ich weiß. Ich frage Sie auch nur, ob Sie mir den persönlichen Gefallen tun wollen, die Steine auf inoffiziellem Wege zu beschaffen?« Der Redner nickte nur, denn er hatte seiner Meinung nach schon genug gesprochen.

Man kann einen Hehler niemals direkt angehen, besonders ein Polizeibeamter ist dazu nicht imstande. Mr. Rater begann daher seine schwierigen Nachforschungen damit, daß er zunächst den Hundehändler Alf Barkin aufsuchte. Mit diesem Mann hatte er lange Auseinandersetzungen, die ihn nicht viel weiterbrachten. Dauernd schüttelte Barkin den Kopf und sagte: »Ich weiß wirklich nichts davon, Mr. Rater. Wenn ich etwas wüßte, würde ich es Ihnen sagen.« Aber schließlich willigte er ein, den Redner am Abend in eine kleine Kneipe in Deptford zu begleiten. Dort trafen sie einen gewissen Joseph Kreith, einen Möbelhändler. Der kannte oberflächlich einen Mann, dessen Freund sich durch einen Bekannten eventuell mit dem Hehler in Verbindung setzen konnte.

Zwölf Tage lang mühte sich der Chefinspektor ab. Wie gewöhnlich sagte er wenig, hörte aber gut zu und nahm aus den vielen Worten, die gemacht wurden, das Wesentliche für sich heraus.

Schließlich reiste er nach Brüssel und hatte dort im Hotel eine Zusammenkunft mit Henry Dissel, einem ziemlich kräftigen Mann von jugendlichem Aussehen, der eine große Hornbrille und einen kleinen Schnurrbart trug und lockiges blondes Haar hatte.

»Ich habe Ihren Brief erhalten, Monsieur«, sagte Henry Dissel, »und freue mich, Ihre Bekanntschaft zu machen.«

Er legte die große, schwarze Aktentasche neben sich auf den Teppich und zog die scharfgebügelten Beinkleider hoch, als er sich setzte.

»Es stimmt, daß ich Kaufmann bin und verschiedene Vertretungen habe. Aber in Brasilien tätige ich selten Geschäfte. In Antwerpen kenne ich allerdings einige Leute, die mit Brillanten handeln. Sie haben die Steine manchmal auf rechte, manchmal auf unrechte Weise erworben. Danach kann ich im allgemeinen nicht fragen. Von meinem Bruder in London haben Sie gehört? Nun, eine große Freundschaft besteht gerade nicht zwischen uns. Er hat mir früher einmal viel Geld geliehen, und ich habe bei Roulette und Poker alles verspielt. Nachher gab es einen entsetzlichen Krach. Wenn ich nach London komme und ihn anrufe, heißt es immer, daß er nicht zu Hause ist.«

Er sah Mr. Rater strahlend an, als ob er ihm einen guten Witz erzählt hätte.

»Das ist ja alles ganz gut und schön, Monsieur Dissel, aber ich interessiere mich nicht besonders für Ihre Familienangelegenheiten. Liebenswürdigerweise haben Sie meinen Brief wegen der Brillanten beantwortet. Sind Sie tatsächlich in der Lage, die Steine zurückzukaufen?«

Dissel schaute ihn triumphierend an, faßte in die innere Brusttasche seines Rocks und brachte eine Ledertasche zum Vorschein. Er warf sie auf den Tisch und fischte zwischen vielen Papieren ein flaches Päckchen heraus. Langsam und vorsichtig schlug er das weiße Seidenpapier auseinander. Es kamen Diamanten zum Vorschein, die zu dreien und dreien noch besonders in Watte eingepackt waren.

»Hier sind sie. Zweihundertdreißigtausend Francs habe ich dafür gezahlt. Dreißigtausend verdiene ich dabei, das sage ich ganz offen. Jeder versteht, daß man nicht umsonst arbeiten kann.«

Der Redner ging zur Tür seines Schlafzimmers und rief den Fachmann, den er von London mitgebracht hatte. Die Steine wurden einzeln geprüft, während Henry Dissel interessiert zuschaute. Als alles in Ordnung befunden war, legte Mr. Rater zwanzig Hundertpfundnoten auf den Tisch. Der Belgier zählte sie sorgfältig nach und steckte sie dann in seine Brieftasche.

»Monsieur Dissel, können Sie mir nicht den Namen des Mannes angeben, von dem Sie die Steine gekauft haben?«

Der Belgier zuckte die Schultern und schüttelte den Kopf.

»Er mag ehrlich oder unehrlich sein. Wenn ich seinen Namen nenne, gibt es Nachforschungen und Reklamationen, und schließlich sagt der Mann: ›Monsieur Dissel, durch Sie habe ich all die Unannehmlichkeiten gehabt. In Zukunft will ich nichts mehr mit Ihnen zu tun haben!«

»Wie ist denn die Geschäftsadresse Ihres Bruder in London?«

»Theodor hat sein Büro in der Victoria Street, Nr. 960. Aber ich sagte Ihnen ja schon, daß wir nicht gut miteinander stehen. Es ist eigentlich schade.«

Der Redner runzelte die Stirn.

»Theodor? Welche Vornamen hat er denn sonst noch?«

»Theodor Louis Hazeborn – ich heiße Henry Frederick Dinehem.«

»Mr. Rater sah ihn sonderbar an.

»Aha!« erwiderte er dann.

Ein anderer hätte wahrscheinlich viel mehr gesagt. aber Chefinspektor Rater ging ja bekanntlich sparsam mit seinen Worten um.

Dissel war belgischer Untertan und besaß seit zehn Jahren ein Geschäft am Boulevard Militaire. Der Redner hatte allerdings keinen besonders guten Eindruck von den Büroräumen, als er dort einen Besuch machte. Sie sahen unsauber und vernachlässigt aus, aber über dem Schreibtisch hing ein prachtvolles Diplom in goldenem Rahmen. Es war Mr. Dissel für eine hervorragende sportliche Leistung überreicht worden.

Da er mehrere Vertretungen hatte, reiste er viel. Von seiten der Polizei lag gegen ihn nichts vor, wie Mr. Rater festgestellt hatte. Er war deshalb eine geeignete Persönlichkeit, mit der internationale Hochstapler und Verbrecher in geschäftliche Verbindung treten konnten.

Theodor Louis Hazeborn – die Namen wollten dem Redner nicht aus dem Sinn, als er nach London zurückreiste.

Am Tage seiner Rückkehr hatte er das zweifelhafte Vergnügen, Lady Teighmount die vermißten Diamanten wieder zu übergeben. Sie war sehr schlechter Laune. Von Hause aus sparsam, ja beinahe geizig, ärgerte sie sich über jeden Schilling, den sie für die Beschaffung der Steine zahlen mußte. Außerdem glaubte sie, daß die Polizei die Brillanten ebensogut ohne Geld hätte wiedererlangen können, wenn sie es durch Zahlung einer Summe erreichte. Sie war sogar unhöflich genug, anzudeuten, daß die Polizei und der Chefinspektor von dem Betrag profitiert hätten.

Der Redner hörte kaum zu, denn seine Gedanken beschäftigten sich unausgesetzt mit den Brüdern Dissel.

Mit großer Geduld begann er, neue Nachforschungen anzustellen, und suchte alle Akten über Diamantendiebstähle zusammen. Wochenlang befragte und verhörte er Juwelendiebe, die im Gefängnis saßen. Über ein Dutzend Anstalten besuchte er, und zum Schluß hatte er auch einen gewissen Erfolg. Er entdeckte einen feststehenden Schmuggelweg, der von London nach Belgien führte. Dauernd wurden gestohlene Steine auf diese Weise von Agenten ins Ausland geschafft. Seine Nachforschungen führten nicht immer nach Brüssel, manchmal auch nach Lüttich oder nach Ostende. Aber jedesmal wurde der Betreffende in ein Café, ein Bierlokal oder eine kleine Kneipe bestellt, und immer wurde die Zusammenkunft in London vereinbart.

»Die Sache war so«, sagte ein Hehler, der eine lange Gefängnisstrafe in Maidstone absaß. »Wenn die Jungens irgendwo ein großes Ding gedreht hatten, wurde einer der bekannten Händler angerufen, und dann erhielt man bestimmte Nachricht, wo die Steine übergeben werden sollten. Ich weiß nicht, woher der Mann am Telefon Bescheid wußte, aber auf jeden Fall klappte es jedesmal. Dann hat einer die Sachen über den Kanal gebracht. Die Bezahlung war immer einwandfrei. Ich selbst habe solche Reisen gemacht.«

»Haben Sie denn niemals den Betreffenden gesehen?«

»Nein. Man wurde in ein Café bestellt, dann kam jemand herein und sagte: ›Er ist draußen.‹ Gewöhnlich wartete er in einem Auto an der Straßenecke, und zwar immer nach Einbruch der Dunkelheit. Mit unheimlicher Geschwindigkeit prüfte er die Diamanten im Schein einer Taschenlampe, nannte den Preis und zahlte sofort.«

Mehr konnte der Redner nicht erfahren.

Bald darauf stand ihm ein freier Tag zur Verfügung, und er besuchte den Bruder seines Brüsseler Bekannten.

Im Gegensatz zu Henry Dissels Geschäftsräumen besaß sein Bruder Theodor in London ein prachtvoll eingerichtetes Büro mit Mahagonitüren, Mahagonimöbeln und kostbaren Ledersesseln. An der Tür war das Firmenschild in Messingbuchstaben angebracht: Theodor Dissel, Dipl.-Ing.

Er war ein gutgewachsener, großer Mann in elegantem Anzug. Das Gesicht war glattrasiert, und die Haare sorgsam zurückgebürstet. Er hatte ein Monokel im Auge und trug tadellose Wäsche. Der Belgier sprach nur ein schlechtes Englisch und machte manche Fehler, aber Theodor konnte sich fließend und gut ausdrücken. Auch sein Benehmen war vornehm und zurückhaltend.

Eine Stenotypistin führte Mr. Rater in das Privatbüro, wo Theodor an einem eleganten Schreibtisch saß. Mr. Dissel verneigte sich ein wenig zeremoniell und steif. Das war vielleicht das einzige, was ihn als früheren Ausländer kennzeichnete.

»Ich habe das unangenehme Gefühl, daß Sie mich wegen meines Bruders sprechen wollen«, sagte er mit einem etwas verlegenen Lächeln. »Ich weiß, daß Sie vor ein paar Tagen eine geschäftliche Unterredung mit ihm hatten. Er hat mir geschrieben, daß Sie mich besuchen würden.«

»Und warum sind Sie darüber beunruhigt?« fragte der Redner geradezu.

Mr. Theodor Dissel ging in dem Zimmer auf und ab. Er hatte die Hände tief in den Taschen vergraben.

»Mein Bruder Henry ist ein etwas wilder Geselle, aber im Grunde ein guter Kerl. Mit Geld weiß er nicht umzugehen, und es besteht immer die Gefahr, daß er Schulden macht. Handelt es sich um irgendein geschäftliches Abkommen, das Sie mit ihm getroffen haben, oder hat er bei Ihnen Geld geliehen, das er nicht zurückzahlt? Direkt betrügerische Sachen hat er sich allerdings nie zuschulden kommen lassen.«

Das Verhalten Mr. Dissels verriet eine gewisse Ähnlichkeit, wie es der Redner erwartet hatte.

»Wenn es sich um Geld handelt...« Theodor zuckte hilflos die Schultern, »dann kann ich wenig tun. Ich habe ihm schon früher dauernd Geld vorgestreckt, bis jetzt sind es fünfzehntausend Pfund. Das Geld werde ich wohl nie im Leben wiedersehen.«

»Nein, es handelt sich nicht um Betrug«, erwiderte der Redner langsam. »Wenigstens nicht so, wie Sie es im Augenblick meinen. Besitzt Ihr Bruder die belgische Nationalität?«

Theodor nickte.

»Und Sie sind in England naturalisiert?«

»Ja.«

Mr. Rater sagte nichts darauf; er strich sich nur das Kinn

mit der Hand. In seinen großen, blauen Augen schien sich etwas von den Sorgen Mr. Dissels zu spiegeln.

»Was Sie mir von Ihrem Bruder Henry erzählten, glaube ich Ihnen gerne. Er verkehrt mit Leuten, die nicht ganz einwandfrei sind. Wissen Sie, daß er Diamanten kauft und verkauft?«

Theodor zog die Augenbrauen hoch.

»Diamanten?« fragte er bedächtig. »Nein, das wußte ich nicht. Als er das letztemal in London war, machte er allerdings eine Andeutung, daß er mit dem hiesigen Juwelier Devreux in Geschäftsverbindung steht. Ich habe den Mann einmal getroffen, er sieht sehr wenig vertrauenerweckend aus.«

Der Redner schwieg einige Zeit.

»Da haben Sie ganz recht«, meinte er dann. »Devreux ist ein schlechter Charakter, ich kenne ihn.«

Der Chefinspektor ging zu seiner Wohnung zurück und dachte weiter über den Fall nach.

»Wirklich zu merkwürdig«, sagte er schließlich und entschied sich dafür, vorläufig nicht mehr daran zu denken. Die Sache würde sich schon von selbst weiter entwickeln.

Vierzehn Tage später kam Henry Dissel mit dem Zug in Ostende an. Es war ein warmer Septembertag, und auf dem Kanal herrschte Nebel. Er belegte eine Kabine erster Klasse und stellte dort seinen Lederkoffer ein. Dann aß er zu Mittag. Er hinkte auffällig, und als er an Deck erschien, gebrauchte er einen Stock.

An der englischen Küste wurde der Nebel dichter. Dissel war nach dem hinteren Teil des Schiffes gegangen und hatte sich dort auf das Geländer gesetzt. Ein Schiffsoffizier kam vorbei und machte ihn auf die Gefährlichkeit seines Sitzplatzes aufmerksam.

Nur mit Hilfe der Signalschüsse und der Sirenen konnte der Dampfer den Eingang zum Hafen von Dover finden. Mit einer Stunde Verspätung näherte er sich der Einfahrt.

Als das Schiff drehte – Fährschiffe fahren immer rückwärts ein –, vernahm ein Passagier zweiter Klasse einen Hilferuf. Dann hörte man etwas ins Wasser fallen. Mehrere Leute eilten an die Reling. Ein Steward sah den Stock Mr. Dissels im Wasser treiben, aber von dem Mann selbst war nichts zu sehen.

Es wurde sofort ein Boot hinuntergelassen. Die Matrosen

fischten den Hut des Verunglückten auf, konnten ihn selbst jedoch nirgends entdecken.

Am Abend las Mr. Rater eine Notiz in der Zeitung:

Passagier fällt im Kanal über Bord. Ein Passagier des Dampfers »Prinzessin Georgine«, vermutlich Monsieur Henry Dissel aus Brüssel, fiel von der Reling, als der Dampfer in den Hafen von Dover einfuhr. Die Leiche ist bis jetzt noch nicht geborgen worden.

»Aha!« sagte der Redner vor sich hin. Die Tragödie schien keinen großen Eindruck auf ihn zu machen.

Die Leiche Henry Dissels war auch noch nicht gefunden, als der Redner dem Bruder in London einen Besuch machte, um ihm sein Beileid auszusprechen.

Theodor öffnete gerade den Lederkoffer, den ihm die Polizei von Dover geschickt hatte.

»Ich bin ganz außer Fassung«, sagte er und schüttelte den Kopf. »Eben habe ich mit Brüssel telefoniert. Es ist nicht der geringste Grund vorhanden, warum Henry hätte Selbstmord verüben sollen. Sein Geschäft ging gut, seine Bücher und sein Betrieb waren in Ordnung, soweit das bei seinem Charakter überhaupt möglich war. Auf der Bank hatte er einen Kredit von über tausend Pfund. Vor ein paar Tagen hatte er allerdings einen kleinen Unfall beim Tennisspiel und war nicht ganz sicher auf den Füßen. Vielleicht ist der Umstand mit daran schuld, daß er ins Wasser fiel.«

»War er in einer Lebensversicherung?« fragte Rater.

Theodor nickte.

»Ach ja – das hatte ich ganz vergessen. Als ich damals seine Schulden bezahlte, bestand ich darauf. Es war vielleicht etwas herzlos von mir, aber ich mußte doch schließlich irgendeine Sicherheit in der Hand haben.«

»Lautete die Police auf fünfzehntausend Pfund?«

»Ja, soviel war er mir schuldig. Aber das Geld bedeutet im Augenblick gar nichts. Ich bin noch ganz benommen von diesem schrecklichen Unglück! Der arme Henry!«

»War die Versicherung auf den Namen Dissel ausgestellt?« unterbrach ihn der Redner.

Theodor zögerte.

»Nein, unser Familienname ist –«

»Stalmeester. Das weiß ich.«

Theodor war etwas aus der Fassung gebracht.

»Wir haben unseren Namen durch gerichtliche Eintragung ändern lassen –« begann er.

»Das ist mir auch bekannt. Ihre Mutter hatte zwei Brüder. Einer hieß Theodor Louis Hazeborn, der andere Henry Frederick Dinehem. Eine Woche nach Ihrer Geburt meldete Ihre Mutter Sie als Henry Frederick Dinehem auf dem Standesamt an. Aber eine Woche später zog sie in eine andere Gegend Londons und hatte zu jener Zeit eine heftige Auseinandersetzung mit Ihrem Onkel Henry. Um ihn zu ärgern, ging sie zum zweitenmal auf das Standesamt und meldete Sie als Theodor Louis Hazeborn an. Die Namen Ihres zweiten Onkels.«

Theodor wurde bleich und schwieg.

»Sie haben ein Doppelleben geführt, und Ihre beiden Namen sind Ihnen sehr zustatten gekommen. Mit einem kleinen Schnurrbart waren Sie Henry Dissel in Brüssel, und hier in London traten Sie als Theodor auf. Und in beiden Städten haben Sie gestohlene Steine gekauft. Sie sind einer der größten Hehler. Das inkorrekte Verhalten Ihrer Mutter hat der Polizei viele Schwierigkeiten bereitet.«

»Sie sind wahnsinnig!« rief Theodor. »Mein Bruder –«

»Sie sind doch selbst Ihr Bruder – und als Sie über Bord fielen, war das für Sie nicht weiter gefährlich. Ich sah doch in Ihrem Büro in Brüssel ein Diplom für Schwimmen über lange Strecken. Ihnen ist es nicht schwergefallen, an Land zu kommen. Und ich wette, daß in der Nähe von Dover ein Auto für Sie bereitstand. Lange genug habe ich darauf gewartet, Sie abzufassen. Nehmen Sie Ihren Hut und kommen Sie mit zur Polizeistation!«

Mord in Sunningdale

Der Redner hatte einen Abteilungs-Chef, der ihm wenig Sympathie entgegenbrachte. Für gewöhnlich sind Vorgesetzte mit ihren Untergebenen nicht zufrieden, weil sie zuviel sprechen, aber in diesem Fall war es umgekehrt. Mr. Rater schwieg sich meistens aus und reizte gerade dadurch seinen Vorgesetzten zu größter Wut.

Major Dawlton bewohnte eine Villa in Sunningdale und hatte deshalb von vornherein ein besonderes Interesse für den Fall Aliford Gray. Er hatte Frau und Kinder, die in ihm einen bedeutenden Mann sahen, und bei seinen Nachbarn stand er in hohem Ansehen. Sie freuten sich, wenn sie einmal zum Essen eingeladen wurden und ihre Kenntnisse über Polizei und Verbrecherwelt erweitern konnten.

In Wirklichkeit hatte der Major kaum eine Ahnung von den Methoden, Verbrecher aufzuspüren und sie zu überführen. In der Hauptsache war er Verwaltungsbeamter, der sich mit finanziellen und statistischen Angelegenheiten zu beschäftigen hatte. Dies soll jedoch nur nebenbei bemerkt sein, und man muß zugeben, daß der Redner nicht leicht zu behandeln war und man sich wohl über ihn ärgern konnte.

Mrs. Aliford Gray war eine hübsche, schlanke Witwe von etwa dreißig Jahren. Ihre ausdrucksvollen Augen und ihr dunkles Haar standen in reizvollem Gegensatz zu ihrer etwas blassen Gesichtsfarbe. Ihr Blick war fast immer traurig und melancholisch. Sie wohnte in Fernley Cottage, einer kleinen Villa, die ein wenig abseits von der Hauptstraße lag und Mr. Leicester Vanne gehörte. Das Haus war wunderbar eingerichtet und besaß einen zwei Morgen großen, gepflegten Garten. Mrs. Gray hielt zwei Dienstboten, eine Frau von mittleren Jahren und deren Tochter, die zehn Minuten von der Villa entfernt wohnten. Sie selbst schlief ohne die geringste Furcht nachts allein in dem Haus.

Ihr bester Freund war Mr. Leicester Vanne, ein reicher junger Mann, der in der Park Lane wohnte. Es war nicht das geringste gegen ihn einzuwenden, aber er hatte eine Eigenschaft, die ihn auch mit Chefinspektor Rater in Verbindung brachte.

Eines Abends suchte ihn der Redner auf. Mr. Vanne ging nachdenklich in seinem Arbeitszimmer auf und ab und hatte die Hände in den Taschen vergraben. Mrs. Gray stand am Fenster und konnte ein Lächeln nicht ganz unterdrücken.

»Mir tut die Sache wirklich leid, Mr. Rater«, erklärte Vanne mit tiefem Bedauern. »Aber Sie müssen sich auch vorstellen, daß dieser Mann Mrs. Gray in der übelsten Weise beschimpfte. Es ist doch verständlich, daß ich mich vergessen habe.«

»Sie haben den Mann beinahe umgebracht!« bemerkte der Redner trocken und sachlich.

Der Sachverhalt war kurz folgender: Mr. Vanne und Mrs.

Gray gingen spät am Nachmittag im Kensington-Park spazieren. Ein Bettler bat sie um ein Almosen, und als er es nicht erhielt, schimpfte er wütend. Wahrscheinlich hatte er vor Mr. Vanne nicht genügend Respekt und ließ sich durch dessen verhältnismäßig kleine und schlanke Gestalt täuschen. In Wirklichkeit war Vanne aber ein gut trainierter Sportsmann, und als der Bettler immer häßlichere Ausdrücke gebrauchte, wandte er sich plötzlich um, packte ihn buchstäblich am Kragen und warf ihn über das Brückengeländer in die Serpentine. Inzwischen war es dunkel geworden, und es kostete große Anstrengungen, den Mann wieder aus dem See zu retten. Er hatte viel Wasser geschluckt, und nur durch Anwendung künstlicher Beatmung gelang es, ihn allmählich wieder zu sich zu bringen. Jetzt lag er im Hospital. Dieser Vorfall war der Anlaß zu dem Besuch des Chefinspektors.

»Aber Dickie, du bist auch wirklich zu jähzornig.«

Mrs. Gray lachte leise und sah ihn mit einem zärtlichen Blick an.

»Welche Folgen hat die Geschichte denn für mich?« fragte Mr. Vanne nervös. »Ich hätte diese Vogelscheuche natürlich nicht ins Wasser werfen sollen. Merkwürdigerweise kannte mich der Kerl, er nannte mich sogar beim Namen. Erst als er drohte, mich zu ermorden, vergaß ich mich so weit, daß ich ihm einen Denkzettel gab. Will man mich deshalb anklagen?«

Der Redner konnte ihm darüber noch keine offizielle Auskunft geben. Er wollte vor allem einen eingehenden Bericht von Mr. Vanne haben, wie sich die Sache abgespielt hatte. Aber seiner Meinung nach hatte er keine Schwierigkeiten mehr zu gewärtigen. Der Bettler war sowohl der Londoner als auch der Provinzialpolizei als ein gefährlicher Kunde bekannt. Seine Personalakten sprachen gegen ihn, und er hatte schon oft im Gefängnis gesessen.

»Wenn ich Ihnen einen Rat geben darf, Mr. Vanne, dann schicken Sie jemand ins Hospital und besänftigen den Mann durch ein paar Pfund. Das sage ich Ihnen aber nicht als Polizeibeamter, sondern als Privatmann.«

Mrs. Gray hatte sich inzwischen gesetzt und schaute zum Fenster hinaus. Mr. Rater hatte den Eindruck, daß sie heimlich über ihren Freund lachte und es ihm nicht zeigen wollte.

Ein paar Tage später erwähnte Major Dawlton zufällig die beiden. Er kannte sie gut, da er nahe der Villa wohnte.

»Sie verkehren schon viele Jahre miteinander und sind sehr befreundet«, meinte er. »Die Leute in Sunningdale begreifen nicht, warum sie nicht heiraten.«

»Ach, die Leute in Sunningdale begreifen wahrscheinlich manches nicht«, erwiderte der Redner anzüglich und ging zu seinem Büro zurück.

Am nächsten Sonntagmorgen stand der Chefinspektor schon um halb fünf auf und bereitete sich gerade eine Tasse Tee, als das Telefon plötzlich klingelte. Wütend sah er auf den Apparat, denn er hatte mehrere Berichte zu schreiben, die er am besten in den frühen Morgenstunden erledigen konnte. Wieder läutete es. Er nahm den Hörer ab und erkannte die Stimme Major Dawltons, der sehr erregt sprach:

»Kommen Sie bitte hierher. Ich habe Scotland Yard bereits verständigt, daß Sie den Fall übernehmen. Die Fotografen und die Leute von der Fingerabdruckabteilung sind schon unterwegs.«

»Was ist denn passiert?« fragte der Redner schnell.

Es dauerte einige Sekunden, bevor die Antwort kam.

»... Mrs. Gray – wirklich eine nette Frau, die hier in der Nähe wohnt, ist ermordet worden!«

»Was, ermordet? Haben Sie schon irgendeine Spur?«

»Nein. Sie ist sicher ermordet worden. Ach, es ist zu schrecklich – eine so schöne Frau... Haben Sie mich verstanden, Mr. Rater?«

»Ja, vollkommen«, entgegnete der Chefinspektor ruhig. »Der Fall scheint ja sehr interessant zu sein.«

Er legte den Hörer auf, trank seinen Tee und wartete dann auf der Straße, bis das Polizeiauto ihn abholte.

»Halten Sie nicht an«, rief er dem Chauffeur zu, sprang auf das Trittbrett, riß die Tür auf und setzte sich neben den Fahrer. »Wissen Sie schon Genaueres?«

Keiner der Beamten im Wagen konnte ihm Einzelheiten berichten. Die Frau war ihnen vollständig unbekannt.

Der Redner klappte den Mantelkragen hoch und lehnte sich zurück, um zu schlafen.

Als der Wagen vor dem kleinen Haus hielt, wachte Mr. Rater wieder auf. Die Haustür stand weit offen, und in der Eingangsdiele brannte Licht. Dort traf er Major Dawlton, der mit dem Polizeiinspektor von Sunningdale sprach.

»Gut, daß Sie kommen, Mr. Rater. Die Berkshire-Polizei hat

die Hilfe von Scotland Yard erbeten und uns zu dem Fall zugezogen.«

»Bin ich zugezogen oder Sie?« fragte Mr. Rater unfreundlich, denn der Major hatte nichts mit dem Außendienst zu tun.

»Natürlich Sie«, entgegnete Dawlton ärgerlich. »Ich bin gewissermaßen nur als – Zeuge hier. Nicht, daß ich etwas gesehen hätte«, fügte er schnell hinzu. »Aber die Leute kamen sofort zu meinem Haus und holten mich aus dem Bett.«

»Wo ist denn die Tote?«

Zum größten Erstaunen des Chefinspektors schüttelte der Major den Kopf.

»Das ist es ja gerade – sie ist nicht in der Wohnung, sie ist fortgeschafft worden! Hoffentlich waren Sie vorsichtig, als Sie von der Straße zum Haus gingen. Es sind nämlich Blutspuren draußen zu sehen. Aber das Verbrechen ist hier begangen worden.«

Er stieß die Tür zu dem kleinen Wohnzimmer auf, das hell erleuchtet war. Der Redner trat ein und sah sich um. In dem Raum herrschte große Unordnung. Tisch und Stühle waren umgeworfen, und eine Vase lag in Scherben auf dem Boden. Auf dem hellen Teppich zeigte sich ein großer, dunkler Blutfleck.

»Vielleicht wäre es besser, wenn ich Ihnen alles sagte, was sich zugetragen hat«, meinte der Major.

»Nein, das ist unnötig.« Der Redner konnte manchmal sehr kurz und abweisend sein. »Zunächst möchte ich feststellen: Bearbeite ich den Fall, oder bearbeite ich ihn nicht? Wenn ich ihn aber bearbeite, dann muß ich die Untersuchung auch allein führen, und Sie sind für mich dann weiter nichts als ein ganz gewöhnlicher Mitbürger.«

Der Major ärgerte sich, aber er zeigte es äußerlich nicht.

»Schön, dann werde ich draußen im Garten warten.«

»Warten Sie, wo Sie wollen«, erwiderte Mr. Rater und wandte sich an den Inspektor der Berkshire-Polizei.

Die Geschichte, die er von diesem Beamten erfuhr, war sehr einfach. Ein Polizist hatte auf seinem Rundgang um halb vier morgens gesehen, daß Licht in der Eingangsdiele der Villa brannte. Er öffnete das Gartentor, und als er zur Haustür kam, fand er sie nur angelehnt. Gleichzeitig bemerkte er eine große Blutlache auf der Schwelle. Er rief ins Haus, erhielt aber keine Antwort. Da er wußte, daß Mrs. Gray allein wohnte, wartete er nicht länger, ging hinein und entdeckte an den Wänden des Ganges überall Blutspuren.

Im Wohnzimmer brannte Licht, und er sah, daß hier ein Kampf stattgefunden haben mußte. Mehr konnte er jedoch nicht feststellen.

Mr. Rater rief die beiden Beamten von Scotland Yard, die mit ihm gekommen waren, und zeigte auf die polierten Messingstangen des Kamingitters.

»Hier sind Fingerabdrücke. Machen Sie eine Aufnahme davon. Wenn es Tag geworden ist, werde ich das ganze Zimmer genau untersuchen.«

Im Kamin lag noch Holzasche und ein angebranntes Stück Papier. Behutsam nahm er es heraus und betrachtete es genauer. Deutlich konnte er die Schriftzüge einer Frau erkennen.

»Versuchte, mich zu töten... Verteidigte mich selbst...«

Die Worte waren unregelmäßig und hastig geschrieben.

Nachdem er das verkohlte Blatt sorgfältig auf den Tisch gelegt hatte, ging er hinaus und machte einen Rundgang um das Haus. Die Morgendämmerung begann, und er konnte auch auf dem gepflasterten Weg vor dem Haus Blutspuren sehen. Es mußte jemand in blutendem Zustand auf die Straße geschafft worden sein. Dort verlor sich die Spur.

Mrs. Gray hatte einen kleinen Zweisitzer. Die Tür zur Garage war geschlossen, und man fand den Wagen vollkommen in Ordnung.

»Was schließen Sie aus dem Befund?« fragte der Major, der nicht länger schweigen konnte. »Es ist doch alles klar. Sie hatte Streit mit jemand, wurde ermordet und fortgebracht.«

»Ach, sind das die Hausangestellten?« unterbrach ihn der Redner, als er zwei Frauen quer über die Straße kommen sah. Er hatte nach ihnen geschickt, setzte aber keine großen Hoffnungen auf ihre Aussagen.

Zuerst führte er die Mutter, die die Stellung einer Köchin einnahm, ins Speisezimmer und stellte die gewöhnlichen Fragen an sie. Der Major erschien unaufgefordert zu der Vernehmung. Die Frau hatte schon erfahren, was geschehen war, und zitterte vor Aufregung.

»War gestern abend jemand hier?«

»Nur Mr. Vanne.«

Der Redner sah sie düster an. Das tat er gewöhnlich, wenn er überrascht war.

»Mr. Leicester Vanne.«

Sie nickte.

»Um welche Zeit war er hier?«

»Er war noch da, als ich fortging. Eine Bekannte von mir sah, daß sein Wagen etwa um Mitternacht nach London zurückfuhr. Ich möchte nichts sagen, was ich eigentlich nicht sagen sollte«, fügte sie mit nervöser Hast hinzu, »aber die beiden hatten einen schrecklichen Streit miteinander.«

»Wer?«

»Mrs. Gray und Mr. Vanne. Er brüllte und verlangte eine Erklärung für irgend etwas. Sie bat ihn, sich doch zu beruhigen und nicht so laut zu schreien.«

»Haben Sie an der Tür gelauscht?«

Die Frau wurde bleich.

»Ja – das muß ich zugeben. Ich hörte, wie Mrs. Gray sagte: ›Es ist mir unmöglich, dich zu heiraten. Den Grund dafür kann ich dir nicht sagen. Wenn du mich wirklich liebtest, würdest du nicht so unvernünftig sein.‹«

»Und was geschah dann?« fragte der Redner, der den Inhalt der Angaben schnell notierte.

»›Ich würde dich eher umbringen, als dich verlieren oder einem anderen überlassen‹, sagte er. Darauf kann ich einen Eid leisten, obwohl er sonst sehr nett zu uns war und ich ihn nicht in Schwierigkeiten bringen möchte.«

»Haben die beiden noch miteinander gestritten, als Sie fortgingen?«

Sie schüttelte den Kopf.

Sie hatten sich in ruhigem Ton unterhalten, als die Köchin durch die geschlossene Tür Gute Nacht wünschte.

Ihre Tochter konnte nichts aussagen, weil sie schon eine Stunde vor Beginn der Auseinandersetzung gegangen war.

»Nun, was sagen Sie jetzt?« fragte der Major eifrig. »Die Sache wird doch immer klarer. Mr. Vanne blieb in der Wohnung und fing einen neuen Streit mit der Frau an ...«

»Sie hat sich aber zur Ruhe gelegt«, erwiderte Mr. Rater kühl. »Und der Mann, der den Mord begangen hat, kam nicht durch die vordere Haustür herein, sondern von der Hinterseite. Wenn Sie um das Haus herumgehen, finden Sie die Spuren eines Stemmeisens an der Küchentür. Und das Schloß ist erbrochen!«

Der Major schwieg einen Augenblick.

»Ich kenne natürlich Mr. Leicester Vanne«, meinte er dann. »Er ist sehr jähzornig. Selbstverständlich müssen Sie in dieser Richtung Nachforschungen anstellen.«

»Der schlaue Gedanke ist mir auch bereits gekommen«, entgegnete der Redner ironisch.

Es war schon halb acht, als der Chefinspektor die Wohnung Mr. Vannes erreichte. Nach mehrfachen Erkundungen stellte er fest, daß der junge Mann sein Auto in einer nahen Mietgarage einstellte. Um acht Uhr kehrte Rater zurück und unterhielt sich mit dem Portier, der ihm aber keinen Aufschluß geben konnte, da er erst seit sieben auf seinem Posten war.

Die Wohnung lag in der ersten Etage und Mr. Vanne öffnete persönlich, als der Redner klingelte. Er erkannte den Beamten sofort wieder. Mit etwas abweisender Stimme wünschte er Guten Morgen, aber der Redner sah, daß es Vanne große Mühe kostete, eine ruhige Miene zu zeigen.

»Kommen Sie bitte herein.«

Mr. Vanne öffnete die Tür weiter. Der Redner stellte jedoch fest, daß er ein wenig zögerte und es ungern tat. Auch entdeckte er, daß er einen seidenen Schlafrock über einem Straßenanzug trug. Mr. Vanne sah müde aus und war unrasiert. Aus all diesen Anzeichen ging hervor, daß er eine schlaflose Nacht hinter sich hatte.

Er führte seinen Besucher in ein kleines Arbeitszimmer.

»Nun, was kann ich für Sie tun?«

Mr. Rater sah ihn durchdringend an, bevor er antwortete.

»Ich komme wegen der verstorbenen Mrs. Gray.«

Mr. Vanne schaute ihn verblüfft an.

»Verstorben? Sie wollen doch nicht sagen, daß sie tot ist? Was meinen Sie denn damit?« fragte er ungläubig.

Der Redner erzählte in kurzen Worten, was sich seiner Meinung nach diese Nacht zugetragen hatte. Während er sprach, schwand die Angst allmählich aus Vannes Zügen, und schließlich lachte er laut auf.

»Wie absurd! Sie glauben tatsächlich, daß Mrs. Gray tot ist?«

Der Redner schwieg.

»Großer Gott, Sie bilden sich doch nicht etwa ein, daß ich sie umgebracht habe?«

»Ich bilde mir gar nichts ein«, erwiderte Mr. Rater. »Ich halte mich nur an Tatsachen. In der Villa in Sunningdale habe ich Blutspuren gefunden, ebenso auf dem Weg vor der Haustür. Außerdem kann man deutlich sehen, daß ein menschlicher Körper auf die Straße gezerrt wurde.«

Er machte eine eindrucksvolle Pause.

»Und dann habe ich auch in Ihrem Auto Blutflecken gefunden!«

Mr. Vanne hatte seine Fassung wiedergefunden. Etwas bleicher war er allerdings geworden, als er erkannte, in welch kritischer Lage er sich befand.

»Natürlich haben Sie den Wagen gesehen. Wie dumm von mir!«

»Welche Erklärung können Sie mir geben?«

Mr. Vanne zuckte die Schultern.

»Ich weiß nicht, wo Mrs. Gray ist, und ich kann Ihnen auch sonst nichts über den Fall sagen.«

Mr. Rater legte die Stirn in Falten und schaute hinaus.

»In Ihrem Wagen sind Blutspuren«, wiederholte er mit eigentümlicher Betonung. »Trugen Sie gestern Abendkleidung?«

Vanne nickte.

»Bitte zeigen Sie mir den Anzug und das Oberhemd.«

Vanne zuckte nicht mit der Wimper, als der Chefinspektor ihn scharf musterte.

»Ich habe etwas Kaffee verschüttet und den Einsatz beschmutzt, deshalb habe ich es verbrannt. Der Smoking und die Beinkleider waren alt, ich habe sie mit dem Frackhemd zusammen auch unten in die Zentralheizung geworfen, bevor der Portier aufstand. Ich teile Ihnen das deshalb mit, weil der Nachtportier es Ihnen wahrscheinlich später doch sagen wird. Er hat mich mit dem Paket in den Keller gehen sehen.«

»Natürlich waren Blutflecken daran«, meinte der Redner nachdenklich. »Am vergangenen Abend waren Sie mit Mrs. Gray zusammen in ihrer Villa, und Sie hatten einen heftigen Streit miteinander –«

Vanne machte eine verzweifelte Handbewegung.

»Es ist mein Fehler, daß ich so streitsüchtig bin«, erwiderte er niedergeschlagen. »Dieser entsetzliche Jähzorn! Aber ich verspreche Ihnen, daß ich von jetzt ab ...«

»Wo ist Mrs. Gray?«

»Ich habe Ihnen ja schon gesagt, daß ich es nicht weiß. Seit gestern abend habe ich sie nicht wiedergesehen. Wenn Sie glauben, daß ich sie ermordet habe, dann verhaften Sie mich doch.«

Er zitterte vor Erregung.

»Da Sie zugeben, daß Sie zum Jähzorn neigen...«, begann der Redner.

»Ich weiß, daß es mein Fehler ist. Es tut mir außerordentlich leid, aber ich kann Ihnen weiter nichts über Mrs. Gray sagen. Wie unvorsichtig und dumm habe ich mich doch benommen!«

»Ja, das stimmt«, sagte der Chefinspektor, als er sich zur Tür wandte. »Ich komme später wieder, Mr. Vanne.«

Der Redner zog am Vormittag noch mehrere Erkundigungen ein und war mit dem Resultat zufrieden.

Gegen zwölf Uhr hielt man in Scotland Yard eine Konferenz ab, zu der Major Dawlton jedoch nicht zugezogen wurde. Um ein Uhr traf ein Telegramm von einem Arzt in Devonshire ein, das den Redner auf eine neue Spur brachte. Zu gleicher Zeit lief auch der Bericht eines kleinen Krankenhauses in der Nähe von Horsham ein, der die letzte Lücke ausfüllte.

Am Nachmittag ging Mr. Rater wieder zu Mr. Vanne, der ihn offenbar erwartete.

»Ich will Ihnen keine Schwierigkeiten machen«, erklärte er. »Ich hole bloß noch meinen Hut, dann komme ich mit Ihnen.«

»Ich habe nicht die Absicht, Sie zu verhaften, wenn Sie das meinen sollten. Nur muß ich Sie um Auskunft bitten, wo Sie den Mann gelassen haben.«

Mr. Vanne wurde bleich.

»Fünf Meilen hinter Horsham – ich habe ihn aber nicht auf der Straße liegenlassen –«

»Nein, er ist von selbst verschwunden«, erwiderte Mr. Rater. »Jetzt liegt er im Langwell Cottage-Hospital mit einer großen Wunde im rechten Oberarm... Unglaublich, wie solche Wunden bluten können.«

Vanne starrte ihn verwundert an.

»Lebt er denn noch?« flüsterte er.

Der Redner nickte.

»Der Mann leidet an Krämpfen – ich habe das in seinen Personalakten in Scotland Yard inzwischen feststellen können. Übrigens hat der Gefängnisarzt das auch bestätigt. Ich vermutete schon etwas Ähnliches. Diese Kerle sterben nicht so leicht, aber wenn sie einen Anfall bekommen, sieht es aus, als ob sie tot wären.«

Er nahm ein Telegramm aus der Tasche und faltete es auseinander.

»Henry Walter Wassing heißt er – als John Smith wurde er

verurteilt. Ich fahre jetzt nach Horsham, um mir den Mann einmal anzusehen. Ich glaube, er wird nun wieder nüchtern und bei Besinnung sein. Hätte sich Mrs. Gray mir anvertraut, so hätte ich ihr genügend Material gegeben, und sie hätte sich in aller Stille von ihm scheiden lassen können. – Erzählen Sie mir jetzt einmal Ihre Geschichte im Zusammenhang.«

Mr. Vanne hatte sich inzwischen beruhigt und kam der Aufforderung des Chefinspektors nach.

»Ich traf Mrs. Gray vor etwa fünf Jahren zum erstenmal bei einer bekannten Familie und verliebte mich sofort in sie. Trotz meines jähzornigen Charakters erwiderte sie meine Neigung, nur weigerte sie sich, mich zu heiraten. Ich glaubte, sie wäre Witwe, und konnte infolgedessen den Grund für ihre Weigerung nicht verstehen. Ich wußte nicht, daß ihr Mann für ein schreckliches Verbrechen eine zehnjährige Zuchthausstrafe absaß. Sie wollte sich nicht scheiden lassen, da sie die Öffentlichkeit fürchtete. Dazu kam noch, daß sie sich heimlich hatte trauen lassen. Niemand wußte von dem entsetzlichen Leben, das sie an seiner Seite geführt hatte. Sie war gerade nahe daran, mir alles zu erzählen, weil sie gehört hatte, daß Wassing entlassen werden sollte, als er plötzlich unerwartet am Sonnabend nachts in ihrem Haus auftauchte. Er war betrunken und versuchte sie zu erwürgen. Zu ihrer Selbstverteidigung stach sie mit einem Dolch nach ihm, den ich ihr früher einmal als Brieföffner geschenkt hatte. Er stürzte zu Boden und blutete stark. Jetzt weiß ich glücklicherweise, daß er in eine Art Starrkrampf verfiel. Sie glaubte aber, daß sie ihn getötet hätte, und schrieb mir einen Brief. Sie hatte die Fassung vollständig verloren und wollte Selbstmord begehen. Während sie schrieb, wurde sie aber ein wenig ruhiger, verbrannte die Nachricht und erzählte mir am Telefon kurz, was sich zugetragen hatte. Ich fuhr mit meinem Wagen sofort nach Sunningdale, brachte sie zuerst in meine Wohnung und kehrte dann zur Villa zurück.

Zunächst hatte ich die Absicht, den vermeintlichen Toten an die Küste zu bringen und ihn dort am Ufer liegenzulassen. Aber ich machte Fehler über Fehler. Ich ließ das elektrische Licht im Flur brennen und die Haustür offenstehen. Dadurch ist natürlich alles vorzeitig herausgekommen. Es gelang mir, den Mann in den Wagen zu schleppen. Kurz hinter Horsham hatte ich durch eine Motorpanne eine Viertelstunde Aufenthalt. Während dieser Zeit muß er das Bewußtsein wiedererlangt haben und aus dem Wagen gekrochen sein. Ich stieg wieder ein und fuhr weiter. Erst nach zehn Minuten entdeckte ich, daß er nicht mehr bei mir war. Ich fuhr zurück, sah mich überall nach ihm um, konnte ihn aber nicht finden. Mrs. Gray hielt sich solange in meiner Wohnung auf. Sie ist jetzt in Bournemouth. Als Sie heute morgen zu mir kamen, erschrak ich sehr, denn ich fürchtete, daß Sie meine Zimmer durchsuchen würden. Um Zeit zu gewinnen, erzählte ich Ihnen, daß ich meine Kleider verbrannt hätte, was aber nicht stimmte. Wie haben Sie denn alles in so kurzer Zeit herausgebracht?«

Der Chefinspektor machte eine abwehrende Handbewegung.

»Die Fingerabdrücke auf dem Kamingitter wurden in Scotland Yard identifiziert, und dann ergab sich eins aus dem anderen. Übrigens hatte der Kerl einen Brief in der Tasche, den er selbst geschrieben hat. Daraus geht klar hervor, daß er die Absicht hatte, seine Frau umzubringen.«

Die Privatsekretärin

Der Redner kannte die London and Southern Bank, weil er dort selbst ein kleines Konto hatte. Auch Mr. Baide, den Direktor der Piccadilly-Filiale, kannte er dem Aussehen nach, denn er hatte selbst einmal eine Zeitlang eine verhältnismäßig billige Wohnung in der St. James Street gehabt. Der Hauseigentümer kam ihm mit der Miete entgegen, da er die Anwesenheit eines so hohen Polizeibeamten für ein sicheres Abschrekkungsmittel gegen Einbrecher hielt.

Wenn Mr. Rater morgens zuweilen am Fenster saß und seine Pfeife rauchte, sah er häufig Mr. Baide, der langsam die St. James Street nach Piccadilly zu ging. Der Bankmann hatte den Zylinder etwas in den Nacken geschoben und trug Sommer und Winter den Mantel offen. Er sah gewöhnlich nachdenklich aus, und der Redner hielt ihn für einen Philosophen.

Es war ein merkwürdiges Zusammentreffen, daß Chefinspektor Rater gerade von der London and Southern Bank zu Hilfe gerufen wurde, als er sich um Mr. Joseph Purdew kümmerte, der früher wegen Betrugs und Vertrauensbruchs eine Strafe im Dartmoor-Gefängnis abgesessen hatte. Jetzt war der Mann Inhaber einer Firma, und Mr. Rater interessierte sich dafür, wie es augenblicklich mit seiner Ehrlichkeit stand. Joe Purdew hatte schöne Büroräume in einer vornehmen Straße im Westen Londons und betrieb dort das Geschäft eines Buchmachers und Kommissionsagenten. Pekuniär ging es ihm gut.

Joe schien sich über den Besuch des Chefinspektors nicht allzusehr zu freuen. Die äußere Herzlichkeit, mit der er ihn begrüßte, täuschte den Redner in keiner Weise.

»Aber treten Sie doch bitte näher, Mr. Rater. Darf ich Ihnen vielleicht ein Glas Wein anbieten?«

Joe war von untersetzter Gestalt und hatte eine etwas rote Gesichtsfarbe. Er lief hierhin und dorthin und gackerte wie eine alte Henne. Schließlich machte er die Mahagonitür sorgfältig zu, die zu dem äußeren Büro führte.

»Sonderbar, daß Sie heute zu mir kommen. Vor ein paar Tagen hatte ich die Absicht, Ihnen zu schreiben.«

»Was für einen Schwindel hatten Sie denn vor?« fragte Rater und machte eine abwehrende Handbewegung, als Joe Purdew eine Weinflasche aus dem Schrank holen wollte.

Joe strahlte.

»Aber Mr. Rater, das ist durchaus kein Schwindel. Ich betreibe ein anständiges Geschäft. Vierhundert der bestsituierten Leute Londons sind meine Kunden. Ich mache etwa tausend Pfund wöchentlich Verdienst. Sie sind alle etwas dumm, diese Leute, aber es ist doch schließlich kein Verbrechen, durch die Dummheit anderer Menschen Geld zu verdienen! Es geht bei mir absolut ehrlich zu, Mr. Rater. Mit den früheren Gewohnheiten habe ich vollständig gebrochen«, erklärte Joe mit tugendhaftem Gesicht. »Ich freue mich, daß ich ruhig in meinem Haus in Bayswater wohnen kann und nicht fürchten muß, daß jeden Augenblick ein Schutzmann kommt, mir auf die Schulter klopft und mich zur nächsten Polizeiwache mitnimmt. Wissen Sie noch, wie Sie mich damals in Southampton verhafteten? Aber Gott weiß, ich trage es Ihnen nicht nach.«

Mr. Rater hatte keinen besonderen Grund für seinen Besuch. Er hatte nur von Joes neuester Beschäftigung gehört und wollte sich einmal bei ihm umsehen.

Als er die Tür zum äußeren Büro öffnete, wäre er beinahe mit einer Dame zusammengestoßen, die gerade eintreten wollte.

Sie war groß und stattlich, hatte kastanienbraunes Haar und verstand es ausgezeichnet, sich dezent zu schminken. Da sie außerdem sehr gut gekleidet war, vermutete der Redner, daß sie zu den »vierhundert bestsituierten Leuten Londons« gehörte, die Joe zu seinen Kunden zählte.

Gleichzeitig hatte er den Eindruck, daß er sie schon irgendwo gesehen haben mußte. Das Gedächtnis spielte ihm einen Streich; denn die Erinnerung an sie war mit einer zerbrochenen Glasscheibe verbunden.

Er trat zur Seite, um ihr Platz zu machen, und sie rauschte majestätisch an ihm vorüber.

Als er nach Scotland Yard zurückkehrte, wurde ihm der erste Bericht über den Betrug bei der London and Southern Bank überreicht, der zwar zwei Folioseiten füllte, aber merkwürdig wenig Greifbares enthielt. Der Sachverhalt bestand darin, daß ein Scheck über fünfunddreißigtausend Pfund vorgezeigt und ausgezahlt worden war. Später hatte man festgestellt, daß die Unterschrift gefälscht war.

Mr. Baide kam in das äußere Geschäftszimmer, um Mr. Rater zu empfangen. Er sah sehr bekümmert und versorgt aus. Sein graumeliertes Haar war etwas zerwühlt, und sein müder Blick sprach von einer schlaflosen Nacht.

Die Piccadilly-Filiale der London and Southern Bank war erst kürzlich renoviert worden und bot das Letzte an luxuriöser Vornehmheit. Der Chefinspektor fühlte sich in diesen schönen Räumen wohl.

Mr. Baide führte ihn zu seinem Privatbüro, schloß vorsichtig die Tür und schob dann einen Stuhl für seinen Besucher an den Schreibtisch.

»Es ist eine direkt katastrophale Angelegenheit«, sagte er bedrückt. »Fünfunddreißig Jahre bin ich nun bei der Bank, aber noch niemals ist mir eine Fälschung vorgekommen.«

»Da haben Sie ja Glück gehabt«, meinte der Redner.

Er interessierte sich nicht für die Lebensgeschichte des Mannes, er wollte nur die Tatsachen über den gefälschten Scheck von fünfunddreißigtausend Pfund erfahren. Es stellte sich heraus, daß der Scheck von jemand präsentiert worden war, den niemand gesehen hatte. Der Kassierer hatte ihn nicht ausgezahlt, und die Eintragung in den Büchern war von einem Clerk vorgenommen worden, den keiner kannte...

»Von Mr. Gillans Sekretär erhielten wir die erste Nachricht, daß etwas nicht in Ordnung sei. Er kam zu mir, zeigte mir das Kassabuch und sagte, daß keine Eintragung über fünfunddreißigtausend Pfund darin stände. Wir haben eine Eintragung – allerdings in einer fremden Handschrift. Sehen Sie her.«

Er öffnete ein Kontobuch und deutete auf eine Zeile:

Offener Scheck über £ 35 000.–

»Nach langem Suchen haben wir schließlich auch den Scheck gefunden, der versehentlich falsch abgelegt war. Er ist zweifellos gefälscht. Hier ist er.«

Bei diesen Worten reichte er dem Detektiv ein Formular. Mr. Rater betrachtete es, roch daran, hielt es gegen das Licht und legte es schließlich wieder vorsichtig auf den Schreibtisch.

»Stammt es aus Mr. Gillans Scheckbüchern? Sicher haben Sie doch ein Verzeichnis der Hefte, die Sie Ihren Kunden aushändigen?«

Mr. Baide nickte.

»Ja, es war der vorletzte Scheck aus einem der Hefte, die wir Mr. Gillan vor einem Monat schickten. Wir übersenden ihm gewöhnlich zehn Hefte zu je hundert Formularen für das halbe Jahr. Mr. Gillan ist ein sehr reicher Börsenmakler am Grosvenor Square und hat sein Privat- und Geschäftskonto bei uns.«

Der Redner prüfte das kleine Blatt noch einmal. Über dem Namen der Bank standen in kleinen Buchstaben die Worte »Konto Thomas L. Gillan«, und in der linken Ecke war der Scheck mit den beiden Buchstaben C. E. gegengezeichnet.

»Wer ist denn C. E.?«

Mr. Baide lächelte schwach.

»Die beiden Buchstaben stehen für die Zahl fünfunddreißigtausend. A bedeutet zum Beispiel eintausend, B zweitausend und so weiter. Das ist ein zur Kontrolle vereinbarter Geheimcode.«

»Wer kennt ihn? Selbstverständlich sind Sie eingeweiht – aber wer sonst noch?«

»Es war nur eine Verabredung zwischen Mr. Gillan und mir selbst. Alle großen Schecks mußten mir vorgelegt werden, damit ich sie prüfen kann. Das Merkwürdige ist aber, daß mir dieser Scheck nicht vorgelegt wurde. Meine Privatsekretärin meinte noch heute morgen, daß ich den Betrug sicher erkannt hätte.«

»Wer ist denn Ihre Privatsekretärin?«

»Ich kann sie ja einmal kommen lassen.«

Mr. Baide drückte auf eine Klingel, und ein paar Sekunden später trat Miss Helen Lyne ein.

Sie war etwas über mittelgroß und sehr schlank. Das dunkle Haar trug sie zurückgekämmt, und die Hornbrille stand ihr vorzüglich. Der Redner hielt sie für etwa vierundzwanzig. Sie sah sehr intelligent und befähigt aus, trat ruhig und selbstbewußt auf und begegnete dem Blick des Detektivs, ohne die geringste Befangenheit zu zeigen.

Mr. Rater begrüßte sie mit einem Kopfnicken.

»Kennen Sie diesen Code?« fragte er dann ohne weitere Einleitung und zeigte auf die beiden großen Buchstaben in der Ecke des Schecks.

Einen Augenblick runzelte sie die Stirn.

»Ach, meinen Sie den Code, den Mr. Gillan für seine Schecks benützt? Ja, der ist mir bekannt.«

Mr. Baide machte ein erstauntes Gesicht.

»Ich habe Ihnen aber doch niemals etwas davon gesagt«, erwiderte er.

Sie lächelte leicht.

»Nein, aber die Sache ist doch so furchtbar einfach, daß ich sehr bald dahinterkam.«

»Der Scheck wurde nicht in Mr. Baides Abwesenheit vorgelegt?«

Sie schüttelte den Kopf.

»Nein, ich habe ihn niemals vorher zu sehen bekommen.«

Der Redner stellte noch einige Fragen an sie. Unwillkürlich hatte er den Eindruck, daß sie sich in gewisser Weise über ihn lustig machte, und wurde ärgerlich. Schließlich entließ er sie und wartete, bis sie die Tür geschlossen hatte. Dann ging er langsam und leise nach und öffnete schnell. Aber die Sekretärin war nicht zu sehen.

»Wann haben Sie diese Dame engagiert?«

Mr. Baide seufzte.

»Sie ist sehr tüchtig, aber ich komme nicht besonders gut mit ihr aus. Vor sechs Monaten wurde sie mir von der Generaldirektion zugewiesen. Ich kann mich allerdings nicht über sie beschweren. Sie ist fleißig und macht öfter Überstunden.«

»Wo bewahren Sie denn Ihre Schlüssel auf?«

Baide führte ihn zu einem Safe, der in die Wand eingelassen war.

»Hier.« Er zeigte auf eine Reihe von ungefähr zwanzig Schlüsseln der verschiedensten Größen, die an Stahlhaken hingen.

»Kann Miss Lyne diesen Safe öffnen?«

»Für gewöhnlich nicht. Ein- oder zweimal habe ich sie geschickt, um einen Schlüssel zu holen. Ich vertraue ihr selbstverständlich in jeder Weise.«

Später vernahm der Redner noch den stellvertretenden Direktor, den Buchhalter und den Kassier, aber am Ende war er ebenso klug wie vorher.

»Der Betrug kann nur von einem Angestellten der Bank begangen worden sein, der Zutritt zu den Büchern hat und auch zu Ihrem Safe«, sagte er zu Mr. Baide, als er ging.

Dieser sah ihn gespannt an, aber wenn er hoffte, daß ihm der Redner seine Ansicht über den Fall mitteilen würde, täuschte er sich sehr.

Mr. Rater ging nach Scotland Yard zurück und teilte seinem Chef alle Einzelheiten mit, die er festgestellt hatte.

»Ach, der Scheck mit Gillans Unterschrift war gefälscht? Das ist merkwürdig. Einen Tag vor der Vorzeigung wurde nämlich Mr. Gillan fälschlicherweise totgesagt. Er sollte bei einem Flugzeugabsturz in Kent getötet worden sein. Aber offenbar handelte es sich um eine Verwechslung.«

Der Redner sah ihn nachdenklich an, schwieg aber.

Als er am nächsten Morgen wieder zur Bank ging, erfuhr er, daß Mr. Baide nicht erschienen war. Der Mann hatte einen Nervenzusammenbruch erlitten, und es ging ihm anscheinend sehr schlecht.

»Nun, Sie können mir sicher auch behilflich sein«, wandte sich der Redner an Mr. Wynne, den stellvertretenden Direktor. »Lassen Sie mir doch eine Liste Ihrer Kunden zusammenstellen, die in den letzten zwölf Monaten gestorben sind –«

Er hörte einen unterdrückten Ausruf hinter sich und drehte sich schnell um.

Miss Lyne war geräuschlos eingetreten und starrte ihn verwundert an. Dann sagte sie etwas, das ihr der Redner nicht verzeihen konnte.

»Wie klug von Ihnen!«

Er sah sie noch sprachlos an und wußte nicht, was er auf diese vorlaute Äußerung erwidern sollte, als ein Angestellter hereinkam.

»Mrs. Luben-Kellner wünscht Sie zu sprechen«, wandte er sich an Mr. Wynne.

Der Name war dem Redner bekannt. Mrs. Luben-Kellner besaß einen Rennstall und hatte einen ganz bestimmten Ruf in der Sportwelt. Ihre Pferde hatten jedoch nur wenig Erfolg, und man hielt ihren Rennstall für einen der schlechtesten in England, obwohl sie große Summen für die Tiere ausgegeben hatte. Nach allgemeiner Ansicht rührten die Mißerfolge davon her, daß sie die Pferde selbst trainierte. Sie war der einzige weibliche Trainer Englands und sehr stolz auf diese Tatsache.

Der Bankmann sah den Chefinspektor zweifelnd an.

»Ich müßte die Dame eigentlich empfangen.«

»Soll ich herausgehen?«

»Nein, das Gespräch ist wohl kaum privat. Wenn Sie nichts dagegen haben, bitte ich sie hier herein.«

Der Redner schüttelte den Kopf. Er hatte niemals etwas dagegen, mit Leuten zusammenzukommen.

Die Dame trat ein, und Mr. Rater war nicht wenig erstaunt, als er dieselbe Frau erkannte, die er vor kurzer Zeit in Joe Purdews Büro getroffen hatte. Das Erkennen war gegenseitig. Sie warf dem Redner einen schnellen Blick zu, und als sie sprach, klang ihre Stimme ein wenig heiser.

»Es tut mir leid, daß ich Sie stören muß, aber – wo ist denn Mr. Baide?«

»Er fühlt sich nicht wohl«, entgegnete sein Stellvertreter. »Aber ich kann ebenso alles erledigen, was Sie wünschen.«

Sie sah wieder zu dem Redner hinüber und zögerte.

»Ich möchte die Sache aber mit Ihnen allein und nicht in Gegenwart von Fremden besprechen«, erwiderte sie etwas anmaßend. Ihre Stimme klang hart und gewöhnlich, und in ihrer Erregung zeigte sie, daß ihre Bildung und ihre guten Manieren nur angelernt waren.

Es blieb dem Chefinspektor nichts anderes übrig, als das Büro zu verlassen. Seltsamerweise mußte er bei ihrem Anblick aufs neue an eine zerbrochene Glasscheibe denken.

Nach einer Weile kam Mr. Wynne heraus, ging in Mr. Baides Büro und kehrte dann wieder zu der Dame zurück. Mr. Rater wartete, bis sie gegangen war.

»Wer ist denn das?« fragte er dann.

Mr. Wynne zuckte die Schultern. Er wußte nur, daß sie ein großes Einkommen besaß. Mehr konnte oder wollte er nicht über sie sagen, und Bankiers sind im allgemeinen – besonders Detektiven gegenüber – sehr zurückhaltend mit ihren Angaben über Kunden.

»Sie kam nicht, um etwas Geschäftliches mit mir zu besprechen, sondern um ein Notizbuch zu holen, das sie gestern in Mr. Baides Büro liegenließ.«

Der Redner hatte die Wartezeit dazu benützt, sich etwas eingehender mit der Sekretärin zu beschäftigen. Neue Tatsachen hatte er dabei allerdings nicht ans Licht bringen können. Nachdem er sich von Mr. Wynne verabschiedet hatte, trat er noch einmal bei ihr ein. Sie saß an ihrem Schreibmaschinentisch und hörte ihn nicht, da er die Tür geräuschlos öffnete. Als er sie anredete, schrak sie zusammen und schloß schnell das kleine Notizbuch, in dem sie gelesen hatte. Ihre Bewegung war so hastig, daß er Argwohn schöpfte.

»Was wollten Sie denn eigentlich vorhin mit Ihrer Bemerkung ›Wie klug von Ihnen!‹ sagen?«

Sie wandte sich in ihrem Drehstuhl um und sah ihm offen ins Gesicht. Zu seinem größten Unbehagen glaubte er wieder ein spöttisches Lächeln in ihren Zügen zu bemerken.

»Ich hatte eben die Überzeugung, daß Sie sehr scharfsinnig und geschickt handelten. Sie sind doch Mr. Rater?«

Er nickte.

»Jemand hat mir einmal erzählt, daß Sie sehr schweigsam wären, aber hier bei uns haben Sie eigentlich ziemlich viel geredet.«

Mr. Rater wurde plötzlich rot und war ärgerlich auf sich und auf sie.

»Bisher haben zwei Leute versucht, mich hinters Licht zu führen, und nur einer von ihnen ist dem Galgen entkommen!«

Sie lächelte freundlich.

»Dann gehe ich wahrscheinlich schlechten Zeiten entgegen! Es tut mir leid, Mr. Rater. Ich habe eben nur im Scherz gesprochen. Aber es war wirklich ein sehr kluger Gedanke von Ihnen. Sie haben sich sicher auch überlegt, daß bei einem Todesfall weniger Lärm über einen gefälschten Scheck gemacht wird, als wenn der Betreffende noch höchst lebendig ist und sich selbst um die Sache kümmern kann. Alle Leute glaubten doch, daß Mr. Gillan bei dem Flugzeugunglück umgekommen war. Aber er lebt noch und macht nun einen Mordsspektakel, wenn Sie diesen wenig damenhaften Ausdruck gestatten.«

Der Redner betrachtete sie mit einem sonderbaren Blick.

»Wie klug von Ihnen!« entgegnete er dann. »Sie wissen so viel, daß ich Sie eigentlich mit mir nach Scotland Yard nehmen möchte, um mich einmal gründlich mit Ihnen über den Fall auszusprechen!«

Sie schüttelte den Kopf.

»Das wäre nur Zeitverschwendung. Aber ich kann Ihren Standpunkt sehr gut verstehen. Warten Sie, ich will Ihnen einmal etwas zeigen.«

Sie zog die oberste Schublade ihres kleinen Schreibtisches auf und nahm ein ledergebundenes Notizbuch heraus. Sie blätterte schnell darin und deutete dann auf eine Seite, die ganz mit Zahlen beschrieben war. Er bemerkte, daß die letzte Eintragung »£ 35 000.–« lautete.

»Das ist das Notizbuch, das Mrs. Luben-Keller hier liegenließ ... Ich habe gesagt, daß ich es nicht gesehen hätte.«

Der Redner nahm es ihr aus der Hand und steckte es ein.

»Sehr interessant. Aber nun möchte ich Ihnen auch ein paar recht merkwürdige Tatsachen mitteilen. Kennen Sie einen Joe Purdew?«

Zu seinem größten Erstaunen nickte sie.

»Er ist doch ein sehr gerissener Buchmacher?«

»Sehr gerissen!« antwortete sie trocken.

»Und außerdem ein niederträchtiger Charakter. Eine junge Dame geht jeden Abend zu ihm. Ihr Haar ist nicht so glattgekämmt wie das Ihre, und sie trägt auch keine Hornbrille.«

»Vielleicht tut sie das nur in seinem Büro. Sie ist bestimmt kurzsichtig«, erwiderte sie ruhig.

»Sie nennt sich aber nicht Miss Lyne, sondern Miss Larner, wenn ich mich nicht sehr irre.«

Sie lächelte.

»Sie sind wirklich klug«, sagte sie anerkennend.

»Es ist doch nichts Besonderes daran, daß ich Sie beobachtet habe. Aber nun erzählen Sie mir bitte, warum und weshalb Sie abends zu diesem offenkundigen Verbrecher gehen.«

Das Lächeln verschwand aus ihren Zügen.

»Ich führe seine Bücher. Er braucht nicht viel für meine Arbeit zu zahlen, und er hat es schließlich aufgegeben, Annäherungsversuche zu machen – das war zuerst eine recht unangenehme Geschichte.«

»Ist Mrs. Kellner eine Kundin von ihm?«

Sie nickte.

»Seine beste Kundin!«

»Ich kann sie nicht verstehen, und mich selbst begreife ich auch nicht. Sooft ich sie sehe, muß ich an zerbrochenes Glas denken –«

»Von einem Bilderrahmen?« meinte Miss Lyne.

Er sah sie verblüfft an, reichte ihr impulsiv die Hand und drückte sie herzlich.

»Wo wohnt sie?«

»In Pentley, Berkshire, wenn Sie sie besuchen wollen.«

»Ist sie verheiratet?«

»Ja. Sie ist auch beinahe ehrlich«, sagte sie ernst, »aber sie hat diese dumme Eitelkeit mit ihren Pferden – sie ist davon überzeugt, daß sie etwas vom Rennsport versteht. Ich habe den Eindruck, daß sie das Opfer ihres ersten Mannes geworden ist. Haben Sie einmal gesehen, wie ihr zweiter Mann in die Stadt kommt? Er fährt in einem großen Luxusauto, steigt aber jedesmal bei dem Denkmal im Green Park aus und geht den Rest des Wegs zu Fuß –«

Der Redner winkte ihr zu schweigen. Es war ihm peinlich, wenn ihm andere Leute über den Kopf wuchsen. Und diese Miss Lyne wußte wirklich zuviel.

Eine gute Stunde von London entfernt liegt ein kleines Dorf am Fuß der Birkshire-Hügel. In der Nähe der Ortschaft steht ein großes, rotes Haus, umgeben von einem schönen Garten. Der Redner fuhr mit seinem Auto nicht am Eingang vor, er machte es vielmehr wie der zweite Mann von Mrs. Kellner und näherte sich dem Gebäude zu Fuß. Von einem Gebüsch aus beobachtete er, daß die Tür weit offenstand, ging in die Diele, ohne zu klingeln, und lauschte.

Er hörte Stimmen in einem Zimmer jenseits der Treppe, schlich sich leise in die Nähe der Tür und horchte. Er schien sich wenig darum zu kümmern, was geschehen würde, wenn Dienstboten kämen und ihn beobachteten.

Mrs. Luben-Kellner konnte sehr ausfallend und heftig werden:

»... nun sitzt du hier herum und machst ein böses Gesicht,

statt ins Büro zu gehen und dich dort zu zeigen..., was soll nun dieser Polizeimensch davon denken..., du wirst mich noch ruinieren! Daß du auch dieses verdammte Notizbuch im Büro liegenlassen mußtest, damit alle Leute es lesen können! Mr. Purdew sagt, daß er auch noch in die Sache hineingezogen wird.«

Der Redner hörte ein undeutliches Stöhnen, dann sprach die Frau wieder mit schriller Stimme weiter.

»Wenn du tust, was Joe – Mr. Purdew sagt, dann geht alles gut. Vor allem mußt du morgen wieder ins Büro gehen... niemand weiß etwas davon, und keinem wird auch nur im Traum einfallen, daß ausgerechnet du –«

In diesem Augenblick öffnete Mr. Rater die Tür. Mr. Baide saß zusammengesunken in einem großen Klubsessel, hatte die Ellbogen auf die Knie gestützt und das Gesicht in den Händen vergraben.

»Warum habe ich das bloß getan?« fragte er fassungslos. »Du bist an allem schuld, du hast mich dazu getrieben... Ich hasse Pferde und Pferderennen..., ich wünschte, ich hätte dich nie gesehen, ich wünschte, ich könnte dich endlich loswerden!«

»Dazu kann ich Ihnen verhelfen«, erwiderte Rater.

Baide sprang entsetzt auf.

»Es tut mir sehr leid, daß ich diese vorlaute Äußerung tat«, sagte Miss Lyne etwas beschämt. »Aber Sie müssen doch bedenken, Mr. Rater, daß ich Sie als einen Eindringling betrachtete. Dobells Detektivagentur bearbeitet diesen Fall nun schon seit zwei Jahren, und Harry Dobell ist mein Bruder. Seit sechs Monaten bin ich in der Bank tätig. Die Generaldirektion der Bank war nämlich schon seit langer Zeit mißtrauisch. Sooft ein Kunde plötzlich starb, gab es mit den Testamentsvollstreckern Auseinandersetzungen über einen großen Scheck, der am Tag vor dem Tode des Betreffenden ausgestellt worden war. Ich glaube, daß das Purdews Idee war. Sie kennen Ihn doch schon lange? Sobald er von einem geeigneten Todesfall hörte, wurde ein Scheck gefälscht, und der arme alte Baide mußte die Auszahlung bewerkstelligen. Manchmal kam es vor, daß kein Protest erhoben wurde, und die ganze Geschichte wäre wahrscheinlich nie ans Tageslicht gekommen, wenn nicht Mr. Gillan fälschlicherweise tot gemeldet worden wäre. Das Merkwürdigste ist aber, daß Mrs. Purdew alle Rennwetten bei ihrem Mann abschloß und obendrein noch erwartete, bei einem Gewinn ausgezahlt zu werden!«

Der Redner strich das Haar aus der Stirn zurück und lächelte etwas verlegen.

»Zu komisch, daß ich mich nicht gleich darauf besann! Ich habe ihr Bild doch in Joe Purdews Koffer gesehen, als ich ihn das letztemal in Southampton verhaftete!«

»Ich möchte überhaupt wissen, wie der arme Mr. Baide unter den Einfluß dieser Frau gekommen ist«, erwiderte Miss Lyne und schüttelte traurig den Kopf. »Er war so ein netter alter Herr. Welche Anklage erheben Sie denn gegen Mrs. Luben-Kellner?«

»Bigamie und Betrug.«

»Sie tut mir leid. Eigentlich ist sie schon gestraft genug. Das können Sie allerdings nicht verstehen, weil Mr. Purdew niemals versucht hat, Ihnen den Hof zu machen.«

Der geheimnisvolle Nachbar

Mr. Giles trat selbstbewußt und sicher in das Büro des Chefinspektors Rater. Schon an seiner Haltung war zu erkennen, daß er von Scotland Yard nichts zu fürchten hatte. Ein Lächeln lag auf seinem gesunden, roten Gesicht, und er sah tatsächlich aus wie einer, der ein gutes Gewissen hat.

»Guten Morgen, Mr. Rater. Sehr liebenswürdig von Ihnen, daß Sie mich empfangen. Als ich Ihnen schrieb, dachte ich mir, wer weiß, ob der vielbeschäftigte Herr eine Minute Zeit für mich übrig hat.«

»Nehmen Sie Platz, Farmer«, erwiderte der Chefinspektor.

Der Besucher lächelte strahlend und zog einen Stuhl an den Schreibtisch. Den Spitznamen »Farmer« hatte er wegen seines blühenden Aussehens erhalten.

»Sie wissen ja, wie die Dinge in der Welt nun einmal liegen, Mr. Rater. Wenn jemand mal einen kleinen Konflikt mit der Polizei hatte und seine Existenz von neuem aufbaut, kommt er nicht gern wieder mit ihr in Berührung.«

»Sind Sie jetzt ordentlich geworden?« fragte der Redner und sah ihn prüfend und argwöhnisch an.

»Vollkommen. Wissen Sie, gesetzwidrige Sachen machen sich nicht bezahlt. Das ist Ihnen ja gut genug bekannt. Außerdem habe ich in letzter Zeit noch etwas Glück gehabt. Ein Onkel von mir hat mir das nötige Kapital gegeben, um ein Geschäft anzufangen. Gott sei Dank wußte der nichts von meinen früheren Dummheiten –«

»Was für ein Geschäft haben Sie denn?«

Der Mann nahm eine große Karte aus seiner Brieftasche und reichte sie ihm über den Schreibtisch hinüber.

J. Giles & Co. (früher Olney, Brown & Sterner)
Vertretungen
479, Cannon Street, E. C.

»Vertretungen? Das kann allerhand bedeuten. Was machen Sie denn eigentlich? Sind Sie Buchmacher?«

Aber der Farmer war Inhaber einer gutgehenden Generalagentur.

»Das Geschäft hebt sich von Monat zu Monat«, erklärte er begeistert. »In anderthalb Jahren habe ich die Firma so in die Höhe gebracht, daß ich den doppelten Umsatz habe wie früher. Mein Onkel... Ach, ich will Ihnen die reine Wahrheit sagen, Mr. Rater – ich habe das Geschäft nämlich mit eigenem Geld gekauft, mit tausendzweihundert Pfund. Ich bin immer vorsichtig gewesen, das wissen Sie. Beizeiten habe ich Geld auf die Seite gelegt. Es hat ja doch keinen Zweck, daß ich Ihnen Märchen erzähle. Sie sind zu klug, Ihnen kann man nichts vorflunkern. Aber ich habe mir schon seit langem vorgenommen, Sie einmal aufzusuchen und mit Ihnen zu sprechen –«

»Ich habe Sie neulich in der Stadt erkannt, und Sie haben mich auch bemerkt«, unterbrach ihn der Redner. »Ihre Firma ist vollkommen in Ordnung. Das habe ich schon geprüft.«

Der Farmer strahlte.

»Sehen Sie, auf Sie kann man sich verlassen! Ich sagte neulich noch zu meiner Frau – sie ist wirklich eine Lady – ›Molly, es gibt keinen klügeren Menschen als Mr. Rater‹. Das habe ich tatsächlich gesagt.«

»Sie sind also verheiratet?«

Mr. Giles nickte.

»Seit achtzehn Monaten. Kommen Sie doch einmal am Sonntagnachmittag zum Tee zu uns. Meine Frau ist wirklich sehr nett, die wird Ihnen gefallen. Und hübsch ist sie auch. In einer besonders hervorragenden Gegend wohne ich ja gerade nicht – Acacia Street 908. Wir haben ein paar merkwürdige Leute als Nachbarn. An einem der nächsten Tage will ich mir eine Wohnung im Westen mieten. Aber ich sage immer, man soll sich erst das Geld zusammensparen, bevor man es ausgibt!«

»Acacia Street 908!«

Der Redner hatte wohl Grund, sich zu wundern. Er kannte die Acacia Street. Es war eine lange Straße, an der kleine Einzelhäuser standen. Und er hatte nicht erwartet, den Inhaber der Firma Giles & Co., die in der City Büroräume hatte, in einer solchen Wohnung zu finden.

»Sie müssen meinen Standpunkt verstehen.« Der Farmer legte großen Wert darauf, dem Chefinspektor zu erklären, wie bescheiden seine Lebensansprüche waren. »Ich versuche jetzt, mich ehrlich durchzuschlagen. Aber was passiert, wenn ich in den Westen ziehe und eine große Wohnung nehme? Dann fängt die Polizei gleich an, sich zu erkundigen, ich treffe meine alten Freunde wieder, und die Versuchung für mich ist sehr groß. Eines Tages bin ich wieder auf der schiefen Ebene.«

»Na, das sind ja sehr solide Anschauungen.«

»Sehen Sie, Sie haben mich vollkommen verstanden«, sagte der Farmer, nahm seinen Hut vom Boden auf und strich ihn glatt.

»Kennen Sie eigentlich einen gewissen Smith – George Smith?« fragte er noch.

Der Redner schaute zur Decke hinauf.

»Ein außergewöhnlich seltener Name«, meinte er nachdenklich.

Der Farmer grinste.

»Der Mann wird Sie interessieren. Er ist mein direkter Nachbar, und es sollte mich sehr wundern, wenn der nicht auch schon im Gefängnis gesessen hätte. Er redet immer so bieder und ehrbar und geht zur Kirche, aber in der Nacht, als der Einbruch in Blackheath verübt wurde, war dieser George Smith die ganze Nacht aus dem Haus. Sie wissen doch, den Jungens sind dabei für achttausend Pfund Juwelen in die Hände gefallen! Um fünf Uhr morgens habe ich ihn nach Hause kommen sehen.«

»Ach, haben Sie bis in die frühen Morgenstunden in Ihrem Büro gearbeitet?« entgegnete der Redner langsam.

Mr. Giles wurde etwas verlegen.

»Nein, aber ich bin ein Frühaufsteher.«

»Das waren Sie schon immer«, erwiderte Mr. Rater ironisch und reichte seinem Besuch wenig begeistert die Hand.

Acacia Street 908! Und 910 wohnte ein anderer ihm bekannter Mann, der von Beruf Holzschnitzer war, sich nebenbei aber auch als Elektriker betätigte.

Das mochte ein Zufall sein – vielleicht aber ein sehr bedeutungsvoller. Jedenfalls dachte der Redner längere Zeit darüber nach.

Giles kehrte zu seinem Büro in der Cannon Street zurück, wo er schöne Räume im zweiten Stockwerk eines Geschäftshauses besaß. Er hatte tatsächlich eine Firma, die Pleite gemacht hatte, gekauft und zwei Angestellte übernommen, aber er kümmerte sich verhältnismäßig wenig darum. Die Firma Giles & Co. wurde eigentlich von dem Geschäftsführer geleitet, der alle wichtigen Briefe schrieb und seinem Chef nur Schecks ins Zimmer brachte, die entweder auf der Vorder- oder auf der Rückseite zu unterzeichnen waren. Mr. Giles selbst behielt sich eine andere Tätigkeit vor, von der seine Angestellten nicht die geringste Ahnung hatten.

Die Verschiffung gebrauchter Autos nach Indien und dem Fernen Osten ist ein rentables Geschäft, wenn man nicht zuviel für die Wagen zahlt, und Mr. Giles zahlte fast gar nichts dafür. Er besaß eine große Garage in der Nähe der London Docks, wo große Holzkisten für die Autos gemacht wurden, und verdiente ein Vermögen durch diesen unreellen Handel. Wie man dieses Geschäft betrieb, hatte er von einem Leidensgenossen im Dartmoor-Gefängnis erfahren. Er war bereits auf dem Weg, der größte Autohehler Londons zu werden. Merkwürdigerweise entwickelte sich auch seine andere Firma glänzend.

In der Nacht vor seinem Besuch bei Mr. Rater war er in einem gestohlenen Wagen nach Sunningdale gefahren. Zwei Komplicen begleiteten ihn, und sie erbeuteten bei einem Einbruch für tausendfünfhundert Pfund Schmuck und Silber. Und dies war nicht sein erstes Abenteuer dieser Art, nachdem er aus dem Gefängnis entlassen worden war.

Er hatte sich mit seinen Leuten eine sehr einfache Arbeitsmethode zurechtgelegt. Ein Mitglied der Bande stahl irgendein Auto und nahm in einer stillen Straße im Vorüberfahren zwei Kollegen mit. Dann fuhren sie zu dem Haus, das sie vorher genau ausgekundschaftet hatten. Es war Giles jedoch nicht ganz leichtgefallen, die nötigen Leute aufzutreiben. Higgy James, den er schließlich fand, machte ihm einen Vorwurf.

»Sie sind ja recht tüchtig in Ihrem Fach, Farmer, aber Sie haben immer diese verdammte Pistole bei sich. Wenn Sie die nicht zu Hause lassen, mache ich nicht mit. Sie sind schon einmal sieben Jahre ins Loch gewandert, weil Sie einen Schutzmann angeschossen haben, und wenn Sie das nächstemal erwischt werden, bleiben Sie lebenslänglich drin. Und jeder, der mit Ihnen gefangen wird, kann sich auf dasselbe gefaßt machen.«

Das Silber aus dem letzten Raub war längst eingeschmolzen, und die Firma Giles & Co. verkaufte die Barren im rechtmäßigen Handel.

An diesem Tage verließ der Farmer sein Büro früher und ging zu seiner Wohnung in der Acacia Street. Als er an Nr. 910 vorüberkam, wo sein unliebsamer Nachbar wohnte, blickte er düster nach den dunklen Fenstern.

Er schloß die eigene Haustür auf und trat in das Speisezimmer. Helen, seine junge Frau, die neben dem Kamin saß und nähte, erhob sich schnell. Auch ein Fremder, der die Beziehungen dieser beiden Menschen zueinander nicht kannte, hätte unwillkürlich den Eindruck haben müssen, daß sie sich trotz ihres erzwungenen Lächelns entsetzlich vor dem Mann fürchtete. Wenn ihre Schönheit schon nach so kurzer Ehe gelitten hatte, war das nur auf Giles häßliche Behandlung zurückzuführen. Aber die Narbe war fast verschwunden, wie er mit Befriedigung feststellte. Es war doch immerhin möglich, daß dieser verdammte Rater eines Tages seine Einladung ernst nehmen und ihn tatsächlich besuchen könnte.

»Bring mir Tee«, sagte er kurz.

»Ja, sofort.«

Als sie zur Tür ging, rief er sie zurück.

»Hat sich der Kerl von nebenan hier herumgetrieben?«

»Nein, er hat nicht mit mir gesprochen, und ich habe ihn auch nicht gesehen...«

»Lüg mir bloß nichts vor«, erwiderte er drohend. »Wenn ich einmal nach Hause komme und dich abfasse, wenn du mit ihm über die Gartenmauer schwätzt, dann kannst du was erleben!«

Sie antwortete nicht, wurde aber bleich, während sie noch an der Tür wartete.

»Ich habe dich aus dem Rinnstein aufgelesen – du warst doch weiter nichts als eine verhungerte Verkäuferin. Bis über die Ohren hast du in Schulden gesteckt! Warum ich dich überhaupt geheiratet habe, ist mir selbst ein Rätsel. Wahrscheinlich habe ich damals eine Art Sonnenstich gehabt. Dann habe ich so einem hergelaufenen Ding wie dir eine schöne Wohnung eingerichtet und dir alles gegeben, was man sich nur wünschen kann!«

»Ich bin dir ja auch sehr dankbar dafür«, entgegnete sie schnell, aber er brachte sie durch eine abwehrende Handbewegung zum Schweigen.

»Bring mir jetzt endlich den Tee!«

Er wachte oft morgens auf und ärgerte sich, daß er dieses junge Mädchen geheiratet hatte. Männer sollten sich eigentlich nur um ihr Geschäft kümmern, und er war nun einmal ein Einbrecher. Mit Bigamie sollte er sich nicht befassen. Dadurch hatte er auch Scotland Yard einen Grund gegeben, einzugreifen, sobald etwas von seiner ersten Ehe bekannt wurde. Und diesen Unsinn hatte er gerade in dem Augenblick gemacht, als er die ersten dreitausend Pfund beiseite geschafft und bei einer Bank eingezahlt hatte. Je mehr er über die Gefahr nachdachte, die ihm von dieser Seite drohte, desto mehr haßte er seine Frau. Aber trotzdem paßte es ihm durchaus nicht, daß sich sein Nachbar um sie kümmerte. Er hätte den Mann vielleicht für seine eigenen Zwecke benützen können, wenn der alte Narr nicht eines Nachts an die Wand geklopft hätte und später selbst erschienen wäre. Smith hatte einen Mantel über seinem Pyjama an und fragte, was denn das Schreien zu bedeuten hätte. Der Mann sah nicht schlecht aus, nur war er schon etwas grau und verschlossen. Als der Farmer ihn an der Kehle nahm und auf die Straße werfen wollte, hatte ihn Smith einfach am Kragen gepackt und zu Boden geworfen.

Giles schaute grübelnd ins Feuer, bis die junge Frau das Tablett mit dem Tee brachte und auf den Tisch setzte.

Lange Zeit übersah er ihre Anwesenheit vollständig, und als er dann zu ihr sprach, würdigte er sie keines Blicks.

»Es ist möglich, daß ein gewisser Rater hier Besuch macht. Das ist ein Mann von Scotland Yard und ein alter Freund von mir. Ich kenne alle Beamten im Polizeipräsidium, das bringt mein Geschäft mit sich. Aber du wirst ihm nichts über mich erzählen – verstanden?«

»Ja«, sagte sie schüchtern.

»Womit verdient der Kerl von nebenan eigentlich seinen Unterhalt?«

»Das weiß ich nicht, Joe.«

»Das weiß ich nicht, Joe!« ahmte er sie höhnisch nach. »Du weißt überhaupt nichts, dumme Gans!«

Sie schrak vor seiner erhobenen Faust zurück, und er lachte laut auf.

»Benimm dich, dann tu ich dir nichts. Heute abend kommt ein Herr zu mir. Sobald er hier erscheint, verschwindest du oben im Schlafzimmer. Wenn ich dich brauche, rufe ich dich.«

Er sah auf die Uhr und gähnte, ging nach oben zum Badezimmer, zog sich um und sagte dann, daß er eine Stunde lang spazierengehen wollte. Als sie noch jung verheiratet waren, hatte sie einmal den Fehler begangen und gefragt, wohin er ginge. Das hatte sie nicht wieder getan.

Sie wartete, bis er die Haustür zuwarf, und schaute ihm hinter den Vorhängen des Wohnzimmers nach. Dann eilte sie durch die Küche und ließ alle Türen offen, damit sie hören konnte. Sie wußte, daß ihr Nachbar das Zuwerfen der Haustür auch gehört haben mußte.

Er wartete bereits im Garten auf sie. Im Schatten sah seine Gestalt düster und dunkel aus.

»Ich mußte ihn belügen, Mr. Smith. Ich sagte, ich hätte nicht mit Ihnen gesprochen. Aber was soll ich nun tun?«

Ihre Stimme zitterte vor Verzweiflung, und doch fühlte Helen eine gewisse Erleichterung, daß sie sich diesem Manne anvertrauen konnte. Jeden Abend ging sie um dieselbe Stunde in den Garten und besprach mit dem Nachbarn ihre trostlose Lage.

»Schon gut, Sie haben ja heute auch noch nicht mit mir geredet«, beruhigte er sie. Seine Stimme klang etwas rauh, aber freundlich. »Hat er Sie wieder geschlagen?«

Sie schüttelte den Kopf. Es war gerade noch hell genug, daß er das sehen konnte.

»Nein, seitdem Sie neulich kamen, hat er mich in Ruhe gelassen. Ich weiß wirklich nicht, was ich tun soll, Mr. Smith. Ich fürchte mich so entsetzlich vor ihm. Er gibt mir überhaupt kein Geld, ich kann also nicht von ihm fort. Und wenn ich meine alte Stelle bei Harridge wieder annähme, würde er mich sicher bis dorthin verfolgen. Ich habe schon oft daran gedacht, einfach den Gashahn aufzudrehen. Dann hätte doch dieses Elend ein Ende.«

»Das ist aber vollkommen verkehrt gedacht«, sagte der Mann energisch. »Ich werde schon einen Ausweg für Sie finden –«

»Wer ist eigentlich Mr. Rater von Scotland Yard?« fragte sie plötzlich.

»Wie kommen Sie denn darauf?« entgegnete er, offenbar ziemlich bestürzt.

»Joe sprach heute über ihn. Er sagte, daß der Herr wahrscheinlich zu uns kommen würde. Kennen Sie ihn?«

»Ja, ich kenne ihn«, antwortete er nach einer kleinen Pause. »Ich traf ihn neulich. Wann kommt er denn?«

Sein Ton klang beinahe ängstlich, und sie wunderte sich, in welcher Beziehung er zu Mr. Rater stehen mochte.

»Ich weiß nicht, ob er überhaupt kommt. Joe sagte nur, daß es möglich wäre. Dann fragte er auch noch, womit Sie Ihr Geld verdienen.«

Mr. Smith lachte leise vor sich hin.

»So, das möchte er wissen? Nun, da können Sie ihm ganz wahrheitsgemäß sagen, daß ich ein Holzschnitzer bin. Er hat mich doch oft genug an meiner Arbeitsbank gesehen. Außerdem habe ich noch eine Privatbeschäftigung, aber die geht niemand etwas an, und darüber spreche ich nicht.«

»Dazu haben Sie vermutlich auch allen Grund, Sie gemeiner Lump!«

Helen schrie auf und wandte sich entsetzt um. Ihr Mann stand direkt hinter ihr. Er hatte sich leise herangeschlichen und den letzten Teil ihrer Unterhaltung gehört. Sie wollte an ihm vorübereilen, aber er packte sie so fest am Arm, daß sie wieder laut aufschrie.

»Du bleibst hier! So treibst du dich also herum, wenn ich abends ausgehe! Mit ihnen rede ich später noch, Smith!«

Er zog seine Frau ins Haus und riegelte die Tür zu.

Mr. Smith, der sonst kaum empfindlich war, zuckte zusammen, als er Helens Schmerzensschreie hörte...

Sie lag auf dem Bett und war schließlich zu schwach, um noch zu schreien oder zu weinen.

Mr. Giles knöpfte seine Weste zu und zog seinen Rock an.

»So, nun mach, daß du zu Bett gehst, und sei froh, daß ich dir nicht das Genick umgedreht habe!«

Er schloß die Schlafzimmertür ab, ging nach unten in die Küche und suchte eine leere Sodawasserflasche. Dann verließ er das Haus und klopfte an Mr. Smiths Tür. Er war befriedigt, daß die Diele dunkel blieb, als sein Nachbar kam und öffnete.

»Nun, was gibt's?«

Offenbar hatte der Mann Joe Giles erkannt.

»Ich wollte einmal mit Ihnen reden«, erwiderte der Farmer höflich. »Vor allem möchte ich Sie darum bitten, nicht immer mit meiner Frau zu sprechen. Sie ist unvorsichtig, und ich wünsche nicht, daß sie in eine schiefe Lage kommt...«

Giles täuschte seinen Nachbarn so vollkommen, daß dieser nicht auf seiner Hut war. Erst als es schon zu spät war, entdeckte Smith die Flasche. Er versuchte noch, den Kopf zur Seite zu drehen, als Giles mit aller Gewalt auf ihn einschlug, fiel dann auf die Knie und brach zusammen. Der Farmer schloß die Tür vorsichtig und ging in sein Haus zurück. Eine halbe Stunde saß er in seinem Wohnzimmer, brütete vor sich hin und war mit sich und der ganzen Welt zerfallen. Was sollte nun werden, wenn der Mann zur Polizei ging und ihn anzeigte? Er hatte wieder einmal eine zu verrückte Sache angestellt!

Von Zeit zu Zeit legte er das Ohr an die dünne Trennungswand, und schließlich atmete er erleichtert auf, als sich der Mann im Nebenhaus wieder bewegte und umherging. Er setzte sich so, daß er durch das Fenster die Haustür beobachten konnte, denn er erwartete, daß Mr. Smith nun jeden Augenblick zu ihm kommen würde.

Aber es verging eine halbe Stunde, dann eine ganze, und es ereignete sich nichts.

Der Farmer lächelte. Sein Nachbar hatte wahrscheinlich guten Grund, nicht zur Polizei zu gehen.

Um zehn Uhr kam Higgy, sein treuester Helfer. Sie hatten einen neuen Plan gut vorbereitet. Es handelte sich diesmal um eine große Villa an der Grenze von Horsham. Die Familie war verreist; aber es hielten sich sieben Dienstmädchen und zwei ältere Diener im Haus auf.

»Die alte Dame, der der Kasten gehört, ist in Bournemouth«, sagte Higgy. »Sie hat aber ihren ganzen Schmuck in dem Safe zurückgelassen. Für gewöhnlich kann man das Ding nicht sehen, weil es in die Wand eingelassen ist, und zwar direkt hinter dem Bett. Stokey Barmond war gestern dort. Er hat sich mit einer Zofe angefreundet und alles gesehen. Er meint, die Sache sei sehr leicht. Ein alter, französischer Schrank, den man beinahe mit dem Fingernagel aufmachen kann! Genauso altmodisch ist auch der Schmuck, aber die Steine sind gut.«

»Wie kommt man am besten mit dem Auto dorthin?«

Higgy erklärte es ihm. In einer naheliegenden Nebenstraße konnte man parken. Dann kletterte man über eine niedrige Mauer und war auf dem Grundstück. Er legte einen Plan auf den Tisch, und der Farmer betrachtete ihn genau.

»Glänzend«, meinte er dann. »Sagen Sie also Stokey, er soll morgen abend einen Wagen besorgen und mich am Ende von Denmark Hill abholen.«

»Aber nehmen Sie ja keine Pistole mit!« warnte Higgy. Das sagte er regelmäßig, wenn sie auf eine Unternehmung auszogen.

»Glauben Sie denn, ich wäre so dumm?« fragte der Farmer verächtlich.

Als er sich am nächsten Abend in seinem Zimmer fertigmachte, steckte er doch einen Browning ein und sah vorher nach, ob er auch geladen war. Er wußte sehr gut, daß er zu lebenslänglichem Zuchthaus verurteilt werden würde, wenn ihn die Polizei das nächstemal faßte. Und das war ihm zu langweilig, dann wollte er lieber gleich an den Galgen kommen.

Am Morgen hatte er gesehen, daß sein Nachbar einen Verband über der Stirn trug. Der Schlag hatte Smith nicht mit voller Härte getroffen, sondern nur gestreift. Der Holzschnitzer stand an dem kleinen, eisernen Zaun, der seinen Vorgarten einschloß, und Mr. Giles griff erschrocken nach seinem Totschläger, als er den Mann bemerkte. Diese Waffe trug er stets bei sich.

»Guten Morgen«, sagte der Nachbar. »Ich habe ein Hühnchen mit Ihnen zu rupfen.«

»Na, los, wenn Sie die Absicht haben«, erwiderte der Farmer, hielt sich jedoch in genügender Entfernung.

Aber Mr. Smith schüttelte den Kopf.

»Den Zeitpunkt werden Sie selbst bestimmen«, entgegnete er, und mit dieser geheimnisvollen Bemerkung verschwand er in seinem Haus.

Tagsüber beobachtete Mr. Smith den Farmer dauernd, und

als dieser am Abend ausgegangen war, um seinen schändlichen Plan zur Ausführung zu bringen, ging er zur nächsten öffentlichen Telefonzelle und ließ sich mit Mr. Rater verbinden. Die Trennungswand zwischen den beiden Häusern war nicht sehr stark, und Mr. Smith, der ein Bastler war, hatte sich selbst ein Mikrofon konstruiert...

»Ich hätte mir das an Ihrer Stelle nicht bieten lassen, Smith«, sagte der Chefinspektor.

»Sie wissen doch ganz genau, daß ich vor Gericht nicht als Zeuge auftreten kann. Darüber habe ich mich schon den ganzen Tag geärgert.«

Der Redner wartete nur so lange, bis sich Scotland Yard mit der Sussex-Polizei in Verbindung gesetzt hatte, dann stieg er in ein Dienstauto und fuhr in die Richtung nach Horsham davon.

Der Farmer verstand es, derartige Überfälle zu organisieren. Auf die Minute genau wurde er an der angegebenen Stelle abgeholt. Higgy lenkte den Wagen, während Stokey Barmond hinten saß.

»Heute abend haben Sie einen guten Wagen erwischt«, meinte Giles gutgelaunt, was ein großes Lob bedeutete.

Sie fuhren in einem Regenschauer durch Horsham, der eine Beobachtung durch die Polizei sehr erschwert hätte, auch wenn Higgy nicht schon die Nummer des gestohlenen Wagens geändert und die Spitze des Kühlers mit einer Haube zugedeckt hätte.

Als sie in die Nähe des Schauplatzes kamen, erkundigte sich Higgy nochmals ängstlich, ob Giles keine Pistole bei sich hätte.

»Was ist denn heute mit Ihnen los?« fuhr ihn der Farmer böse an. »Werden Sie denn dafür bestraft, wenn ich eine Waffe in der Tasche habe? Dafür muß ich doch geradestehen, nicht Sie.«

Aber Higgy blieb hartnäckig.

»Ich möchte eine klare Antwort hören. Haben Sie eine Schußwaffe bei sich oder nicht?«

»Nein, ich habe keine bei mir«, entgegnete der Farmer ärgerlich.

Higgy sagte nichts mehr, aber er war nicht überzeugt. Er hatte die Aufgabe, bei dem Wagen zu bleiben, und nahm sich fest vor, mit dem Auto zu verschwinden, sobald irgendein Schuß fallen würde. Dann war er schon halb in Horsham, bevor der Farmer nur auf die Straße kommen konnte, und eine Entschuldigung hatte er sich für diesen Fall auch bereits zurechtgelegt.

Der Wagen fuhr in die Nebenstraße ein und kam zum Stehen. Nach einer kurzen, leisen Unterhaltung kletterten der Farmer und Stokey über die Mauer und verschwanden im Dunkeln. Inzwischen wandte Higgy den Wagen, so daß dieser in umgekehrter Richtung stand. Dann wartete er, während er den Motor laufen ließ. Nach einer Viertelstunde hatte ihn das monotone Geräusch beinahe eingeschläfert.

Aber plötzlich fuhr er auf, denn er hörte Schritte, und der Schein einer elektrischen Lampe streifte sein Gesicht.

»Steigen Sie aus und machen Sie keinen Lärm!« befahl eine harte Stimme.

Higgy sah, daß die Straße von Polizisten wimmelte. Zwei kletterten bereits über die Mauer.

Der Farmer hatte mit seinen Hilfsinstrumenten ein Schlafzimmerfenster von außen geöffnet. Der Safe war leicht zu bewältigen, wie er erwartet hatte. In einer Viertelstunde hatte er ihn aufgebrochen und alle Taschen mit den Wertsachen vollgestopft. Als er auf die Veranda hinaustrat, war Stokey, der dort auf Posten gestanden hatte, verschwunden.

Giles schwang sich über das Geländer und ließ sich hinunter.

Aber unten packte ihn eine Hand am Arm. Wild riß er sich los, als er undeutlich die Umrißlinien eines Helms erkannte. Er war nur noch einige Schritte von der Mauer entfernt, als ihn der Polizist einholte und zu Boden warf. Im nächsten Augenblick war er jedoch schon wieder auf den Füßen.

»So, das haben Sie davon!« rief er wütend und schoß zweimal aus der Tasche. Dann eilte er zur Mauer und kletterte hinüber. Auf der anderen Seite wurde er von zwei Beamten in Empfang genommen, die schon auf ihn gewartet hatten.

»Es war ein Polizist, mit dem ich gerungen habe«, sagte der Farmer sofort, um seine Unschuld zu beteuern. »Er wollte mir die Pistole wegnehmen, und dabei entlud sie sich.«

»Das können Sie ja den Geschworenen erzählen«, erwiderte der Redner eisig.

Es war ein alltäglicher Mord. Nur die Tatsache, daß ein Polizist erschossen worden war, lenkte das allgemeine Interesse auf den Prozeß. Beim Polizeigericht sowohl als auch vor den

Geschworenen wurde der Farmer glänzend verteidigt. Da er dreitausend Pfund besaß, konnte er sich das ja leisten. Infolgedessen dauerte der Prozeß statt eines Tages zwei, aber der Ausgang blieb deshalb doch der gleiche. Die Zeitungsberichterstatter spitzten ihre Bleistifte; die Gerichtsdiener lehnten gelangweilt an der Wand; Die Zuhörer und auch die Geschworenen wußten, daß der Prozeß nur mit der Verurteilung des Schuldigen enden konnte. Nur der Richter und der Verteidiger nahmen noch mit einigem Interesse an der Verhandlung teil.

Aber als das Todesurteil ausgesprochen war und Giles unter der Aufsicht von drei Wärtern ins Gefängnis von Wandsworth gebracht wurde, hielt er seine Sache noch immer nicht für aussichtslos.

Seine Berufung wurde jedoch von der nächsthöheren Instanz verworfen, und nun bat er Mr. Rater um eine Unterredung.

Der Chefinspektor suchte den Farmer auch tatsächlich in der Zelle auf und wurde von dem Mann mit einem Grinsen begrüßt.

»Nun haben Sie mich also wirklich so weit gebracht, daß ich gehenkt werde, Rater. Aber warum haben Sie denn den Higgy mit drei Jahren davonkommen lassen?«

Der Redner schwieg.

»Und dann dieser gemeine Kerl, der Smith, der glaubte natürlich, ich hinterlasse meiner Frau das Geld, damit er sie heiraten kann. Aber damit Sie es nur wissen, Mr. Rater, sie ist gar nicht meine Frau. Ich bin nämlich schon vorher verheiratet gewesen. Die Ehe mit ihr ist vollkommen ungültig, und die Frau bekommt keinen Cent!«

Er erzählte dem Chefinspektor alle Einzelheiten über seine erste Ehe, aber nicht aus Reue, sondern aus Rache.

»Ich werde es ihr schon eintränken. Sie soll nichts von mir haben! Immer war sie ein Mühlstein an meinem Hals!«

Auch Mr. Rater hatte er aus reiner Gemeinheit rufen lassen. Der Chefinspektor sagte ihm offen, was er von ihm dachte, aber Giles grinste nur selbstzufrieden.

»Smith heiratet sie nicht – wenigstens nicht meines Geldes wegen.«

»Über Smith brauchen Sie sich keine Sorgen zu machen«, begann der Redner, brach aber plötzlich ab.

»Der Kerl ist ein Spitzbube«, sagte der Farmer höhnisch.

»Ich habe ihn schon lange durchschaut. Er geht immer nachts aus und bleibt ein paar Tage fort. Er lebt ganz allein für sich, und ich gehe mit Ihnen die größte Wette ein, daß Sie Berge von gestohlenen Dingen bei ihm finden.«

Der Redner war froh, als er den Farmer verlassen konnte.

Über seinen Nachbar ärgerte sich Giles bis zum letzten Augenblick und sprach dauernd mit seinen Wärtern über ihn, aber die Leute hörten ihm kaum zu.

»Ich wünschte nur, ich hätte ihm tatsächlich den Schädel eingetrommelt. Man kann mich ja doch nur einmal henken, auch wenn ich fünfzigtausend Menschen umgebracht hätte. Aber die Narbe an der Stirn wird er noch lange herumtragen. Sehen Sie, hier habe ich ihn getroffen.« Er zeigte auf die Stelle.

Schließlich kam der letzte Morgen. Mr. Giles ließ geduldig das Gebet des Geistlichen über sich ergehen. Trotz der langen Haft sah er frisch und blühend aus, und er schien nicht die geringste Furcht vor der Hinrichtung zu empfinden. Als der Pfarrer zu Ende war, erhob sich Giles erleichtert.

»Nun wollen wir uns einmal den Henker ansehen«, sagte er, aber das Wort erstarb ihm im Munde, denn der Mann trat gerade in seine Zelle ein. Er hatte einen schwarzen Strick in der Hand. Giles starrte ihn entsetzt an. Deutlich erkannte er die Narbe an seiner Stirn. Es war kein Zweifel, das war Smith – sein geheimnisvoller Nachbar!

»Donnerwetter!« rief er atemlos. »Das haben Sie also gemeint, als Sie sagten, Sie hätten ein Hühnchen mit mir zu rupfen? Und ich würde den Zeitpunkt selbst bestimmen...«

Smith antwortete nicht, denn er sprach niemals während der Geschäftsstunden.

Im Banne des Sirius

Der Redner war nicht gerade in bester Stimmung, als das Telefon läutete. Er sah sich hilflos nach seinem Assistenten um, denn er liebte es nicht, persönlich an den Apparat zu gehen.

»Ist dort Mr. Rater?«

Die Stimmen junger Damen sind am Telefon schwer zu unterscheiden, aber Mr. Rater wußte sofort, wer ihn anrief.

»Ja, Miss Linstead. Was gibt es?«

Es wäre unverzeihlich von ihm gewesen, wenn er sie vergessen hätte, denn noch vor einem Jahr war sie seine Sekretärin gewesen. Das junge Mädchen mit den dunklen Locken war sehr scheu und zurückhaltend. Auf den Wunsch ihres Onkels hatte sie ihre Stellung in Scotland Yard aufgegeben. Dieser Mann erinnerte sich plötzlich daran, daß er eine Nichte hatte, und richtete ihr eine schöne Wohnung in Mayfair ein.

»Könnte ich Sie einmal sprechen, Mr. Rater? Es handelt sich um eine für mich sehr wichtige Angelegenheit..., mit der Polizei hat sie allerdings nichts zu tun; das heißt, in einer Beziehung vielleicht doch – Sie waren früher immer so freundlich zu mir...«

Sie sprach etwas zusammenhanglos, und er schloß daraus, daß sie aufgeregt sein mußte.

Nachdenklich rieb er seine Stirn. Er war im allgemeinen schwer zugänglich, und es gab nur wenig Menschen, mit denen er gern zu tun hatte, dagegen sehr viele, die ihm im Innersten unsympathisch waren. Zu Betty Linstead fühlte er sich jedoch hingezogen. Abgesehen davon, daß sie sehr hübsch war, arbeitete sie fleißig und gewissenhaft und sprach vor allem nicht viel. Junge Sekretärinnen, die viel redeten, konnten ihn zur Verzweiflung bringen.

»Ich habe gerade nicht viel zu tun, ich werde einen Besuch bei Ihnen machen«, versprach er.

Er hatte schon die unbestimmte Vorstellung, daß Brook Manor ein sehr vornehmes Haus sein mußte, aber als er vor dem Eingang stand, war er doch erstaunt über das prunkvolle Portal aus Bronze und Glas und über die vornehme Livree des Portiers. Schwere, dicke Teppiche lagen auf Gängen und Treppen, und Bettys Wohnung war in der luxuriösesten Weise ausgestattet. Auch die junge Dame selbst hatte sich vollständig verändert. Das war nicht mehr die einfache, bescheiden gekleidete Sekretärin, die er von früher her kannte. An ihren Handgelenken glänzten kostbare Armbänder, deren Wert ungefähr vier Jahreseinkommen des Chefinspektors ausmachten. Unwillkürlich wurde seine Haltung ihr gegenüber etwas reservierter.

»Ich bin Ihnen so dankbar, daß Sie gekommen sind, Mr. Rater«, sagte sie atemlos. »Darf ich Ihnen Artur – Mr. Artur Menden vorstellen?«

Ihre Nervosität hatte sich allerdings nicht gebessert, seitdem sie Scotland Yard verlassen hatte. Und wenn Mr. Rater schon verwundert war über die Eleganz der Wohnung, so überraschte ihn doch noch mehr die Anwesenheit dieses hübschen jungen Mannes.

»Es ist alles entsetzlich kompliziert«, begann Betty verlegen. »Es handelt sich nämlich um meinen Onkel und – Artur. Mein Onkel wünscht nicht, daß ich Artur heirate...«

Der Redner wußte kaum, was er darauf erwidern sollte. Zwar hatte er erwartet, daß es sich um irgendein schweres Problem handeln würde, aber daß sich die junge Dame in einen ihrer Familie nicht genehmen Herrn verliebt haben könnte, wäre ihm nicht im Traum eingefallen. Sie schien zu ahnen, was in ihm vorging, und drängte ihn rasch zu einem großen, bequemen Lehnsessel.

»Ich muß Ihnen alles von Anfang an erzählen. Sie kennen doch Onkel Julian – natürlich, er ist sehr bekannt. Wie Sie wissen, ist er Junggeselle. Trotzdem war er immer sehr gut und lieb zu mir. Auch früher schon, als ich noch in Stellung war, hat er mir eine monatliche Unterstützung gezahlt, gerade genug, um leben zu können. Er hätte mir mehr geben können, aber er schätzt junge Damen, die sich ihren Unterhalt selbst verdienen. Damals sah ich ihn nur selten, ungefähr alle sechs Monate einmal, wenn wir uns nicht zufällig begegneten. Am Weihnachtstag speiste ich gewöhnlich mit ihm, wenn er in London war, und einmal lud er mich auch in sein Haus nach Ascot ein. Aber wir fühlten uns im allgemeinen beide nicht wohl bei solchen Zusammenkünften.«

»Du müßtest aber eigentlich Mr. Rater noch erklären, daß man nichts an Mr. Linstead aussetzen kann. Er hat nur eine Abneigung gegen junge Damen«, meinte Artur Menden. »Er ist ja ein komischer, alter Herr«, fügte er lachend hinzu, »und ich habe eigentlich keine Ursache, eine Lanze für ihn zu brechen, aber ich bin ihm gegenüber nicht ganz offen gewesen –«

»Der Fehler lag ganz auf meiner Seite«, unterbrach ihn Betty.

»Seit wann geht es Ihnen denn so gut?« fragte der Redner und zeigte auf die prachtvollen Möbel und die luxuriöse Einrichtung.

»Das möchte ich Ihnen ja gerade alles erzählen. Als ich noch in Scotland Yard für Sie arbeitete, bekam ich eines Tages einen dringenden Brief von meinem Onkel, in dem er mich bat, mit ihm zu Abend zu speisen. Ich kannte Artur damals schon; wir sind seit langem miteinander befreundet. Ich traf meinen Onkel also im Carlton, und er machte mir einen merkwürdigen Vorschlag. Er versprach mir, diese Wohnung für mich zu mieten, sie wundervoll einzurichten und mir außerdem eine jährliche Rente von fünftausend Pfund zu zahlen, wenn ich nicht heiraten würde. Zuerst wußte ich nicht, was ich dazu sagen sollte, aber bei der zweiten Zusammenkunft überredete er mich, auf seinen Wunsch einzugehen. Ich glaube, keine junge Dame hätte es sich lange überlegt, ein solches Angebot anzunehmen. Er ist der Bruder meines Vaters; ich bin seine einzige Verwandte und gelte als seine Erbin.«

Sie machte eine kleine Pause, bevor sie weitersprach.

»Damals machte ich mir keine großen Sorgen über die Bedingung, daß ich mich nicht verheiraten sollte. Ich hatte den Eindruck, daß er mich durch diese Maßnahme vor Unglück und Enttäuschungen bewahren wollte. Aber ich entdeckte bald, daß er die Sache bedeutend ernster nahm, als ich jemals dachte. Er fand heraus, daß ich mit Artur freundschaftlich verkehrte, und engagierte wohl Detektive, um uns zu beobachten. Eines Tages kam er sehr erregt hierher und bat mich aufs neue dringend, weder Artur noch sonst jemand zu heiraten. Hoch und heilig mußte ich ihm versichern, daß ich ihm unbedingt Mitteilung machen sollte, falls ich mich doch einmal in einen Mann verlieben würde und ihn heiraten wollte.«

»Kennt Ihr Onkel Mr. Menden?«

Sie schüttelte den Kopf.

»Nein. Er hatte auch nichts gegen ihn, bis er erfuhr, daß ich ihn gern habe.«

»Und dann?«

»Dann war er schrecklich – er tat alles, was in seiner Macht stand, um Artur zu ruinieren.«

Mr. Menden unterbrach sie. Er war ziemlich jung und hatte noch einen ausgesprochenen Sinn für Gerechtigkeit.

»Ich glaube nicht, daß man diesen Ausdruck gebrauchen darf. Er bot mir nur eine Stellung in Argentinien an, um mich außer Landes zu bringen. Das kann man nicht gerade ›ruinieren‹ nennen. Natürlich wollte ich nicht, daß Betty ihre hohe Rente verliert, aber zum Glück verdiene ich genug, um uns beide zu unterhalten.«

»Dann haben Sie also die Absicht, zu heiraten?«

»Wir sind schon seit vier Monaten verheiratet«, erwiderte Betty langsam und sah Mr. Rater furchtsam an.

»Donnerwetter!« sagte der Redner.

Sie nickte schnell.

»Natürlich haben wir heimlich geheiratet, aber..., ich weiß nicht, es war eigentlich nicht recht von mir. Aber ich hatte nicht den Mut, es Onkel Julian zu sagen, und ich bat auch Artur, es ihm zu verschweigen. Heute habe ich ihm nun geschrieben, daß ich morgen heiraten werde. Wir sind nämlich nur auf dem Standesamt gewesen, und ich möchte mich gern noch kirchlich trauen lassen.«

»Sie sind also längst verheiratet, stellen Ihrem Onkel gegenüber eine falsche Behauptung auf und wünschen, daß ich Sie aus all diesen Schwierigkeiten und Widersprüchen heraushole?«

»Nein, das meine ich nicht«, sagte die frühere Miss Linstead rasch. »Wir haben nicht gegen das Gesetz verstoßen. Unsere Ehe ist vollkommen rechtsgültig. Artur hat sich vorher darüber erkundigt. Und ich habe den speziellen Wunsch, mich auch kirchlich trauen zu lassen – aus einem ganz bestimmten Grund.«

Der Redner seufzte schwer.

»Das ist ja alles sehr interessant, aber ich sehe noch nicht, wie ich Ihnen helfen könnte.«

Die beiden jungen Leute warfen sich einen Blick zu, dann begann Mr. Menden zu sprechen.

»Mr. Rater, Betty ist zu der Überzeugung gekommen, daß ihr Onkel nicht mehr ganz normal sein kann. Es ist nicht der Verlust des Geldes, der ihr Sorge macht. Sie fürchtet sich davor, was mir passieren könnte, wenn Julian Linstead von ihrer Verheiratung erfährt. Es ist doch direkt absurd, mit allen Mitteln erzwingen zu wollen, daß Betty unverheiratet bleibt. Sonst ist er wirklich ein sehr umgänglicher und liebenswürdiger Herr, und deshalb kann ich sein Verhalten in dieser Beziehung nicht verstehen. Ich glaube kaum, daß er einen Feind auf der Welt hat, und ich mache mir auch keine Sorgen darüber, was mir geschieht, sondern was er Betty antun könnte.«

Allmählich verstand Mr. Rater.

»Ach so, Sie wollen polizeilichen Schutz haben?«

Die beiden nickten so lebhaft wie zwei furchtsame Kinder, die Sicherheit gefunden haben, und der Redner konnte kaum ein Lachen unterdrücken.

»Ich glaube, Sie sind wirklich zu ängstlich«, erwiderte er. »Aber ich will sehen, was ich tun kann.«

Es wäre verhältnismäßig einfach gewesen, das Haus bewachen zu lassen, aber er hielt es für überflüssig, die Zeit dreier Beamter für diesen Zweck zu opfern. Seine Sorglosigkeit sollte sich jedoch rächen.

Julian George Linstead war Antiquitätenhändler, der erfolgreich an der Börse spekulierte und es eigentlich nicht mehr nötig hatte, sich um sein Geschäft zu kümmern. Im Grunde liebte er seinen Beruf auch nicht so sehr, aber er hatte nun einmal seine Tatkraft dafür eingesetzt und betrieb ihn aus Gewohnheit weiter.

Er war ein Junggeselle von fünfundvierzig Jahren und sah trotz seines etwas verschlossenen und düsteren Wesens sehr gut aus. In seinem äußeren Auftreten war er liebenswürdig, und er hatte auch einen gewissen Sinn für Humor. Zu seinen Gunsten muß noch erwähnt werden, daß er zu allen wohltätigen Sammlungen reichlich beisteuerte, jedoch verlangte, daß sein Name nicht genannt wurde.

Er wohnte in der Curzon Street, wo ihn Mrs. Aldred, eine ältere Frau, betreute. Ihr Mann versah die Stelle eines Hausmeisters und Kammerdieners.

Mr. Linstead war Mitglied eines vornehmen Klubs, gehörte der Konservativen Partei an und war, soweit man feststellen konnte, in keine Liebesabenteuer verwickelt. Die Schätzung zur Einkommensteuer nahm er als einen Akt des Schicksals hin und führte auch sonst das Leben eines ruhigen und geachteten Bürgers. Das hinderte ihn aber nicht, Erholungsreisen ins Ausland zu machen. Man sah ihn in Deauville und am Lido, wenn die Saison es erforderte, und jährlich brachte er im Winter drei Wochen in St. Moritz zu.

Natürlich hatte er auch seine besondere Liebhaberei, und zwar galt sein Spezialinteresse okkulten Dingen. Aus diesem Grunde war er auch ein Freund des Professors Henry Hoylash, der sich nicht nur als Astronom, sondern auch als Astrologe betätigte und häufige Besuche in der Curzon Street machte.

Der Professor, ein kleiner Herr mit sanftem Charakter, konnte die Ereignisse der großen Politik mit erstaunlicher Sicherheit voraussagen. In seinen Kreisen war er als der »Siriusmann« bekannt, da alle seine Prophezeihungen in irgendeiner

Weise mit diesem Stern zu tun hatten. Zum Ausgangspunkt seiner Berechnungen nahm er stets die Stellung des Sirius zu der Zeit, als die großen Pyramiden in Gizeh gebaut wurden. Die Astrologie hat viele Anhänger; auch Mr. Linstead, der früher nicht einmal gewußt hatte, daß ein Stern Sirius existierte, fühlte sich stark zu ihr hingezogen. Auch Ägypten, das er nur als großes Ausbeutungsobjekt der Firma Thomas Cook & Sons betrachtet hatte, erschien ihm plötzlich in neuem, geheimnisvollem Licht.

Und eines Abends überredete Professor Hoylash Mr. Linstead, statt eine Reise in die Schweiz zu machen, einmal nach Ägypten zu gehen.

Mr. Rater stellte Nachforschungen an und erfuhr, was allgemein über Mr. Linstead bekannt war. Einer der Detektive lud Mr. Aldred zu einem Glas Whisky-Soda ein, horchte ihn aus und bekam zu hören, daß Mr. Linstead der beste Dienstherr war, den man sich überhaupt wünschen konnte.

»Er hat sich allerdings in letzter Zeit viel mit Geistern, Spiritismus und solchem Zeug befaßt. Seitdem er den alten Professor kennt, redet er von ägyptischen Göttern und dergleichen verrückten Dingen. Aber schließlich ist ja jeder Mensch berechtigt, sein Steckenpferd zu haben.«

Der Detektiv wollte noch mehr von Mr. Linsteads okkulten Neigungen erfahren.

»Da ist weiter gar nichts dabei«, erklärte der Hausmeister. »Es macht ihm eben riesigen Spaß, Horoskope aufzustellen. Mich hat er auch schon gefragt, an welchem Tag und zu welcher Stunde ich geboren bin, ebenso meine Frau. Mehr merke ich nicht davon.«

Mr. Linstead schien jedoch seine astrologischen Studien sehr ernst zu betreiben. Er besaß eine umfangreiche Bibliothek okkulter Literatur, hatte sich ein Modell der großen Pyramiden herstellen lassen, das man auseinandernehmen konnte, und brachte abends viele Stunden mit mystischen Berechnungen zu.

Der Redner interessierte sich nicht für diese Lieblingsbeschäftigung Mr. Linsteads. Kaum hatte er die nötigen Erkundigungen eingezogen, so vergaß er die ganze Angelegenheit, denn er sah in diesem Fall wirklich nichts Ungewöhnliches. Schließlich durfte sich ein reicher Mann doch um die Verhältnisse seiner Nichte kümmern, die später einmal sein großes Vermögen erben sollte. Er kehrte nach Scotland Yard zurück, unterzeichnete einige Briefe, hörte die Berichte seiner unmittelbaren Untergebenen und ging dann nach Hause.

Am Abend legte er sich frühzeitig zur Ruhe, und da er einen gesunden, festen Schlaf hatte, hörte er zunächst das Klingeln des Telefons nicht. Endlich wachte er doch auf, stieg leise fluchend aus dem Bett und ging zum Apparat.

»Hier ist Artur Menden«, meldete sich eine heisere, ängstliche Stimme. »Sie erinnern sich doch, daß ich gestern in Bettys Wohnung mit Ihnen sprach?«

»Ja – was ist denn los?«

Mendens aufgeregter Ton verriet dem Redner sofort, daß etwas Besonderes vorgefallen sein mußte.

»Betty ist entführt worden – ich spreche von ihrer Wohnung aus.«

»Entführt?« wiederholte Mr. Rater erstaunt und fuhr sich über die Augen, um festzustellen, daß er wirklich wachte. »Zum Donnerwetter, was meinen Sie denn eigentlich? Aber erzählen Sie mir jetzt keine Einzelheiten, ich komme sofort zu Ihnen.«

In höchster Eile kleidete er sich an, aber er war nicht wenig ärgerlich, daß ein höherer Polizeibeamter mitten in der Nacht wegen eines solchen Unsinns aus dem Bett geholt wurde.

Als er in Bettys Wohnung ankam, fand er Mr. Menden sehr aufgeregt. Bis Mitternacht hatte der junge Mann von ihrem Verschwinden keine Ahnung gehabt.

Obwohl die beiden verheiratet waren, wohnten sie doch getrennt. Im allgemeinen brachten sie den Abend miteinander zu, aber diesmal war er auf ihren Wunsch schon eher nach Hause gegangen. Um halb elf wurde er von einem Unbekannten angerufen. Der Mann gab an, im Auftrag der Ingenieurfirma zu sprechen, für die Menden arbeitete, und ersuchte ihn, sofort zum Hause des Seniorchefs in Kingston Hall zu gehen. Es wäre ein Telegramm aus Bermuda eingetroffen, das der Chef mit ihm besprechen wollte. Mr. Menden wußte, daß seine Firma dort zur Zeit einen großen Auftrag ausführte.

Er hatte nicht den geringsten Verdacht, nahm eine Autodroschke und fuhr nach Kingston. Als er zum Haus seines Chefs kam, war dort eine Geburtstagsfeier im Gange, und niemand wußte etwas von dem Anruf. Ebensowenig war ein Telegramm aus Bermuda eingetroffen. Erstaunt und verärgert über den schlechten Scherz fuhr Menden zu seiner Wohnung zurück.

Viertel vor eins kam er dort an, und schon auf dem Korridor hörte er das Telefon klingeln. Bettys Dienstmädchen war am Apparat. Sie hatte eine ganze Stunde lang versucht, mit ihm in Verbindung zu kommen.

Um elf Uhr war Betty angerufen worden, angeblich von dem Portier von Mr. Mendens Haus. Sie sollte sofort zu seiner Wohnung kommen. Er hatte noch mehr gesagt, aber davon hatte ihre Herrin nichts erzählt. Vor dem Haus wartete ein Auto, und das Mädchen sah, daß Betty mit dem Mann sprach, der daneben stand. Darauf wäre Betty eingestiegen und fortgefahren.

»Warum haben Sie denn Ihrer Herrin nicht ein Auto besorgt?« fragte der Redner.

Sie erklärte, daß Sie nicht angezogen und Betty schon abgefahren war, als sie sich angekleidet hatte. Beim Fortgehen hatte sie ihr nur noch schnell zugerufen, wohin sie fuhr.

»Haben Sie den Mann oder den Wagen erkannt?«

Sie schüttelte den Kopf. Es war sehr dunkel, aber sie glaubte, daß es ein Rolls Royce gewesen sein müßte. Jedenfalls war es ein großer Luxuswagen.

Sie blieb nun auf, um auf die Rückkehr ihrer Herrin zu warten. Als diese um zwölf noch nicht wieder erschienen war und auch nicht angerufen hatte, wurde sie ängstlich und klingelte bei Menden an, erhielt aber keine Antwort.

Weitere Auskunft konnte sie nicht geben.

»Julian Linstead steckt dahinter, es kann sonst niemand sein«, sagte Artur nervös und aufgeregt. »Ich habe auf Sie gewartet, Mr. Rater, sonst wäre ich schon persönlich zu seiner Wohnung gefahren.«

Der Redner konnte auch keine andere Erklärung für das Verschwinden der jungen Dame finden. Sie hatte keine Freunde in London, und auf keinen Fall wäre sie allein mit einem Fremden fortgefahren.

Ein schwacher Anhaltspunkt ergab sich aus der Tatsache, daß sie Schlafanzug, Morgenrock, Pantoffeln und Toilettengegenstände mitgenommen hatte.

Kurz darauf trafen Mr. Rater und Artur Menden bei Mr. Linstead ein. Sie klopften eine Zeitlang an der Tür, bis der Hausmeister schließlich im Schlafrock öffnete.

Mr. Aldred hatte seine äußere Erscheinung etwas zu auffällig in Unordnung gebracht, um glaubhaft vorzutäuschen, daß er eben aus dem Schlaf gerissen worden sei. Das Haar hing ihm wirr ins Gesicht, und der Redner bemerkte außerdem sofort, daß die Schuhe des Mannes vollkommen zugeschnürt waren.

»Nein, Mr. Linstead ist nicht zu Hause. Er ist heute morgen fortgefahren. Soviel ich weiß, ist er nach Paris gereist.«

Er sprach etwas zu laut, und Mr. Rater sah ihn scharf an.

»Ich bin Polizeibeamter«, sagte er nur und beobachtete, daß die Augenlider des Hausmeisters nervös zuckten. »Ich möchte einen Brief an Mr. Linstead schreiben. Lassen Sie mich bitte herein.«

Mr. Aldred nickte stumm, führte ihn in das vornehme Arbeitszimmer und drehte das Licht an. Der Redner setzte sich an den Schreibtisch, sah sich im Zimmer um, bückte sich dann und nahm den Papierkorb auf. Darin fand er zwei zusammengeknitterte Briefumschläge, legte sie auf den Tisch und glättete sie. Der eine war von Betty adressiert und am vergangenen Vormittag aufgegeben worden.

Mr. Rater winkte den Hausmeister zu sich.

»Dieser Brief wurde heute morgen an Mr. Linstead abgeschickt und ist heute nachmittag hier angekommen. Wer hat ihn denn geöffnet?«

Der Mann schluckte verlegen, sagte aber nichts.

»Dr. Linstead hat das Schreiben erhalten und gelesen«, fuhr Mr. Rater fort. »Er kann also nicht heute morgen nach Paris gefahren sein.«

Mr. Aldred war in die Enge getrieben und wußte nichts zu erwidern.

»Wohin ist Mr. Linstead gegangen?«

Der Hausmeister schüttelte nur den Kopf und murmelte zusammenhanglose Worte. Offenbar wußte er darüber auch nichts Genaueres. Er sagte schließlich, daß Mr. Linstead zwei Häuser auf dem Lande besäße und manchmal dorthin führe. Das eine lag in Brighton, das andere in Sunningdale. Außerdem hatte sein Herr einen Bungalow an der Themse, dessen Lage Aldred aber nicht kannte. Und die Themse war ein langer Fluß, wie der Redner ironisch bemerkte, an dem viele Villen und Bungalows reicher Leute standen.

Mr. Rater fragte auch die anderen Dienstboten aus, konnte aber nichts von ihnen erfahren. Wenn jemand etwas über Mr. Linsteads Aufenthalt wußte, so war es Mr. Aldred, aber der hüllte sich in Schweigen. Schließlich schickte ihn der Chefinspektor weg und beriet sich mit Mr. Menden.

»Meiner Meinung nach ist die Sache nicht so ernst, wie Sie annehmen. Aber ich werde schon mehr herausbringen, wenn ich mir diesen Hausmeister einmal vornehme. Gehen Sie eine Stunde lang spazieren und kommen Sie dann wieder. Sie wissen wohl, daß ich in dieser Angelegenheit keinen amtlichen Auftrag habe und daß ich mich den größten Schwierigkeiten aussetze, wenn ich noch weitere Schritte unternehme.«

Als sich der junge Mann entfernt hatte, rief der Redner Mr. Aldred und gab sich eine halbe Stunde lang mit ihm ab. Er verhörte ihn in der schärfsten Weise, durchsuchte die offenen Schubladen des Schreibtisches und nahm endlich ein paar Bände von Mr. Linsteads okkultistischen Büchern vom Regal. Als er darin blätterte, lernte er Teufel und Götter kennen, von deren Existenz er bisher keine Ahnung gehabt hatte. Aber seine hauptsächlichste Entdeckung machte er in einem Fach des Schreibtisches.

Als Artur Menden zurückkam, hatte Mr. Rater seine Nachforschungen zu einem gewissen Abschluß gebracht und sich eine Meinung gebildet.

»Ich glaube nicht, daß Ihrer jungen Frau eine Gefahr droht. Wenn ich Ihnen einen Rat geben darf, gehen Sie jetzt ruhig nach Hause und legen sich schlafen. Ich warte hier, bis Onkel Julian auftaucht.«

»Wissen Sie denn, wo er sich augenblicklich aufhält?«

Der Chefinspektor schüttelte den Kopf.

»Ich habe nicht die geringste Ahnung, aber darauf kommt es im Moment auch gar nicht an«, erwiderte er kurz.

Menden verabschiedete sich widerwillig von ihm, aber er war zu aufgeregt, um sich zur Ruhe zu legen. Als der Redner später zum Fenster hinausschaute, sah er den jungen Mann auf der anderen Seite der Straße auf- und abgehen.

Um halb sieben Uhr morgens hörte Mr. Rater, daß jemand das Haustor aufschloß, kam dem Hausmeister zuvor und schickte ihn wieder in sein Zimmer zurück. Dann öffnete er schnell die Tür.

Julian Linstead sah übermüdet aus und war so schläfrig, daß er nicht einmal bemerkte, daß ein Fremder in der Halle stand. Er ging an ihm vorbei und begab sich sofort in sein Arbeitszimmer. Dort wunderte er sich über den Zigarrenrauch, der von Mr. Raters Zigarre herrührte, und als er sich umwandte, stand der Chefinspektor vor ihm.

»Was – was ist denn passiert?« fragte er mit stockender Stimme.

»Ich bin Ihretwegen hier!«

Linstead erkannte ihn plötzlich.

»Sie sind doch Mr. Rater von Scotland Yard?« erwiderte er erregt und nervös.

Der Redner nickte.

»Wo ist Miss Linstead?« fragte er dann kurz.

»Meinen Sie meine Nichte?« Julian gab sich alle Mühe, unbefangen zu erscheinen. »Um Himmels willen, ist ihr etwas zugestoßen? Aber woher soll ich denn das wissen?«

»Wo ist sie?«

»Ich schwöre Ihnen –«

»Lassen Sie doch diese Mätzchen, Mr. Linstead«, entgegnete der Redner ärgerlich. »Ich bin nicht die ganze Nacht aufgeblieben, damit Sie mir hier schließlich Märchen vorerzählen. Sie ist in Ihrem Bungalow an der Themse, das ist ganz klar. Ich weiß nur nicht genau, wo er liegt. Aber wenn ich nach Scotland Yard gehe, kann ich das schnell genug herausbekommen!«

Mr. Linstead sah ihn bleich und verstört an.

»Dann bleibt mir wohl nichts anderes übrig«, sagte er und schien plötzlich um Jahre gealtert zu sein. »Sie ist tatsächlich dort, wo Sie sagen, aber sie ist sicher, und es geht ihr gut. Ich habe sie am Abend dorthin gebracht und eine Krankenwärterin aus der Irrenanstalt engagiert, die sie betreut. Es wird ihr nichts passieren, und ich hoffe, daß sie zur Vernunft kommt – ich will damit gerade nicht sagen, daß sie geisteskrank ist«, fügte er schnell hinzu, »nur...«

»Nur achten Sie viel zu sehr auf das, was Ihr verrückter Freund, dieser Professor Hoylash, sagt«, entgegnete der Redner ruhig.

Julian Linstead schaute schnell auf.

»Wie meinen Sie das?«

»Und aus diesem Grund wollen Sie auch Ihre Nichte daran hindern, zu heiraten. Nun, ich kann Ihnen etwas mitteilen, das Sie sicher sehr interessiert: Sie ist längst verheiratet!«

In Mr. Linsteads Blick zeigten sich Angst und Entsetzen.

»Was – sie ist verheiratet?« fragte er mit heiserer Stimme.

»Ja, bereits vor vier Monaten ist sie standesamtlich getraut worden.«

Der Schrecken wich allmählich wieder aus Linsteads Zügen, und schließlich seufzte er erleichtert auf.

»Vor vier Monaten schon? Aber das ist doch unmöglich –«

»Es ist nichts unmöglich. Nur die Horoskope stimmen manchmal nicht. Ich habe etwas in Ihren Büchern gelesen, und das übrige konnte ich mir zusammenreimen. Außerdem habe ich zwei Horoskope in Ihrem Schreibtisch gefunden, die Professor Hoylash aufgestellt hat – das eine für Sie, das andere für Ihre Nichte. Der gute Mann hat ausgerechnet, daß Sie an dem Hochzeitstag Ihrer Nichte sterben würden. Und vier Monate nach diesem gefährlichen Zeitpunkt sind Sie noch munter und vergnügt am Leben!«

»Aber sie hat mir doch nie gesagt, daß sie... Warum hat sie mir denn dann geschrieben, daß sie morgen – in einer Kirche heiraten würde?«

»Sie wird schon ihren Grund dafür haben«, erwiderte der Redner trocken. »Es sollte mich nicht wundern, wenn Sie bald Großonkel würden.«

Geschmuggelte Smaragde

Chefinspektor Rater hatte einen Freund beim Finanzamt, der beinahe ebenso schweigsam war wie er selbst. Wenn er sich einmal erholen wollte, machte er mit diesem Mann weite Spaziergänge. Manchmal ließ Mr. Rater dann im Laufe des Tages die Bemerkung hören, daß es nach Regen aussähe, und beim nächsten Ausflug tat sein Freund eine ähnliche Äußerung. Gelegentlich sagte auch der Beamte vom Finanzamt, daß sie wahrscheinlich den falschen Weg gegangen wären, aber gewöhnlich nahmen sie den richtigen und hatten also keine Veranlassung, darüber zu reden. Zuweilen brachten die beiden Freunde das ganze Wochenende miteinander zu. Dann saßen sie in einem flachen Boot, das am Ufer festgebunden war, und machten schweigend Jagd auf die stummen Fische.

Ein gewisser Mark Ling, der hauptberuflich ein Verbrecher war, besaß in der Nähe von Marlow eine Villa, und es war sein Lieblingstraum, daß der Chefinspektor eines guten Tages mit dem Kahn umkippen und ertrinken möchte. Stundenlang lag er flach auf der Wiese, drückte sich ins Gras und beobachtete die beiden reglosen Gestalten, die wie holzgeschnitzte Götterstatuen in ihrem Fahrzeug saßen. Aber das Schicksal erfüllte seinen Wunsch nicht, obwohl er schon einen Bootshaken mitgebracht hatte, um den verhaßten Mr. Rater auch lange genug unter Wasser zu halten.

Manchmal hatte Mr. Ling selbst Besuch. Steiny Lamb hatte manche Interessen mit ihm gemeinsam, und sie sprachen meist über geschäftliche Angelegenheiten. Und zwischen ernsthaften Unterhaltungen über Nachschlüssel, Fensteröffner und die beste Art, Polizeistreifen aus dem Weg zu gehen, lagen sie lange Zeit im Grase und beobachteten Mr. Rater und seinen Freund.

»Man kann ja sein eigenes Wort nicht verstehen bei dem vielen Gerede«, meinte Mark ironisch. »Ich möchte nur wissen, wer der andere Kerl ist.«

»Der sieht nicht so aus, als ob er von der Polente wäre«, entgegnete Steiny.

»Polypen befreunden sich nicht miteinander«, erklärte Mark. »Sie trauen einander nicht, weil sie sich zu gut kennen.«

Mark hatte auch eine Stadtwohnung in Soho. Er gehörte nicht zu den Verbrechern, die drei Monate des Jahres in Armut und Schmutz zubringen, vierzehn Tage in Saus und Braus leben und die übrigen achteinhalb Monate im Gefängnis sitzen. Im Gegenteil, Mark Ling verdiente dauernd viel Geld. Er ließ seine Pläne durch kleinere Leute ausführen, hinter denen er sich versteckte. Auch Steiny war für ihn tätig, aber er war etwas zu neugierig.

»Wer hat denn neulich das Ding in Leicester gedreht?« fragte er bei seinem Besuch in Marlow.

Mark sah ihn böse an. Die Sache in Leicester war eine unangenehme Angelegenheit. Fast ein volles Jahr hatte er damit zugebracht, alle Einzelheiten über die berühmte Gürtelschnalle der Familie Couper in Erfahrung zu bringen, und dann war ihm ein anderer zuvorgekommen und hatte ihm das Stück vor der Nase weggeschnappt. Es waren vierzehn Brillanten auf der Schnalle, und jeder Stein hatte etwa vierzehn Karat. Alle Juweliere kannten das Stück.

»Ich weiß es nicht, aber ich vermute, daß es die Birmingham-Bande war«, erwiderte Ling ärgerlich. »Und ich bin froh, daß ich nichts damit zu tun habe. Ich möchte nur wissen, wie die Kerle die Steine aus dem Lande schaffen wollen! Wer das versucht, legt sich ja selbst den Strick um den Hals.«

Es gab nur wenig Leute, die etwas von Mark Lings eigentlicher Tätigkeit ahnten. Er war mehr als nur ein tüchtiger Einbrecher, er war auch der Schlaueste, wenn es galt, die Beute zu veräußern. Er konnte gestohlene Juwelen ins Land und ebenso über die Grenze schmuggeln; er kannte alle bedeutenden Hehler auf dem Festland und wußte immer, wo die gestohlenen Dinge den besten Unterschlupf fanden. Innerhalb weniger Tage konnte er gestohlene englische Banknoten, deren Nummern notiert waren, in einem Dutzend fremder Städte unterbringen.

Bei seinen Auftraggebern stand er jedoch nicht in dem besten Ruf, denn Steine und Geld verschwanden manchmal bei dem Transport. Die Leute gaben sich nach außen hin mit der Erklärung zufrieden, daß er die Polizei auf dem Festland hätte bestechen müssen, aber sie waren gewarnt und beschäftigten ihn nicht so leicht wieder. In gewisser Weise hatten sie ihn jedoch sehr nötig, denn Postpakete nach Brüssel, Antwerpen und Amsterdam werden häufig von den Zollbeamten geöffnet, und auf diese Weise waren schon viele unrechtmäßig erworbene Schmuckstücke verlorengegangen.

Mark machte aber trotzdem Geschäfte, da er drei verschiedene Sprachen beherrschte, zu reisen verstand und besser als jeder andere mit Zollbeamten fertig wurde.

Aber einmal betrog er einen kleinen Hehler in Newcastle, und der merkte sich die Sache.

In Scotland Yard gab man sich die größte Mühe, den Verbleib der berühmten Gürtelschnalle ausfindig zu machen. Man hätte das kaum glauben sollen, wenn man den Redner beim Angeln sah.

Steiny war ziemlich klein und hatte ein faltiges, pockennarbiges Gesicht. Außerdem besaß er zwei Untugenden: Er schwätzte, und er war neugierig, besonders neugierig wegen eines kürzlich verübten Einbruchs, bei dem äußerst wertvolle Schmuckstücke gestohlen worden waren.

»Bei der Sache in Burrow Hill waren Sie doch auch dabei, Mr. Ling?«

Mark maß ihn mit einem kalten Blick.

»Wer hat Ihnen denn den Bären aufgebunden?«

Steiny entschuldigte sich sofort.

»Sie wissen doch, daß viel geredet wird. Aber ich will Ihnen lieber die Wahrheit sagen, Mr. Ling. Ich sah, wie Sie aus dem St.-Pancras-Bahnhof kamen, am Morgen, nachdem das Ding gedreht wurde, und da habe ich mir eben die Geschichte zusammengereimt.«

»Merkwürdig, daß Sie immer die verkehrten Schlußfolgerungen ziehen«, erwiderte Mark lächelnd. »Übrigens, was diesen Geldverleiher betrifft... Ich kann Ihnen die Werkzeuge und alles Nötige beschaffen, und ich kann Ihnen auch sagen, wo Sie einen Wagen bekommen. Wieviel Leute brauchen Sie denn dazu?«

Steiny überlegte und meinte, daß drei genügen würden.

Für die Beschaffung der Werkzeuge und des Wagens partizipierte Ling an dem Gewinn solcher Unternehmungen, an denen er persönlich nicht teilnahm.

»Hoffentlich nehmen Sie mir nicht übel, was ich vorhin sagte«, bat Steiny, der wohl bemerkte, daß die Situation gespannt war. »Sie sind ein großer Mann, und ich möchte gern weiter mit Ihnen arbeiten. Sie fahren auch nicht schlecht dabei. Ich kenne mehr Leute im Fach als Sie, vor allem einen Hehler, von dem Sie sicher noch nie etwas gehört haben. Darauf gehe ich jede Wette mit Ihnen ein. Ich bin der einzige, der ihn ausfindig gemacht hat und seine Methoden kennt.«

»Wenn ich Ihren Rat und Ihre Kenntnis brauche, werde ich mich schon bei Ihnen erkundigen.

»Ich wollte eigentlich nur sagen, daß ich Sie neulich abends sah...«, begann Steiny.

»Sie sehen verdammt viel«, brummte Mark mit einem bösen Lächeln.

Eine Woche später traf Steiny mit zwei Kollegen in der Nähe von Soho Square zusammen. Von dort begaben sie sich auf verschiedenen Wegen zu dem Geschäft eines Geldverleihers.

Es war Samstagabend und das Haus daher wohlverschlossen. Mark hatte die Sache ausfindig gemacht und den Plan für den Einbruch zusammengestellt. Steiny ging mit seinen Freunden in eine Seitenstraße, um von der Hinterseite aus in das Haus einzudringen. Kaum zwölf Schritte entfernt stand ein Lieferauto, das in großen Buchstaben den Namen einer Dampfwäscherei trug. Aber das einzige Leinenzeug, das der Wagen enthielt, gehörte elf Polizisten vom Überfallkommando.

Nachher gab es eine kleine Rauferei, wobei Steinys Partei den kürzeren zog.

»Na, da ist also nichts zu machen, Mr. Rater«, meinte er. »Das war eine abgekartete Sache, um uns hereinzulegen. Aber seit wann sind Sie denn beim Überfallkommando? Bei der Polizei kennt man sich doch nie aus. Jeden Tag stecken Sie woanders.«

Der Redner schwieg.

»Machen Sie es gnädig, Mr. Rater«, bat Steiny. »Wir haben ja noch nichts Böses getan – können Sie mich nicht nach der neuen Verordnung anzeigen?«

Der Chefinspektor war in guter Stimmung. Bei der Anklage gegen Steiny wurde zum Ausdruck gebracht, daß man ihn gefangengesetzt hatte, um ein Verbrechen zu verhüten. Dabei kam er glimpflicher davon, als wenn man ihn verhaftet hätte wegen Umhertreibens mit der Absicht, einen Einbruch zu begehen.

Während der Verhandlung sah sich Steiny von der Anklagebank aus im Saal um. Unter anderen Bekannten entdeckte er auch Mark, der wieder sehr elegant gekleidet war und eine neue Freundin hatte, eine hübsche, schlanke junge Dame. Mark verstand es immer, die Bekanntschaft hübscher Damen zu machen. Er schaute zu Steiny hinüber. Aber dieser tat so, als ob er ihn nicht bemerkte.

Er hatte schon von Mr. Lings neuer Freundin gehört, denn Mark sprach gern über seine Eroberungen. Das war also die junge Dame, deren Vater ein Juweliergeschäft besaß. Steiny interessierte sich für den Fall. Nachdem ihm seine Strafe zudiktiert worden war, sah er den Chefinspektor.

»Sagen Sie mir doch nur, wer mich verpfiffen hat.«

Aber der Redner schüttelte nur mißbilligend den Kopf.

»Ich wette mit Ihnen, es war ein hübscher, eleganter Kerl, der immer den Kavalier spielt und hinter den Mädels her ist.«

Steiny wollte verzweifeln, als der Redner nicht das geringste Wort sagte.

»Donnerwetter, Mr. Rater, ich glaube, Sie sprechen nicht einmal im Schlaf!«

»Bloß keine große Lippe riskieren«, ermahnte ihn der Chefinspektor sanft.

Es gab nur einen »hübschen, eleganten Kerl« in der Verbrecherwelt, und das war Mark Ling. Der Redner wußte sehr gut, daß Mark der Polizei den geplanten Einbruch bei dem Geldverleiher verraten hatte. Wenn er auch nur den geringsten Zweifel gehabt hätte, daß Mark an dem Diebstahl der Couperschen Gürtelschnalle beteiligt war, hätte er die Sache verfolgt; aber Marks Alibi war unanfechtbar.

»Wissen Sie etwas über die Couper-Brillanten, Steiny?«

»Nein, und wenn ich etwas wüßte, würde ich Ihnen nichts davon erzählen«, erwiderte der kleine Mann. »Ich gehöre nicht zu den Angebern.«

Dann lachte er plötzlich laut auf und lachte immer weiter, so daß der Redner schon glaubte, der Gefangene hätte einen hysterischen Anfall bekommen.

»Schon gut, Mr. Rater«, sagte Steiny und trocknete sich die Augen. »Es ist nur ein kleiner Scherz – ich danke Ihnen auch für alles, was Sie für mich getan haben.« –

Vom Polizeigericht ging Mark mit seiner hübschen Begleiterin nach Westen zu. Pauline war die Tochter des angesehenen Juweliers Eddering. Mark hatte ihre Bekanntschaft in einem Kino gemacht.

»Es war doch traurig zu sehen, daß der arme Mann verurteilt wurde«, meinte sie.

Er lachte.

»Es ist Ihre eigene Schuld, ich hätte Sie ja niemals mitgenommen. Aber Sie sagten doch, daß Sie noch nicht auf dem Polizeigericht waren und gern einmal einer Verhandlung beiwohnen möchten.«

Sie seufzte schwer.

»Ich hätte nicht daran gedacht, hinzugehen, wenn Sie nicht gesagt hätten, daß Ihre Anwesenheit dort notwendig wäre. Ich weiß nicht, was für einen seltsamen Einfluß Sie auf mich ausüben.«

Sie sprach manchmal wie eine Romanfigur, aber auf Mark machten ihre Worte immer großen Eindruck.

»Wann fahren Sie ins Ausland?« fragte sie plötzlich.

»Nächsten Freitag.«

Er hatte jedoch die Absicht, London schon am Donnerstag zu verlassen, weil er Steinys wegen nicht ganz sicher war. Außerdem war er sehr unruhig, weil sein Haus schon zweimal von Beamten der Kriminalpolizei aufgesucht worden war. Es paßte ihm gar nicht, daß die Leute sich so eingehend beim Portier nach seinem jeweiligen Aufenthaltsort erkundigt hatten. Zu seinem Bedauern erkannte er, daß er die kleine Villa in der Nähe von Marlow würde aufgeben müssen.

Die junge Dame seufzte wieder.

»Ich wünschte, Sie würden nicht fortfahren. Freitag bin ich nämlich ganz allein zu Hause und muß über diesem entsetzlichen Laden schlafen. Mein Vater reist nach Manchester, und ich fürchte mich schrecklich vor dem Alleinsein. Wenn ich daran denke, daß ein Einbrecher ins Haus kommt ... Vor dem Gericht haben wir doch eben gesehen, was alles möglich ist. Der Safe ist nicht sehr sicher, den kann jeder aufbrechen. Wenn mein Vater doch nur die Smaragde zur Bank bringen wollte! Dann würde ich mich viel wohler fühlen...«

Sie brach plötzlich ab, als ob ihr zum Bewußtsein gekommen wäre, daß sie zuviel gesagt hatte.

»Von den Smaragden hätte ich Ihnen nichts erzählen sollen«, sagte sie bedauernd. »Aber es ist doch wirklich zu lächerlich. Da liegen nun für siebzehntausend Pfund Steine in dem dünnen Blechschrank!«

Er fragte sie nicht danach aus, im Gegenteil, er schien nicht das geringste Interesse für die Sache zu haben.

»Das ist allerdings viel Geld – Ihr Vater muß ziemlich reich sein.« Mehr erwiderte er nicht darauf.

»Reich! Ich zweifle, ob mein Vater überhaupt tausend Pfund wirkliches Vermögen hat! Diese Smaragde wurden ihm ja nur von einer russischen Dame übergeben. Sie wollte sie neu fassen lassen. Das war vor zwei Jahren, und seitdem haben wir nie wieder etwas von ihr gehört. Mein Vater glaubt, daß sie nach Rußland zurückgegangen und daß sie dort eingesperrt worden ist.«

Mark begleitete sie nach Hause und traf dort ihren Vater. Es war das zweitemal, daß er mit dem Juwelier zusammenkam. Mr. Eddering war ein ältlicher, etwas gebeugter Mann, der sich kaum für seine Tochter, noch viel weniger für ihren Freund zu interessieren schien.

Der Laden war klein, aber das Geschäft in billigen Schmuckstücken ging ziemlich gut. Mark betrachtete nun zum erstenmal den Geldschrank mit kritischen Blicken. Das verhältnismäßig altmodische Stück stand unter dem Kassentisch. Erfahrene Geldschrankknacker konnten diesen Safe beinahe mit einem starken Taschenmesser öffnen.

»Das Geschäft geht sehr schlecht«, brummte Mr. Eddering

und schüttelte den Kopf. Er hatte immer etwas auszusetzen. »Heute habe ich erst zwei Paar Trauringe verkauft.«

»Ich erzählte Mr. Lewis« – unter diesem Namen hatte sich Mr. Ling Pauline vorgestellt – »von der russischen Dame und den Smaragden, die sie dir gegeben hat«, erklärte seine Tochter, als sie sich an den Teetisch setzten. Ein Gehilfe betreute währenddessen den Laden.

Der Juwelier rieb ärgerlich das unrasierte Kinn.

»Ich möchte gern wissen, wie eigentlich die juristische Lage in diesem Fall ist«, sagte er und schaute mit gerunzelter Stirn zu Mark hinüber. »Einige meiner Geschäftsfreunde meinen, ich müßte in den Zeitungen inserieren, daß ich die Steine verkaufe, um meine Arbeit bezahlt zu machen. Aber das erscheint mir doch etwas zu rigoros. Die Rechnung beträgt kaum zwanzig Pfund.«

»Ich liebe Smaragde sehr – könnte ich die Steine vielleicht einmal sehen?« fragte Mark gleichgültig.

Mr. Eddering warf ihm einen mißmutigen Blick zu und schüttelte den Kopf.

»Das geht nicht. Sie sind alle schon für die Dame eingepackt, und ich kann das versiegelte Paket nicht wieder öffnen.«

»Sind sie denn versichert?«

Der Juwelier sah ihn geringschätzig an.

»Glauben Sie, ich wäre so dumm, derartig kostbare Juwelen nicht zu versichern?«

Später ging er in seinen Laden und ließ die beiden allein.

»Manchmal kommt es mir wirklich so vor, als ob mein Vater nicht mehr ganz bei Verstand wäre«, sagte Pauline ratlos. »Sehen Sie sich das einmal an.« Sie zeigte aus dem Fenster auf den kleinen Hof, der hinter dem Haus lag.

Dort befand sich eine Mauer, die kaum mehr als zwei Meter hoch war.

»Jeder kann doch über die Mauer klettern und im Handumdrehen durch das Fenster steigen. Nicht einmal Alarmglocken hat er anbringen lassen. Manchmal fürchte ich mich tatsächlich zu Tode. Mein Vater hat zwar einen Revolver, aber ich glaube, wenn es darauf ankommt, gebraucht er ihn nicht einmal.«

»Er sollte Sie nicht allein lassen«, erwiderte Mark kopfschüttelnd. »Wer schläft denn außer Ihnen noch im Haus?«

Er erfuhr, daß das junge Dienstmädchen im Erdgeschoß eine

Stube hatte, aber sie war selbst so furchtsam, daß sie sich jede Nacht einschloß. Außerdem wohnte noch ein ziemlich alter Portier im Souterrain.

»Natürlich haben wir Telefon, aber das ist hier unten in diesem Zimmer. Was soll ich machen, wenn ich nachts aufwache und höre, daß Leute im Laden sind?«

»Furchtbar einfach – Sie reißen das Fenster auf und rufen um Hilfe.«

»Dazu hätte ich wohl kaum den Mut«, sagte sie zitternd. »Ich glaube, ich würde den Kopf unter die Decke stecken und warten, bis sie gegangen sind.«

Mark blieb noch eine Stunde. Als er das Haus verließ, bemerkte er zu seinem Schrecken, daß auf der anderen Seite der Straße ein Beamter von Scotland Yard stand, und zwar einer der besten Leute des Chefinspektors Rater.

Mark ging einige Schritte weiter und hoffte, daß er nicht beobachtet worden war. Aber nach kurzer Zeit traf er einen zweiten Detektiv. Er stieß beinahe mit ihm zusammen und wurde erkannt.

»Hallo Mark«, sagte der Mann freundlich. »Haben Sie Einkäufe gemacht?«

Die vertrauliche Anrede beleidigte Mr. Lings Feingefühl. Er war noch niemals in den Händen der Polizei gewesen, und wenn er auch unter noch so großem Verdacht stehen mochte, hatte doch ein seiner Meinung nach drittklassiger Detektiv noch nicht das Recht, ihn beim Vornamen anzureden. Es war wirklich Zeit, den Schauplatz seiner Tätigkeit in ein anderes Land zu verlegen, wo sich die Polizei höflicher benahm. Ohne ein Wort zu erwidern, ging er weiter.

Am Abend fuhr er nach Marlow, suchte dort das Wichtigste zusammen und kehrte wieder in seine Londoner Wohnung zurück. Hier packte er einen Koffer und schickte ihn durch einen Träger zur Aufbewahrung auf den Bahnhof.

Es war eigentlich nicht seine Absicht gewesen, England allein zu verlassen, aber Miss Eddering hatte merkwürdig altmodische Ansichten und glaubte nicht, daß ein junges Mädchen allein mit ihrem Freund nach Belgien und Frankreich reisen könnte. Es wäre ihm vielleicht gelungen, sie trotzdem zu überreden, aber jetzt hatte sich die Lage geändert. Wenn die Polizei ihn verfolgte, war Pauline höchstens ein Hindernis für ihn.

Am nächsten Nachmittag traf er sie und stellte mit Befriedigung fest, daß er seine Pläne nicht zu ändern brauchte. Mr. Eddering fuhr nicht am Freitag, sondern schon am Mittwoch nach Manchester. Das paßte Mark vorzüglich, denn er hatte für Donnerstag eine Kabine belegt.

»Ich habe mich entschlossen, am Donnerstag nicht im Hause zu bleiben«, sagte sie. »Nach Ladenschluß gehe ich zu einer Freundin. Ich könnte es nicht allein aushalten.«

»Hoffentlich hat Ihr Vater einen besonderen Wachtmann für die Nacht engagiert, wenn Sie fortgehen«, erwiderte er in scheinbar besorgtem Ton.

Sie schüttelte den Kopf.

»Er ist schrecklich geizig. Es ist mir sehr unangenehm, daß ich das von meinem eigenen Vater sagen muß. Er verläßt sich auf diesen alten, schwachen Safe.« –

Am Abend klingelte es an Mark Lings Wohnungstür, und er ging selbst, um nachzusehen. Als er öffnete, sah er den einzigen Mann in der Welt vor sich, dem er nicht begegnen wollte.

»Kann ich näher treten?« fragte der Redner.

Mark machte die Tür weiter auf und ließ Mr. Rater ein. Er mußte seine ganze Willenskraft zusammennehmen, um sich nicht von hinten auf den Mann zu stürzen, als er ihm ins Wohnzimmer folgte.

»Ganz allein?« erkundigte sich Mr. Rater.

Mark nickte.

»Ich wollte Sie einmal wegen der Couper-Brillanten fragen.«

»Sie wissen doch ganz genau, daß ich mit der Sache nichts zu tun habe«, erwiderte Mark grinsend. »Ich habe mich noch nie an solchen unsauberen Geschichten beteiligt. Warum die Polizei auf den Gedanken gekommen ist, daß ich ein Verbrecher bin, kann ich überhaupt nicht verstehen. Ich bin doch noch niemals verhaftet worden ...«

»Die meisten Leute, die an den Galgen kommen, haben früher noch nicht im Gefängnis gesessen.«

Mark lachte.

»Nun, Sie werden mich doch nicht gleich aufhängen wollen!«

Mr. Rater setzte sich an den Tisch und blätterte in seinem Notizbuch.

»Ich weiß genau, daß Sie nicht in Mittelengland waren, als der Einbruch verübt wurde, aber ich habe trotzdem das Gefühl, daß Sie die Hand im Spiel hatten. Ich möchte Ihnen offen sagen, warum ich herkomme. Ich brauche die Steine, und ich bin in der Lage, eine große Summe zu bezahlen, wenn ich sie zurückbekommen kann.«

»Dann müssen Sie sich aber wirklich an eine andere Adresse wenden«, entgegnete Mark erleichtert.

Er konnte auch beruhigt sein, denn dieses eine Mal stand er unter dem Verdacht, ein Verbrechen begangen zu haben, an dem er tatsächlich unschuldig war.

»Ich glaube, Sie haben eine vollkommen verkehrte Meinung. Sie denken, weil Sie noch nicht verhaftet waren, werden Sie nicht schwer bestraft, wenn wir Sie einmal fassen?«

»Da sieht man wieder einmal, welche Vorurteile die Polizei hat«, sagte Mark ironisch. »Wenn ich wegen der Couper-Brillanten eine lange Strafe bekomme, werde ich das Opfer einer schamlosen Polizeimache.«

Er atmete auf, als Rater gegangen war. Die letzten Vorbereitungen zu seiner Abreise waren getroffen. Am Donnerstagabend ging er bei Einbruch der Dunkelheit zu dem Juweliergeschäft. Der Rolladen war heruntergelassen und die Tür fest verschlossen. In keinem der oberen Räume brannte Licht.

Mark schlenderte durch die hintere Straße, bis er an die niedrige Mauer kam. Er sah sich vorsichtig um, konnte aber niemand entdecken. Wenige Augenblicke später stand er in dem Hof, denn er war ein gewandter Kletterer.

Das hintere Fenster ließ sich leicht öffnen, und er stieg in das Speisezimmer ein, in dem es nach Mr. Edderings Pfeifenqualm roch.

Die Tür, die zum Laden führte, war verriegelt, aber nicht verschlossen. Mark horchte an dem Eingang zum bewohnten Teil des Hauses und drückte dann behutsam die Klinke herunter. Die Tür war verschlossen, und darüber war er nur froh. Er gebrauchte eine kleine Taschenlampe, die er an dem obersten Knopf seiner Weste befestigte, als er sich an den Safe machte. In aller Ruhe nahm er eine der Birnen aus dem Kronleuchter und schraubte den Kontakt seines elektrischen Bohrers ein. Nach dreiviertel Stunden hatte er das Schloß bewältigt, und mit einem Ruck öffnete er die Tür. Nachdem er viele Geschäftsbücher herausgenommen hatte, entdeckte er eine kleine Schublade, die nicht einmal verschlossen war. Dort fand er ein flaches, sorgfältig versiegeltes Päckchen. Auf dem Etikett stand »Prinzessin Suwarow – neugefaßte Smaragde«.

Er ließ es in seine Tasche gleiten und untersuchte auch noch den Rest des Schrankinhalts. Aber es war nichts mehr darunter, was das Mitnehmen gelohnt hätte.

Er schloß die Schranktür, schraubte den Bohrer ab und verließ das Haus auf demselben Weg, auf dem er gekommen war. Vorher verriegelte er die Ladentür wieder und schloß auch das Fenster, ehe er in den Hof hinuntersprang.

Als er die Hauptstraße wieder erreichte, sah er auf seine Uhr. Sie zeigte zwanzig Minuten vor zehn. Mit großer Sorgfalt hatte er den Zeitpunkt seiner Abreise gewählt. Er schloß sich einer größeren Gesellschaft an, die eine gemeinsame Fahrt nach Brüssel machte und sowohl einen Sonderzug als auch einen Schnelldampfer zur Verfügung hatte. Und als der Zug um zehn Uhr den Victoria-Bahnhof verließ, befand sich Mark unter den Passagieren und saß bereits im Speisewagen, wo das Abendessen serviert werden sollte.

Selbst in der großen Gesellschaft benahm er sich möglichst unauffällig. Als er in Dover ankam, sah er den Träger, den er gewöhnlich benützte, und überreichte ihm seinen Koffer. Gleichzeitig nahm er auch das Päckchen aus der Tasche.

»Stecken Sie das ein und geben Sie es mir zurück, wenn ich an Bord komme.«

Diese Vorsichtsmaßregel war gerechtfertigt, denn Mark war einer der drei Passagiere, die aus der großen Gesellschaft ausgewählt und besonders durchsucht wurden.

»Es tut mir sehr leid, daß ich Sie belästigen muß«, sagte der Beamte, der die Visitation vornahm. »Aber es ist eine neue Verfügung herausgekommen, daß von hundert Passagieren einer besonders durchsucht werden muß.«

Mark wußte genau, daß eine solche Verfügung nicht herausgekommen war.

Auf dem unteren Deck fand er seinen Gepäckträger in heller Aufregung.

»Denken Sie, man hat Ihren Koffer geöffnet!« sagte der Mann. »Ich habe ihn eben in Ihre Kabine gesetzt.«

Er steckte ihm das Päckchen wieder zu. Mark stand dicht neben einem Rettungsboot und konnte, wenn er die Hand ausstreckte, den oberen Rand erreichen. Vorsichtig legte er das Päckchen auf eine der Ruderbänke und ging dann zu seiner Kabine, wo ein Herr auf ihn wartete. Er war in Zivil, aber sofort erkannte Mark einen Detektiv von Scotland Yard.

»Entschuldigen Sie, daß ich Sie noch einmal störe. Mein Kollege sagte mir, daß er vergessen hat, Ihren Mantel zu durchsuchen.«

Der Kollege hatte ihm das natürlich nicht gesagt, aber Mark ließ sich lächelnd die nochmalige Durchsuchung gefallen.

Am nächsten Morgen kamen sie vor Tagesanbruch in Ostende an. Während der vierstündigen Überfahrt hatte sich Mark auf dem Dampfer gut umgesehen und einen älteren Herrn entdeckt, der seekrank geworden war und sich nicht um seine Umwelt kümmerte. Mark bemühte sich um ihn, und der Mann war dankbar, daß der Mitreisende ihm bei der Ankunft half, das Gepäck zu sammeln.

Als Mr. Ling zur Zollstation ging, wurde er aufs neue angehalten. Diesmal führten ihn zwei belgische Detektive in ein kleines Büro und nahmen dort eine Leibesvisitation vor. Aber das Päckchen befand sich in der Manteltasche des seekranken Passagiers, und als er ihm später in ein Auto half, holte er es unbemerkt wieder heraus.

Er selbst nahm keinen Wagen, ließ seinen Koffer auf der Station und ging zu Fuß die windige Uferstraße entlang, bis er zu einem kleinen Hotel am Nordende des Kais kam. Er war gerade um die Ecke des einsamen Gebäudes gegangen, als er plötzlich angerufen wurde.

»Hände hoch!«

Aus dem Dunkel trat ein Mann auf ihn zu, der das Gesicht halb mit einem Taschentuch verdeckt hatte und eine Browningpistole in der Hand hielt.

Mark gehorchte.

»Nimm ihm das Päckchen ab, Annie«, sagte der Fremde, und gleich darauf trat eine Dame auf Mr. Ling zu.

Sie kam nahe an ihn heran, steckte die Hand in seine Tasche und nahm das Päckchen heraus...

Pauline Eddering hatte ein ganz besonderes Parfüm gebraucht. Mark erkannte den Duft und war starr vor Staunen.

»Ich kenne Sie seit langem, Mark Ling«, sagte der Mann mit der Pistole. »Als ich damals mein Geschäft in Newcastle betrieb, haben Sie mich mit dreitausend Pfund hereingelegt. Ich mußte diese Steine nach dem Kontinent schaffen, und Sie waren der geeignetste Mann, sie für mich herüberzubringen –«

Plötzlich standen sie im hellen Licht vieler Taschenlampen, und von allen Seiten traten bewaffnete Polizisten auf sie zu.

Mark hörte, wie die junge Dame plötzlich heftig atmete, und fühlte, daß sie das Päckchen, das sie schon halb aus seiner Tasche gezogen hatte, wieder zurückgleiten ließ. Bevor er es wegwerfen konnte, sprach ihn Chefinspektor Rater an.

»Ach so, Sie haben wohl zufällig die Couper-Brillanten bei sich, Mark?«

Im Pentonville-Gefängnis wurde Steiny als Maler beschäftigt und hatte dabei Zeit und Gelegenheit, nach Herzenslust mit seinen Kameraden zu schwatzen.

»Sehen Sie, das ist er, den sie gerade in die Zelle bringen. Morgen kommt er nach Wormwood Scrubbs. Haben Sie schon einmal von Mark Ling gehört? Ein gerissener Kerl ist das. Und ich hätte dem verdammten Hund das alles ersparen können. In dem Augenblick, als ich ihn mit dem Mädel zusammen sah, wußte ich, was los war. Ich habe nämlich mit ihrem Vater Geschäfte gemacht. Sie ist ebenso tüchtig wie der Alte... Sieben Jahre bekam Mark, siebzig hätten es sein sollen!«

Der Fall Freddie Vane

Johnny Crewe, der mehr Geld als Verstand besaß, wollte Theaterdirektor werden. Er war nämlich in Miss Dian Donald verliebt, eine Schauspielerin, die bis jetzt nur kleine Rollen gespielt hatte. Die großen studierte sie nur, um einzuspringen, wenn die Hauptschauspielerin erkrankte. Aber bisher hatte sie in der Beziehung wenig oder gar kein Glück gehabt.

Dian sah der berühmten Schauspielerin Alana Vane so ähnlich, daß sie oft mit ihr verwechselt wurde. Sie hatte dasselbe Haar, dieselbe Gestalt, sogar dieselbe Stimme. Und sie hatte zweifellos sehr schöne Beine, da sie immer in den Besprechungen der Kritiker erwähnt wurden, wenn sie einmal auftrat. Johnny Crewe ärgerte sich natürlich darüber, daß dergleichen überhaupt in die Zeitungen gesetzt wurde.

Andererseits verhielt er sich sehr vernünftig, denn er war mit ihrer Theaterlaufbahn einverstanden und hatte einen unerschütterlichen Glauben an ihren endgültigen Erfolg, den er fast noch mehr herbeisehnte als sie selbst.

Er hätte sie ohne weiteres heiraten können, denn er war verhältnismäßig wohlhabend. Aber Dian Donald sollte vor allem Gelegenheit haben, ihr Talent zu zeigen, und unter diesen Umständen war eine Heirat natürlich ausgeschlossen. Das hätte ihre Stellung bei der Bühne sofort erschüttert, die sie sich mit soviel Mühe aufgebaut hatte. Und gerade jetzt schien sie soweit zu sein, daß der endgültige Erfolg nicht mehr lange ausbleiben konnte.

Alana pflegte abfällige Bemerkungen über eine eventuelle Heirat Dians zu machen. Miss Donald lernte sie erst persönlich kennen, als Alana schon über ihre erste Blütezeit hinaus war und sich scharfe Linien um ihre Mundwinkel zu ziehen begannen. Aber für Dian blieb sie immer noch die schönste Frau auf der Welt, und das Publikum dachte ebenso. Solange Alana im Elcho Theater auftrat, war das Haus ausverkauft, und die Leute standen in langen Schlangen vor der Theaterkasse. Sie hatte mehr Operetten gerettet und mehr mittelmäßige Musik populär gemacht als irgendeine andere Sängerin, denn sie war eine bezaubernde Persönlichkeit und besaß eine fabelhafte Stimme. Sie gehörte zu den wenigen Sängerinnen, die tatsächlich auch ein hinreißend schauspielerisches Talent haben. Nur wenige Leute nannten sie mit ihrem Familiennamen. Für die große Menge blieb sie immer »Alana«, und so wurde sie auch auf den Ankündigungsplakaten und auf den Programmen genannt.

»Heiraten ist eine der größten Dummheiten, die eine Bühnenkünstlerin begehen kann«, sagte sie zu Dian und lachte bitter. »Es ist auf der einen Seite ja schön, aber auf der anderen kann es auch sehr traurig sein. Glaube mir, Dian, es ist besser, du bist unverheiratet, spielst Nebenrollen und trittst nur als Ersatz für die ersten Kräfte auf. Dabei fährst du viel besser, als wenn du ein verheirateter Star wärst. Und du hast großes Talent. Ich möchte sagen, daß es niemand gibt, der sich so als Reservekraft eignet wie du. Wenn du nur ein bißchen Verstand hättest, würdest du die kleinen Rollen annehmen, die dir Regisseur Dowall anbietet, und dich von mir trennen. Mit etwas Aufmachung und Reklame bekommst du bald einen großen Namen und kannst mit dreihundert Pfund Wochengage rechnen, statt mit den sechs, die du jetzt beziehst.«

»Miss Forsyant kommt heute nicht zur Aufführung«, sagte Dian.

Alana war bereits davon unterrichtet.

»Ich weiß, sie ist heute abend von Freddie zum Diner eingeladen. Er sagte zwar, er ginge zu seinem Klub, aber in Wirklichkeit hat er sich mit Elsa verabredet.«

Freddie, Alanas Mann, war groß, stattlich und stark und sah sehr gut aus. Seine Liebesabenteuer waren in ganz London bekannt. Er war ein Hilfsregisseur, als Alana ihn entdeckte, und spielte in einem drittklassigen Stück, das erst sie durch ihr Auftreten zu einem erstklassigen Erfolg machte. Damals bezog er kein größeres Gehalt als Dian jetzt. Alana verliebte sich in ihn, und kurz darauf heirateten sie.

Als Freddie das erreicht hatte, arbeitete er nicht mehr, und es schien seine einzige weitere Lebensbeschäftigung zu sein, junge Damen zum Diner einzuladen. Zuerst nur Choristinnen, später auch Schauspielerinnen und schließlich die schöne Elsa, die trotz ihrer strahlend blauen Augen sehr berechnend und egoistisch war.

All das ereignete sich vor dem großen Bruch zwischen Alana und ihrem Gatten, und es war bezeichnend für sie, daß sie bis zum letzten Abend spielte, solange das Stück noch blieb. Dann trat sie lächelnd an die Rampe und hielt eine kleine Abschiedsrede, bevor der Vorhang fiel.

Nur wenige Leute kannten den eigentlichen Grund. Alana war die Eigentümerin des Theaters gewesen, hatte aber bei ihrer Verheiratung ihre Anteile Freddie überschrieben. Noch viel weniger Leute wußten von dem Auftritt in ihrer Garderobe, der sich zwischen beiden abspielte und bei dem Freddie sehr offen und rücksichtslos sprach.

»Wenn du dich von mir scheiden lassen willst – gut. Aber es ist doch direkt kindisch, deine Anteile am Theater von mir zurückzuverlangen.«

»Du hast mich beschwindelt!«

Alana zitterte, aber nicht nur Wut hatte sie in solche Erregung gebracht. Er lachte.

»Aber mein Schatz, du hast mir doch die Anteilscheine überschrieben. Daran läßt sich jetzt nichts mehr ändern. Es hat keinen Zweck, daß du wütend wirst und auf mich schimpfst. Wenn du dich scheiden lassen willst, bin ich bereit, dir eine größere Rente zu zahlen. Wenn du nicht willst, kann ich auch nichts machen.«

Sie zeigte nur auf die Tür, denn sie war zu aufgeregt, um sprechen zu können.

So verließ Alana das Theater. An ihrer Stelle zog Elsa Forsyant ein und mit ihr ein neuer Spielplan. Zuerst gab es einen kolossalen Mißerfolg, dann noch einen und schließlich nur einen halben Erfolg. Der sonst so strahlende Freddie machte ein nachdenkliches Gesicht, und tiefe Falten gruben sich in seine hübschen Züge ein. Dowall, der Oberregisseur, grinste nur ironisch.

»Die Art Stücke, die wir jetzt aufführen, ist nicht die richtige«, sagte Freddie. »Wir müssen wieder solche Operetten nehmen wie zu Alanas Zeit.«

»Dazu gehört aber vor allem auch eine Alana«, entgegnete Dowall.

»Ach, was Alana konnte, kann Elsa im Schlaf.«

Freddie sprach auffallend laut, aber der Regisseur schüttelte nur den Kopf. Er ließ sich nichts vormachen.

»Wenn sie obendrein noch einschläft, wird das Publikum überhaupt nicht mehr klatschen. Zum mindesten kann man doch von einer Schauspielerin verlangen, daß sie die Augen offen hat, wenn sie auf der Bühne erscheint. Außerdem waren das große Ausstattungsstücke, die viel Geld gekostet haben.«

Die letzten Worte betonte er besonders, denn er wußte, daß Freddies Finanzlage seit den Mißerfolgen Elsas nicht mehr erstklassig war.

»Kümmern Sie sich nur um das Ensemble und um das Spiel, das Geld beschaffe ich schon.«

Aber wenn er auch zuversichtlich sprach und sich dabei in die Brust warf, konnte er doch seine inneren Zweifel nicht übertönen. Das Theater war jetzt eine schwere Last für ihn geworden, denn er hatte die beiden ersten Stücke, die durchgefallen waren, selbst finanziert. Für das dritte hatte er schon einen Geldmann gebraucht und dessen Mittel für den Zweck vollständig erschöpft. Aber es gab ja soviel Menschen mit negativem Verstande auf der Welt. Fast jede Minute wurde einer geboren.

Freddie suchte lange vergeblich, aber eines Abends fand er schließlich den Dummen in einem eleganten jungen Mann, der vor der Bühnentür auf eine Dame wartete...

Die Proben zu der Operette »Herz in Flammen« blieben eine qualvolle Erinnerung für alle, die daran teilnahmen. Der Text war unglaublich schlecht; die Musik hatte ein junger Aristokrat geschrieben. Dowall, der alte Zyniker, erklärte jedem, der es wissen wollte, daß Freddie eine große Summe von dem Komponisten erhalten hatte, nur damit er sein Stück aufführte. Die Tanzgirls mußten schwer arbeiten und waren schließlich auch so weit gedrillt, daß sie vor dem Publikum erscheinen konnten.

Elsa bestand darauf, daß die Texte ihrer Lieder geändert wurden, und das nicht einmal, sondern mehrmals. Ihre Aussprache war nicht ganz korrekt, aber sie beanspruchte selbstverständlich die besten Chansons für sich. Sie duldete außerdem nicht, daß noch andere hübsche Schauspielerinnen in dem Stück auftraten, sie wollte allein die Bühne beherrschen. Zweimal mußte ein neuer Partner für sie engagiert werden. Der erste war ihr zu groß, so daß sie sich zu klein neben ihm vorkam, und der zweite hatte eine so gute Stimme, daß sie sich im Gesang ihm gegenüber nicht behaupten konnte.

Manchmal kam sie tagelang nicht zur Probe...

»Ich bin jetzt mit dem Studium von Elsas Rolle vollkommen fertig«, sagte Dian, als sie in einer Pause zwischen den Proben mit Johnny im Carlton Tee trank. »Ach, es ist augenblicklich furchtbar bei uns. Das Stück ist einfach entsetzlich. Der arme Mr. Dowall sitzt bei den Proben in seiner Loge und schaut düster auf uns herunter. Freddie scheint sich um nichts zu kümmern. Vorige Woche noch schien er sehr bedrückt zu sein, aber jetzt hält er es nicht einmal mehr für nötig, zu den Proben zu kommen.«

Johnny rückte unruhig auf seinem Stuhl hin und her. Er war ein energischer junger Mann von dreißig Jahren.

»So?« erwiderte er verlegen. »Das ist mir allerdings neu. Er schien doch noch auf einen sicheren Erfolg zu rechnen, als ich letzten Montag mit ihm zu Mittag speiste.«

Sie sah ihn ungläubig an.

»Du hast mit Freddie gegessen? Das hast du mir ja noch gar nicht erzählt!«

Johnny geriet noch mehr in Verwirrung, denn er wollte ihr im Augenblick auch nicht sagen, daß ihn dieses Essen viel Geld gekostet hatte. Er war nämlich der Dumme, den Freddie gesucht hatte.

»Was hast du eigentlich heute morgen in der Baker Street gemacht?« fragte er, um sie auf ein anderes Thema zu bringen.

Sie schaute ihn erstaunt an.

»Ich war überhaupt nicht in der Baker Street. Wie kommst du denn darauf?«

»Aber ich habe dich bestimmt gesehen«, erwiderte er verblüfft. »Ich war mit Joe Carteris zusammen – du bist in einem Auto an uns vorbeigefahren. Ich winkte dir noch mit der Hand, und du winktest zurück.«

Sie schüttelte den Kopf.

»Ich bin schon seit langer Zeit nicht weiter nördlich als bis zur Oxford Street gekommen. Aber es ist merkwürdig, eine der Choristinnen sagte auch, daß sie mich am vorigen Sonntag im Hyde Park gesehen hätte. Und du weißt doch, daß ich niemals am Sonntag dorthin gehen würde. Wenn Alana in England wäre, könnte man sich das alles ja sofort erklären. Früher wurden wir oft genug verwechselt.«

»Wo ist sie denn?«

»In Chikago. Ich bekam noch vor ein paar Tagen einen Brief von ihr. Es stand aber eigentlich nicht viel darin. Sie bat mich nur, ihr mitzuteilen, wie es im Theater ginge, und gab mir eine Adresse weiter westlich an, wohin ich meine Antwort schicken sollte. Du glaubst nicht, wie sehr Elsa sie haßt. Sie verlangt durchaus die Scheidung, um sich mit Freddie verheiraten zu können. Aber ich bin sicher, daß Alana niemals einwilligen wird. Die Zeitungen schreiben immer noch über sie und welch ein großer Erfolg sie für das Elcho-Theater war. Alle bedauern aufs tiefste, daß sie nicht mehr in London auftritt. Elsa war ganz wild, als sie den letzten Artikel las. Und ich fürchte, wenn erst die Kritiken über ›Herz in Flammen‹ herauskommen, kann man es überhaupt nicht mehr aushalten.«

Johnny Crewe sah verstimmt aus, aber sie verstand nicht, warum.

»Es kommt nicht darauf an, Liebling«, sagte sie. »Wenn das Stück in die Binsen geht, dann soll es eben in die Binsen gehen. Allmählich gebe ich meine Träume auf Bühnenerfolg auf, und wir heiraten.«

Johnny holte tief Atem.

»Ja«, erwiderte er dann, jedoch lange nicht so begeistert, wie sie erwartet hatte.

Schließlich kam die letzte Probe.

Der Regisseur saß zusammengesunken in seinem Lehnsessel und wischte sich den Schweiß von der Stirn. Die Girls, die gerade einen Tanz auf der Bühne aufführten, sahen ängstlich und verstört zu ihm hinüber. Die wenigen Hauptdarsteller standen an einer Kulisse in der Nähe des Proszeniums und beobachteten melancholisch den Fortgang des Stücks. Sie waren müde und erschöpft. Die Kostümprobe dauerte am Sonntag von zehn Uhr vormittags bis gegen Mitternacht, und dann mußten die Choristinnen noch in ihre Trainingsanzüge schlüpfen und die Schauspieler sich umziehen. Es war jetzt vier Uhr morgens. Das große Theater war vollständig kalt und eisig, und es zog empfindlich. Nur Mr. Dowall schwitzte, aber aus Angst.

Er griff nach dem Zigarrenstummel, den er auf einen Aschbecher gelegt hatte, steckte ihn wieder an und rauchte mißvergnügt.

»Eine schreckliche Gesellschaft!« redete er seine Schar an. »Nicht einer von Ihnen versteht, aus seiner Rolle etwas herauszuholen. Die ganze Sache hat überhaupt keinen Zweck. Und die Girls – einfach Blech! Jetzt geht die Geschichte schlechter als zu Anfang. Niemand hört auf mich, was ich sage, jeder pflanzt sich auf der Bühne hin, wie es ihm paßt, und dann geht das Geschnatter los, als ob eine ganze Herde von Gänsen versammelt wäre! Und morgen ist die Uraufführung – ach nein, heute abend. Na schön, Sie können nach Hause gehen. Aber heute abend sind alle pünktlich um halb sechs im Theater: Hauptdarsteller, Girls, überhaupt das ganze Personal. Gespielt wird auf jeden Fall – Gott steh uns bei! Wenn wir die Sache hinausschieben, wird es nur noch schlimmer. Also, los!«

Er wünschte die ganze Bande zum Teufel. Chor und Schauspieler räumten geräuschvoll die Bühne, während er seinen Assistenten zu sich rief.

»Kein Kostüm sitzt, die Schuhe sind zum großen Teil noch nicht geliefert, das Orchester spielt zum Steinerweichen, und die Bühnenarbeiter scheinen alle Tinte gesoffen zu haben! Keiner weiß, wo er anpacken soll. Es ist unerhört! Fünfundzwanzig Minuten brauchte die Gesellschaft, um sich von einem Akt zum andern umzuziehen. Wenn das heute abend so geht, dann gibt es noch einen Aufruhr im Publikum.«

Zwei Damen kamen auf Mr. Dowall zu. Elsa Forsyant trat mit einer Miene näher, als ob ihr das ganze Theater gehörte. Sie war nicht gerade sehr groß, aber reichlich parfümiert. An ihren Händen glänzten zahlreiche Brillantringe.

»Also hören Sie, Dowall«, begann sie hochnäsig, »ich kann

heute abend nicht auftreten. Ich bin nicht bei Stimme und mit meinen Nerven vollständig am Ende.«

Dian, die als Ersatz die Hauptrolle einstudiert hatte, wäre gern von dieser Besprechung fortgeblieben, aber es war ihr befohlen worden, zu erscheinen.

Mr. Dowall sah die Primadonna kühl an. Sie war schön, selbst ihre schlimmsten Feinde konnten das nicht bestreiten. Ihre Gestalt wurde von ihren Anhängern als »göttlich« beschrieben – auch das wollte der Regisseur noch gelten lassen. Aber er allein kannte die kalte Berechnung und Tücke, die sich hinter ihren »tiefen« blauen Augen und ihren verlockend roten Lippen verbargen.

»Daß Sie nervös sind, glaube ich Ihnen. Daß Sie Angst haben, auch. Sicher haben Sie irgendwo ein ärztliches Attest im Strumpf. Und heute abend ist die Uraufführung!«

Er stellte diese Tatsache ruhig und gelassen fest.

»Was schlagen Sie denn nun vor? Sollen wir das Stück auf einen Monat verschieben und mit der ganzen Theatergesellschaft nach Monte Carlo reisen, damit Sie dort in dem schönen Klima Ihre Stimme wiederfinden?«

»Sie brauchen nicht so sarkastisch zu sein, Dowall«, erwiderte sie in schrillem Diskant.

»Soll ich Ihnen einmal etwas sagen?« Der Regisseur steckte die Daumen in die Achsellöcher seiner Weste und betrachtete sie von oben bis unten.

»Wenn Sie Alana wären, würde mir vor Wut der Schaum vorm Munde stehen, und ich würde mich in Krämpfen auf dem Boden winden. Ja, Alana zählte! Aber bei Ihnen lohnt sich das nicht. Sie haben eine Rolle in dem Stück und spielen sie schlecht und recht herunter. Sie tanzen ganz nett, und Sie singen auch halbwegs. Ihre Anbeter werden sagen ›entzückend und wundervoll‹, und die Leute, die sich nichts aus Ihnen machen, werden erklären, daß Sie besser etwas anderes täten, als das Publikum von der Bühne aus zu langweilen. Das Stück ist an sich schon eine absolute Niete, die Sie nicht retten können. Alana hätte das fertiggebracht. Als ihr junger Freund seine Gunst Ihnen zuwandte, hat er die beste Schauspielerin verloren, die es überhaupt auf der Welt gab.«

Sie kochte vor Empörung.

Dowall ließ ihren Zornesausbruch über sich ergehen, ohne hinzuhören. Dian schlich sich unterdessen unbemerkt fort.

»Ich würde an Ihrer Stelle nicht so schrecklich schreien. Ich denke, Sie müssen Ihre Stimme schonen. Sagen Sie es lieber durch Blumen«, höhnte er schließlich.

Freddie erwartete sie draußen beim Bühneneingang und war verhältnismäßig gut gelaunt. Er lauschte geduldig ihrem langen, entrüsteten Vortrag, ohne etwas dazu zu sagen...

»Er hat mich tödlich beleidigt, und du sitzt in einer Loge dabei und schnarchst wie ein dickes Schwein. Beinahe hätte ich ihn ins Gesicht geschlagen. Du wirst diesen Menschen sofort hinauswerfen, Freddie!«

Zu ihrem größten Erstaunen lachte er.

»Das habe ich nicht mehr nötig. Wenn heute abend doch alles zusammenbricht, wird er auch dabei begraben.«

»Was soll das heißen?« fuhr sie ihn wütend an.

»Das heißt, daß ich weiterhin keine Verantwortung mehr für das Elcho-Theater habe. Ich habe es nämlich verpachtet und das Stück verkauft.«

Sie drehte das Licht im Wagen an, um sein Gesicht besser sehen zu können.

»Was – du hast das Stück verkauft?«

»Ja, mit allem, was drum und dran hängt«, entgegnete er vergnügt. »Die Sache hat achttausend gekostet, und morgen abend habe ich einen Scheck über zwölftausend Pfund in der Tasche. Ich habe keinen langen Vertrag mit dem Mann gemacht. Wir schreiben uns einfach kurze Briefe, und damit ist die Sache erledigt. Wir zwei gehen dann nach Monte Carlo, und vorher heiraten wir.«

Sie starrte ihn verblüfft an.

»Heiraten? Hat denn Alana –?«

Freddie war äußerst zufrieden mit sich selbst.

»Ich habe mich damals mit ihr in Amerika trauen lassen. Das wußtest du wohl noch nicht. Und nun habe ich mich eben auch in Amerika wieder von ihr scheiden lassen. Die Geschichte hat zweitausend Dollar gekostet – na, das war sie ja schließlich wert. Ich habe alles schlau eingefädelt. Als Alana nach Amerika ging, wurde ihr die Vorladung zum Prozeß mit unbekannter Adresse zugestellt. Du weißt doch, was für einen Höllenspektakel sie bei einer Verhandlung gemacht hätte. Die Scheidungsklage wurde in ihrer Abwesenheit verhandelt, und heute morgen kam ein Telegramm von meinem Anwalt, daß die Sache erledigt ist. Bin ich nicht ein kluger Junge?«

»Wann hat denn der Scheidungsprozeß begonnen?«

»Etwa vor einem Monat.«

Sie lehnte sich enger an ihn und streichelte seine Hand.

Chefinspektor Rater ging am Abend zu der Uraufführung, obwohl er selbst mit dieser frivolen Handlungsweise nicht einverstanden war. Er traf Johnny Crewe, der ihn kannte, unten im Vestibül. Der junge Mann sah düster drein, denn er hatte in einem unüberlegten Augenblick das Stück gekauft.

Er führte Mr. Rater zu dem kleinen Direktionsbüro und klärte ihn über die Lage auf. Mr. Rater, für den Geld eben Geld bedeutete, hörte ihm betroffen zu.

»Das sieht allerdings schlimm aus. Da sind Sie wohl hereingefallen«, meinte er schließlich. »Unglücklicherweise kann man ihn nicht einmal verhaften, weil er Ihnen unter Vorspiegelung falscher Tatsachen Geld abgenommen hat. Haben Sie den Vertrag schon unterschrieben?«

Johnny erklärte ihm, daß die Sache dadurch abgeschlossen werden sollte, daß er sein Einverständnis mit dem Brief Freddie Vanes erklärte. Auf alle Fälle war er so schlau gewesen, einen Rechtsanwalt um Rat zu fragen.

»Es tut mir leid um Sie«, sagte Mr. Rater, und diese Sympathiekundgebung deprimierte Johnny noch mehr.

»Es ist ja nicht gesagt, daß es ein absoluter Hereinfall ist«, versuchte er sich selbst zu trösten. »Das Stück kann immer noch durchgehen. Dian hat heute morgen ein Telegramm von Alana erhalten. Sie wünscht ihr Glück zu der Uraufführung. Aber es klingt recht komisch.«

Er suchte in seinen Taschen, fand das Formular und reichte es dem Redner.

Alles Gute zur Uraufführung. Vergiß meinen alten Trick nicht und lasse die Privattür nach dem Bühnenausgang auf. Das bringt Glück.

»Was ist denn das für eine Privattür?« fragte Mr. Rater.

Johnny erwiderte ihm, daß aus dem Garderobenraum der Primadonna ein Privatgang auf die Straße führte. Alana hatte die Eigentümlichkeit, bei jeder Uraufführung diese Tür unverschlossen zu lassen, so daß sie sofort unbemerkt aus dem Theater gehen konnte, wenn das Stück beim Publikum eine schlechte Aufnahme fand.

»Natürlich hat sie die Tür niemals benützen müssen, aber ich kann mich schon in ihre Gefühle versetzen«, schloß er.

Der Chefinspektor entgegnete darauf nichts. Nachher suchte er sich einen Endsitz in einer Reihe aus, denn auch er wollte die Möglichkeit haben, das Theater zu verlassen, wenn das Stück zu langweilig sein sollte.

Dian saß in hoffnungsloser Verzweiflung in ihrem Garderobenraum. Seit einer Stunde war sie für den ersten Akt angekleidet, geschminkt und gepudert. Hilflos sah sie dem unausbleiblichen Mißerfolg entgegen. Das Stück, die Musik, die Einstudierung – alles war schlecht. Ja, wenn sie in einem erfolgverheißenden Werk die Hauptrolle hätte spielen können – dann hätte sie eine Chance gehabt, sich die Gunst des Publikums zu erringen.

Sie sah sich in dem luxuriös eingerichteten Raum um, der bis jetzt von Elsa benützt worden war.

Das Stück mochte vielleicht eine Woche lang auf dem Spielplan stehen, im günstigsten Fall einen Monat. Und Johnny mußte dafür zahlen. Er war reich genug, daß er den Verlust verschmerzen konnte, aber trotzdem würde es ein schwerer Schlag für ihn sein. Sie fühlte, daß die ganze Verantwortung des Abends auf ihr ruhte.

Plötzlich dachte sie an Alanas merkwürdige Warnung und klingelte der Garderobenfrau. Aber es ging heute wirklich alles verkehrt. Die Frau, die sie sonst betreute, hatte für den Abend abgesagt, weil sie krank geworden war. Ihre Stellvertreterin hatte dunkle Hautfarbe, graue Haare und trug außerdem ein Klebepflaster im Gesicht.

»Mein Alter hat mich so verprügelt«, erklärte sie, aber Dian war nicht geneigt, auf die häuslichen Sorgen anderer einzugehen.

Die Frau verstand jedoch ihre Sache aufs beste.

»Haben Sie draußen die Tür aufgeschlossen? Der Schlüssel hängt nicht am Haken. Miss Alana hat die Tür bei Premieren immer aufgelassen.«

Dian öffnete ihre Handtasche und gab der Garderobenfrau den Schlüssel. Sie verschwand, kehrte aber sofort zurück und legte den Schlüssel wieder auf den Tisch.

»Ist doch merkwürdig, was die Schauspielerinnen oft für Schrullen haben«, sagte sie mit ihrer heiser krächzenden Stimme. »Übrigens hat jemand eine Flasche Sekt für Sie geschickt. Ich glaube bestimmt, daß es Mr. Crewe war. Er sagte, Sie müßten sich Mut antrinken, bevor Sie heute abend auf die Bühne gehen.«

»Nein, ich will nichts trinken«, entgegnete Dian müde und abgespannt.

»Aber das ist sicher gut. Dann werden Sie wieder lustig und frisch. Und vor allem wünscht es Mr. Crewe.«

Ohne Dians Zustimmung abzuwarten, öffnete sie die Flasche und schenkte ein Glas ein...

Eine halbe Stunde saß sie am Tisch und starrte vor sich hin. Schließlich klopfte der Inspizient an die Tür und rief ihren Namen. Sie erhob sich und trat hinaus, aber sie hatte nicht das Gefühl, daß sie selbst es war, die so leicht und fröhlich den Gang zur Bühne heruntereilte.

Johnny erschien erst um acht in seiner Loge, kurz bevor der Vorhang aufging. Er war höchst peinlich berührt, als er Elsa in der nächsten Loge entdeckte, denn seiner Meinung nach hätte sie wenigstens so taktvoll sein sollen, sich an diesem Abend nicht im Theater zu zeigen. Waren doch auf den Programmen besondere Zettel aufgeklebt worden, die jedermann mitteilten, daß Miss Elsa Forsyant infolge einer schweren Indisposition nicht auftreten könnte. Johnny Crewe erhob sich und ging zu Freddies Loge, um wenigstens noch etwas aus dem allgemeinen Schiffbruch zu retten.

Mr. Vane traf ihn an der Tür und hörte ihm mit zusammengekniffenen Augen zu.

»Es tut mir leid, aber als ich Ihnen das Stück verkaufte, habe ich mich nicht verpflichtet, daß Miss Forsyant die Rolle spielen sollte. Sie ist wirklich nicht disponiert und heute abend nur erschienen, um sich dem Publikum zu zeigen. Der Doktor sagte, daß ihre Nerven vollständig zusammengebrochen sind. Er hat ihr einen Aufenthalt an der Riviera verordnet. Aber das Stück ist allright, lassen Sie sich bloß nicht von dem alten Dowall den Kopf verdrehen. Außerdem ist es doch eine glänzende Chance für Ihre Freundin. Sie wird heute einen Bombenerfolg haben.«

Er schlug Johnny jovial auf die Schulter, und Mr. Crewe mußte sich zusammennehmen, um nicht dasselbe noch etwas herzhafter zu tun.

Als er wieder in seine Loge kam, hob sich gerade der Vorhang.

Die Ouvertüre war schwach. Selbst der beste Kapellmeister

hätte mit der Musik des Aristokraten nichts anfangen können. Das Publikum wurde unruhig; auf der Galerie räusperten sich die Leute und husteten. Mr. Javons, der den Taktstock schwang, wurde nervös und wischte sich den Schweiß von der Stirn. Seine Unsicherheit teilte sich natürlich sofort dem Orchester mit.

Die erste Szene war ohne Witz und Geist geschrieben, und Johnny stöhnte in seinem Sessel.

Begrüßt von einem Tusch, in dem die besten Motive der Komposition vereinigt waren, erschien schließlich Dian auf der Bühne.

Sie sah Alana wirklich täuschend ähnlich. Einen Augenblick herrschte atemlose Stille im Haus, aber als das Publikum die große Ähnlichkeit mit der berühmten Schauspielerin erkannte, wurde Dian mit donnerndem Applaus empfangen. Sie geriet in leichte Verwirrung, lächelte nervös, verneigte sich und begann zu singen.

Sie glich Alana vollkommen in ihrem lebhaften Temperament, in aller Gewandtheit des Auftretens. Das war Alanas herrliche Stimme, das war Alanas beschwingter, tänzerischer Gang. Nach der ersten Szene wollten die Hervorrufe kein Ende nehmen.

Johnny Crewe sah zu Freddies Loge hinüber. Mr. Vane saß kreidebleich und mit offenem Mund in seinem Sessel. Wie durch einen geheimen Zauber hatten sich auch die Schauspieler wieder gefaßt und gesammelt. Die Begeisterung und der Elan der Hauptdarstellerin teilten sich dem ganzen Ensemble mit.

Die ersten Szenen gingen wie im Flug vorüber. Johnny bemerkte, daß jetzt viele Leute die aufgeklebten Zettel auf den Programmen studierten. Sicher beschäftigte alle die Frage, wer wohl diese Dian Donald sein mochte. War das ein neuer Name, unter dem Alana selbst wieder auftrat? Hatte sie sich wieder mit ihrem Mann ausgesöhnt?

Die dritte Szene spielte im Innern eines Blockhauses, und Dian erschien im Kostüm eines Cowboys. Es entspann sich ein hitziger Dialog zwischen ihr und ihrem Gegenspieler, und plötzlich zog sie eine lange Pistole aus dem Gürtel. Sie hatte auf ihren Partner zu schießen, dem dann durch einen Theatertrick der Hut vom Kopf gerissen werden sollte. Sie sah aber gar nicht auf den Schauspieler, sondern wandte sich zu einer Loge, zögerte eine Sekunde, hob die Pistole und drückte ab.

Freddie fiel getroffen vornüber auf die Brüstung der Loge.

Im nächsten Augenblick herrschte wüstes Durcheinander. Eine Frau schrie entsetzt auf. Bevor Johnny Freddies Loge erreichen konnte, ging der Vorhang nieder.

Er hob Mr. Vane auf und legte ihn auf die Erde. Freddie atmete schwer, aber ein Blick sagte Johnny, daß die Wunde nicht lebensgefährlich war.

»Ist er tot?« Der Chefinspektor beugte sich über den Mann und untersuchte ihn schnell.

»Wie komme ich auf die Bühne?« fragte er dann rasch.

»Es war ein Zufall«, erwiderte Johnny. »Dian war nervös...«

»Wie komme ich auf die Bühne?« drängte Mr. Rater.

Crewe brachte ihn die enge Treppe hinunter und führte ihn durch eine Stahltür. Die Schauspieler waren in heller Aufregung. Nur der Regisseur hatte den Kopf nicht verloren, und an ihn wandte sich der Chefinspektor.

»Miss Donald ist in ihre Garderobe gegangen und hat die Tür verschlossen«, sagte Mr. Dowall.

»Zeigen Sie mir den Weg dorthin«, entgegnete der Redner kurz.

Als sie an die Tür kamen, überzeugte sich Mr. Rater, daß sie von innen verriegelt und verschlossen war. Obwohl er lange klopfte, meldete sich niemand.

Der Theatertischler war bereits auf der Bildfläche erschienen und trug ein Stemmeisen in der Hand.

»Ich dachte, das könnten wir brauchen«, meinte er. »Vor ein paar Minuten habe ich schon versucht, die Tür aufzumachen.«

Unter Anweisung Mr. Raters schlug er eine Füllung ein, dann steckte der Redner schnell die Hand durch die Öffnung und schloß die Tür von innen auf.

Dians Ankleideraum war leer. Auf dem langen Tisch unter dem Spiegel lagen Schminkstifte und Puderquasten, und unter vielen Schönheitsmitteln standen auch eine Sektflasche und zwei Gläser. Das Kostüm, das die Schauspielerin noch eben auf der Bühne getragen hatte, lag auf dem Boden, als ob sie es gerade abgestreift hätte. Aber von Dian selbst war nichts zu sehen.

Ein Samtvorhang verdeckte eine kleine Nische, und Mr. Rater zog ihn schnell zurück. Auf dem Boden lag Dian und schlief. Sie war sorgfältig zugedeckt und hatte ein Kissen unter dem Kopf.

Als der Redner die Decke wegzog, sah er, daß sie das Kostüm der ersten Szene trug. Er ging zu dem Tisch zurück und roch an den Gläsern, in denen noch etwas Sekt war.

»Sie ist betäubt worden«, sagte er dann kurz. »Holen Sie einen Arzt. Wo ist denn die Garderobenfrau?«

Aber sie war verschwunden.

Der Bühnentischler zeigte dem Redner auf sein Verlangen den Privatgang, der zur Straße führte. Durch eine Tür, die anscheinend zu einem Kleiderschrank gehörte, kam man in einen engen Korridor mit weißgekalkten Wänden, der vor einer schweren Tür endete.

Als Rater dagegendrückte, öffnete sie sich, denn sie war nur angelehnt. Er trat ins Freie und befand sich in einer Nebenstraße. Während der Vorstellung hatte es geschneit, und er konnte deutlich die frischen Spuren eines Autos erkennen.

Als er seine Nachforschungen beendet hatte, war auch Dian durch die Bemühungen des Arztes wieder zum Bewußtsein gekommen.

»Es war nur ein harmloses Betäubungsmittel«, erklärte der Doktor. »Aber ich möchte den Sektrest doch untersuchen.«

Freddie war inzwischen zum Hospital geschafft worden, und das Publikum hatte sich zerstreut.

Johnny saß ängstlich neben Dian, die ganz erstaunt um sich schaute. Der Redner rief nach einiger Zeit im Hospital an und erhielt günstige Nachricht.

»Sie werden Dian doch nicht verhaften?« fragte Johnny ängstlich. »Es war doch nur ein Zufall –«

»Es war kein Zufall. Sie wollte Vane erschießen.«

Johnny schaute ihn entsetzt an.

»Aber Mr. Rater, das ist eine ungeheuerliche Anklage! Dian hat den Mann doch kaum gekannt –«

»Alana kannte ihn aber sehr gut«, erwiderte Mr. Rater grimmig. »Vane hat sich ihr gegenüber auch wirklich gemein und unentschuldbar benommen, als er sich durch einen Trick von ihr scheiden ließ. Er hat sich übrigens schon wieder soweit erholt, daß er Elsa Forsyant sein Leid klagen kann.«

»Wo ist denn die Garderobenfrau geblieben? Haben Sie die gefunden?«

»Nein. Nach der brauchen wir auch nicht mehr zu suchen.

Alana ist wirklich eine vorzügliche Schauspielerin. Und sie hat schnell gearbeitet. Sie muß mit dem Flugzeug von New York nach London geflogen sein, und die Rückreise wird sie genauso bewerkstelligt haben.«

Später berichtete Dian, was sie über die Sache wußte. Sie konnte sich nur noch darauf besinnen, daß sie Sekt getrunken hatte. Von da ab hörte ihre Erinnerung auf.

Johnny erzählte ihr, was Mr. Rater gesagt hatte, und sie sah ihn ernst an. »Mr. Rater läßt mir also die Wahl, entweder die Polizei auf Alana zu hetzen oder die Sache für einen Unglücksfall auszugeben. Nun gut, es war ein Unglücksfall. Aber ich bin jetzt fertig mit dem Theater.«

Auch Johnny war fertig mit den Brettern, die die Welt bedeuten. Er hatte bereits den Scheck über zwölftausend Pfund in kleine Stücke zerrissen.

Der Verbrecher aus Memphis, USA

Es gab in London eine Gesellschaft von Herren und Damen, die ihre Zeit und ihr überflüssiges Geld der Bekehrung von Gewohnheitsverbrechern widmeten. Jeden Donnerstagabend versammelten sich alle Leute der Unterwelt, die gerade nicht von der Polizei gesucht wurden oder durch ihre Tätigkeit in Anspruch genommen waren, in der Duvern Hall. Dort wurden von bedeutenden Persönlichkeiten Reden gehalten. Auch Schriftsteller von Ruf befanden sich unter ihnen.

Bei den Vorstandssitzungen beglückwünschten sich die Mitglieder zu dem außerordentlichen Fortschritt ihrer Bestrebungen und nahmen Kenntnis von Eintragungen in den Büchern, die etwa so lauteten:

»H. X., ein Mann von siebzehn Vorstrafen, hat jetzt eine Beschäftigung bei der Firma B. & C. gefunden und ist mit einem Wochenlohn von fünfunddreißig Schilling zufrieden.«

Wenn sich dann später zufällig herausstellte, daß dieser X. zu seinen fünfunddreißig Schilling wöchentlich noch einen kleinen Nebenverdienst durch Diebstähle bei seiner Firma verschaffte, wurde sein Name aus dem Buch der Gnade gestrichen, und man vergaß die Angelegenheit so schnell wie möglich.

Die Mitglieder dieser Gesellschaft hatten immer noch nicht eingesehen, daß jedes Pfund, das man zur Besserung eines Gewohnheitsverbrechers ausgab, hinausgeworfenes Geld war.

Manchmal hielten auch pensionierte Polizeibeamte Ansprachen in dem Verein. Ihre Reden troffen von honigsüßen Worten und von brüderlicher Nächstenliebe. Die Zuhörer kritisierten später die Redner auf ihre eigene Art und Weise.

»Hast du auch die Diamantnadel in seiner Krawatte gesehen? Ich möchte nur wissen, wo er die geklaut hat. Früher im Dienst hat er nicht gewagt, sie zu tragen!«

Nur wenige aktive Beamte hatte man aufgefordert, sich an den Bestrebungen des Vereins zu beteiligen, und Chefinspektor Oliver Rater hatte auch nur mit größtem Widerwillen eingewilligt, »ein paar Worte« in der Versammlung zu sprechen.

An dem Abend, an dem er erschien, war der große Saal überfüllt. Das war auch natürlich, denn er hatte viele persönliche Bekannte in der Verbrecherwelt, denen er das Handwerk gelegt hatte.

Seine Ansprache selbst war kurz, rauh und grob.

»Es macht mich direkt krank, euch alle hier sitzen zu sehen«, begann er. »Wenn ihr behauptet, ein anständiges Leben führen zu wollen, so muß man das erst einmal in eure Sprache übersetzen. Ihr meint, daß es schon eine Besserung und eine anständige Beschäftigung bedeutet, wenn ihr zwischen zwei Einbrüchen zur Abwechslung einmal die dummen Spießer brandschatzt, indem ihr bei ihnen eine Stellung annehmt.

Zwei von euch haben vorige Woche versucht, mich zu überfallen. Sie hatten herausgebracht, daß ich hier sprechen wollte – ich danke euch jedenfalls für dieses Kompliment! Die Mehrzahl von euch fühlt sich immer noch am wohlsten, wenn sie im Kittchen sitzt. Dort seid ihr zu Hause. Einer von euch – ich will keinen Namen nennen – kam letzten Donnerstag aus dem Gefängnis, sozusagen auf Urlaub. Und er hatte natürlich nichts Besseres zu tun, als sofort ein paar Wechsel zu fälschen. Ihr faßt die ganze Sache hier als einen großen Jux auf. Aber ich warne euch. Ich halte hier keine schönen Reden und predige euch nicht wer weiß was vor. Es wäre schade, wenn man auch nur eine Träne um euch vergösse! Ich habe nur ein einziges Mal einem von euch zu einer Anstellung verholfen. Und was war der Dank? Er hat seinem Arbeitgeber einen neuen Anzug gestohlen und nachher einenEinbruch ins Finsbury verübt. Der Mann paßte eben auch nur nach Dartmoor. Es ist nicht einer unter euch, der nicht behauptet, daß die Verfolgungen der Polizei ihn ins Elend gebracht hätten.

So, nun ist es für heute genug. Das ist die längste Rede, die ich je in meinem Leben gehalten habe. Die meisten von euch werde ich ja bei den Gerichtssitzungen wiedersehen, und wenn das nicht der Fall ist, dann nur aus dem Grund, weil ich nicht jedem Strafprozeß persönlich beiwohnen kann.«

Das war nun allerdings gerade keine Ansprache im Sinne des Vorstandes. Die Mitglieder des Vereins waren über alle Maßen entsetzt über die Deutlichkeit, mit der Mr. Rater den Leuten die Meinung gesagt hatte.

Ihre Empörung zeigte sich später darin, daß sie wegen dieses Vorfalls eine Beschwerde an den Polizeipräsidenten schickten. Der antwortete ihnen, daß er ihren Brief vom 21. d.M. erhalten hätte und die Sache untersuchen würde.

»Ich wäre doch gar zu gern dabeigewesen, als der Redner sprach«, sagte er und warf den Beschwerdebrief in den Papierkorb. »Jetzt hat er wahrscheinlich seinen ganzen Vorrat an Beredsamkeit für die nächsten zwei Jahre verbraucht, und wir bringen kein Wort mehr aus ihm heraus.«

Aber unter all den vielen Leuten hatte der Chefinspektor doch einen aufmerksamen Zuhörer. Die Gesellschaft hatte die blonde Stenotypistin Lydia Grayne angestellt, die sehr schön und auch sehr fleißig war. Sie hatte bereits sieben verschiedene Einladungen zum Abendessen abgeschlagen, die sie von sieben Mitgliedern des Vorstands erhalten hatte. Und dieser Vorstand setzte sich aus sieben älteren, wohlwollenden Herren zusammen.

Lydia Grayne trat schüchtern an den Redner heran, als er gerade das Gebäude verlassen wollte.

»Ach, verzeihen Sie, dürfte ich Sie vielleicht um Ihr Autogramm bitten, Mr. Rater?«

Er lächelte sie freundlich an, nahm das Buch, das sie ihm hinhielt, und schrieb seinen Namen hinein, ohne ein Wort zu sagen.

Sie erzählte ihm dann, daß sie aus Kanada stammte und erst seit drei Monaten in England war. Später erfuhr er, daß sie ihre Stellung aufgegeben hatte, aber erst einige Zeit nachher hörte er, welche neue Beschäftigung sie gefunden hatte.

Scotland Yard hatte damals gerade einen Gast: Captain

Martin J. Snell aus Philadelphia in den Vereinigten Staaten. Im allgemeinen konnte der Chefinspektor gesprächige Leute nicht leiden, aber aus einem ganz bestimmten Grund ertrug er nicht nur die Gesellschaft dieses Amerikaners, sondern ermunterte ihn auch noch direkt zum Reden. Zur Erklärung muß gesagt werden, daß der Redner zu jener Zeit an Schlaflosigkeit litt.

Captain Snell war nach Europa gekommen, um hier kriminalistische Studien zu treiben, und einen Monat hatte er für Scotland Yard angesetzt. Man hatte ihm bereits alles gezeigt, was es zu sehen gab, vom Kriminalmuseum bis zum Fundbüro. Den Abend verbrachte er gewöhnlich in Mr. Raters Wohnung und erzählte ihm merkwürdige Abenteuer.

»In Memphis hatten wir einen ganz verflixten Spitzbuben. Der Kerl hieß Lew Oberack und war der gerissenste Betrüger, dem ich jemals begegnet bin ...«

Kaum hatte der Amerikaner zu sprechen begonnen, so nickte der Redner auch schon sanft ein, denn Captain Snells Stimme klang monoton, beruhigend und einschläfernd. Hätte aber Mr. Rater dem klugen Mann zugehört, so hätte er manche wertvolle Mitteilung erfahren und hätte vor allem auch die Vorgänge im Hause eines gewissen Dimitri Horopolos von Anfang an richtig verstanden.

Mr. Horopolos war ein sehr reicher Grieche, der nicht nur eine große Handelsfirma besaß, sondern auch Bank- und Finanzgeschäfte betrieb. Fast an allen internationalen Transaktionen war er beteiligt.

Er sah sehr gut aus, hatte eine gesunde Gesichtsfarbe, dunkle Augen und einen schwarzen Schnurrbart. Außerdem bildete er sich sehr viel auf seine Körperkräfte ein, denn er war ein trainierter Sportsmann und Athlet, auf seine Reitkunst und auf sein schönes Haus am Elman Square. Besonders eitel war er auf die Wirkung, die seine Persönlichkeit auf Frauen ausübte.

Einmal erhielt Chefinspektor Rater eine direkte Beschwerde über ihn und suchte ihn infolgedessen auf. Der Grieche empfing ihn mit einem verbindlichen Lächeln.

»Aber mein lieber Freund, das ist doch ganz absurd! Das Mädchen hat sich mir an den Hals geworfen. Ich habe alles getan, um sie zur Vernunft zu bringen, und als sie durchaus nicht hören wollte, habe ich ihr eben gekündigt. Ein Mann in meiner Stellung ist solchen Anklagen immer ausgesetzt.«

»Um eine Anklage handelt es sich ja gar nicht.«

Später ging der Redner zu der jungen Dame, aber er hatte keinen Erfolg, da sie die Öffentlichkeit fürchtete. Nach einer Weile erfuhr er, daß die Nachfolgerin ihre Stelle ebenfalls schleunigst verlassen hatte. Auch dieses Mädchen konnte er nicht veranlassen, ihm den wahren Grund zu erzählen.

Kurz darauf traf Mr. Horopolos den Redner zufällig in der Bond Street.

»Ich habe meine Sekretärin schon wieder verloren. Ich weiß wirklich nicht, was ich anstellen soll, damit die Damen mit mir zufrieden sind.«

Mr. Rater kaute an seiner Zigarre und sah den Griechen böse an.

»Haben Sie einmal versucht, alles zu unterlassen, was ihnen mißfallen könnte, und sich anständig zu benehmen?«

Dimitri faßte das als einen Witz auf und lachte. Er war an diesem Morgen sehr zufrieden mit sich und der Welt, denn endlich hatte er eine Perle von einer Sekretärin gefunden. Es war eine blonde junge Dame mit großen, blauen Augen, die sein Angebot angenommen hatte. Soweit er feststellen konnte, war sie fremd in London und hatte weder Verwandte noch Freunde in der Stadt. Sie hatte allerdings seinen Vorschlag abgelehnt, in seinem Haus zu wohnen. Aber das war seiner Meinung nach eine Schwierigkeit, die man später noch aus dem Weg schaffen konnte. Schließlich konnte man ja nicht alles auf einmal erwarten.

Der Redner erfuhr auch sehr bald, daß eine neue Sekretärin bei Mr. Horopolos eingetreten war, denn der Grieche sandte mit einer Kühnheit, die seiner klassischen Vorfahren würdig gewesen wäre, die junge Dame mit einem Schreiben nach Scotland Yard.

»Mein lieber Mr. Rater, ich habe mit meinen Sekretärinnen bisher soviel Unannehmlichkeiten gehabt, daß ich Ihnen die Dame, die ich jetzt engagiert habe, hiermit vorstellen möchte. Bitte teilen Sie mir mit, ob Sie mit ihr zufrieden sind. Ich habe Ihnen Ihre Aufgabe erleichtert, denn Sie können sie nun gleich warnen, was Sie ja bei allen hübschen Mädchen zu tun pflegen, die ich anstelle.«

Der Redner sah zu der bescheidenen jungen Dame hinüber, die ihm am Schreibtisch gegenübersaß.

»Nun, Miss Grayne, Sie scheinen ja auch keinen großen Gefallen daran gefunden zu haben, Gewohnheitsverbrecher zu bekehren?«

Sie freute sich, daß er sich noch auf ihren Namen besann.

»Aber jetzt habe ich eine sehr nette Stellung, Mr. Rater. Mr. Horopolos ist äußerst liebenswürdig, und er sieht auch sehr gut aus. Ich habe noch nie einen so hübschen Chef gehabt.«

Der Redner zögerte, denn er wußte nicht, ob unter diesen Umständen noch eine Warnung am Platze war. Wahrscheinlich hatte Dimitri Miss Grayne schon erklärt, daß man in Scotland Yard nicht gut auf ihn zu sprechen sei und daß verschiedene seiner früheren Sekretärinnen den Posten sehr schnell verlassen hätten. Vielleicht war er aber auch schon zu einer Verständigung mit ihr gekommen. Diesen Gedanken lehnte er jedoch sofort wieder ab, als er ihr ins Gesicht sah.

»Sie werden finden, daß der Grieche sehr gut zahlt, aber er ist vielleicht etwas zu freundlich. Daran können weder Sie noch ich etwas ändern. An Ihrer Stelle würde ich genaue Bürostunden mit ihm vereinbaren und mich daran halten.«

Sie war ihm sehr dankbar für diesen Rat.

»Ich weiß nicht, wie die Arbeitszeit für Stenotypistinnen in England liegt. Wann kann man abends nach Hause gehen?«

»Sobald es dunkel wird.«

Am selben Abend saß der Redner wieder in seinem Wohnzimmer am Kamin und hörte Mr. Snell zu.

»... um wieder auf diesen Oberack zurückzukommen. Ich erzählte Ihnen doch schon von ihm – er stammt aus Memphis, USA –«

»Memphis« war das letzte Wort, das zu Mr. Raters Bewußtsein durchdrang, dann schlief er ein.

Die neue Sekretärin rechtfertigte den guten Eindruck, den Mr. Horopolos zuerst von ihr gehabt hatte, täglich mehr. Sie war nicht kleinlich, nahm nichts übel und lachte über Scherze, bei denen ihre Vorgängerinnen keine Miene verzogen oder höchstens ein empörtes Gesicht gemacht hätten. Außerdem war sie sehr tüchtig und erledigte seine Korrespondenz in ungewöhnlich kurzer Zeit.

»Mein liebes Kind, Sie sind wirklich sehr brauchbar und charmant«, sagte er und klopfte ihr auf die Schulter.

So begannen gewöhnlich seine Annäherungsversuche.

Sie schaute mit ihren blauen Augen zu ihm auf und lächelte.

»Ich glaube, daß es mir hier sehr gut gefallen wird. In meiner letzten Stellung –«

Sie erzählte ihm von den unangenehmen Erfahrungen, die sie bei dem Inhaber einer Teefirma gemacht hatte, und sprach auch über andere unerfreuliche Erlebnisse in früheren Stellungen.

»So, Verbrecher haben Sie also auch schon einmal bekehren wollen?« meinte er belustigt. Er war noch nie im Gefängnis gewesen, und man konnte ihn infolgedessen auch nicht offiziell bekehren. »Dabei müssen Sie sich aber doch entsetzlich gelangweilt haben.«

Gewöhnlich bekam er viele Briefe mit der Morgenpost und erledigte sie, bevor er zur Stadt ging. Gegen vier Uhr nachmittag kehrte er dann zurück und beschäftigte sich mit den Eingängen, die im Lauf des Tages noch angekommen waren. Er hatte sich ein schönes, großes Haus gebaut, in dem er eine zahlreiche Dienerschaft unterhielt.

»In den nächsten Tagen zeige ich Ihnen einmal meine Diamantensammlung«, sagte er mit Nachdruck, denn er war sehr stolz auf diese Schätze.

Die Mitteilung machte auch den größten Eindruck auf Miss Grayne.

»Haben Sie denn die kostbare Sammlung hier in Ihrem Haus?«

Er lächelte.

»Nicht im, sondern unter dem Haus«, erklärte er und freute sich über ihren Eifer. »Es wird Sie sicher auch interessieren, daß schon sechsmal versucht worden ist, bei mir einzubrechen. Zweimal sind die Leute, die zu den gerissensten Banden von Paris gehörten, auch tatsächlich ins Haus gekommen. Aber wenn das selbst zweihundert verschiedenen Banden gelungen wäre, so könnten sie doch niemals in meine Stahlkammer eindringen.«

Und seine Behauptung war nicht übertrieben. Das kleine Gewölbe aus Stahl und Beton war im Keller eingebaut und besaß eine sechzig Zentimeter starke Tür und einen Entlüftungsschacht.

»Sie müssen sich die Anlage einmal ansehen«, sagte er.

In Wirklichkeit hatte er allerdings nicht die Absicht, sie ihr zu zeigen, denn er hütete diese Stahlkammer eifersüchtig und ließ Tag und Nacht den Zugang bewachen.

Er war der aufmerksamste Chef, den man sich denken

konnte. Lydia Grayne war noch keine Woche bei ihm tätig, als er darauf bestand, sie persönlich zum Ausgang zu begleiten, wenn sie das Haus verließ.

Eines Abends stand er wieder unter der Haustür und sah ihr nach, als sie die Straße nach links hinunterging. Plötzlich bemerkte er, daß ein Mann aus dem Schatten trat und mit ihr sprach. Einen Augenblick blieb sie stehen, während der Fremde ernst auf sie einredete, dann drehte sie sich rasch um und kam zu Mr. Horopolos zurück.

»Was ist denn passiert?« fragte er.

»Ich weiß nicht recht, was ich davon halten soll. Vermutlich ist es ein Polizeibeamter«, erwiderte sie mit zitternder Stimme. »Er sagte mir, daß ich mich vor Ihnen sehr in acht nehmen und abends nicht zu lange in Ihrem Haus bleiben sollte.«

Dimitri schob sie leicht beiseite und eilte wütend auf den Mann zu. Im Licht einer Laterne konnte er sein Gesicht deutlich sehen. Es war länglich und schmal. Außerdem hatte der Unbekannte einen dunklen Schnurrbart und buschige, schwarze Augenbrauen.

»Zum Teufel, wie kommen Sie denn dazu, die Dame anzusprechen?« fragte er. »Sind Sie etwa ein Polizist? Dann gehen Sie gefälligst zu Ihrem Mr. Rater zurück und bestellen Sie ihm von mir, daß ich mich bei Scotland Yard beschwere, wenn man mich weiter derartig niederträchtig behandelt!«

Der Fremde lächelte.

»Wer hat Ihnen denn gesagt, daß ich ein Polizeibeamter bin?« fragte er ruhig. »Und wenn ich es bin – was haben Sie dagegen einzuwenden, daß ich ein Mädchen vor den Gefahren der Straße warne?«

Mr. Dimitri wollte gerade grob antworten, aber er besann sich eines Besseren und kämpfte seine Erregung nieder.

»Kommen Sie mit und trinken Sie ein Glas bei mir«, erwiderte er so liebenswürdig, als es ihm im Augenblick möglich war.

Der Mann zögerte einen Moment, als ob ihm die Aufforderung ungelegen käme, dann änderte sich sein Benehmen aber plötzlich.

»Es tut mir sehr leid, wenn ich Sie in Unannehmlichkeiten gebracht habe, aber Sie wissen ja, ich habe meine Pflicht zu erfüllen ...«

»Kommen Sie mit«, wiederholte Dimitri.

Gehorsam folgte ihm der andere. Miss Grayne stand noch an der Haustür, und der Grieche entließ sie mit einem kurzen Gruß. Dann führte er den Mann in sein kostbar ausgestattetes Arbeitszimmer und bot ihm einen Stuhl an. Der Fremde setzte sich etwas befangen auf eine Kante und hielt den Hut auf den Knien.

»Ich verlange nicht von Ihnen, daß Sie mir Ihre Dienstgeheimnisse preisgeben sollen«, begann Mr. Horopolos mit einem verbindlichen Lächeln, während er seinem Besucher einen Whisky-Soda einschenkte. »Aber wenn Sie tatsächlich den Auftrag haben, mich zu beobachten, kann ich Ihnen viel Mühe ersparen. Ich habe absolut nicht den Wunsch, mich mit der Polizei schlecht zu stellen, im Gegenteil, ich möchte recht gut mit ihr stehen.«

Der Mann räusperte sich, nahm das Glas und leerte es.

»Es ist aber meine Pflicht –« begann er.

»Ach, darauf kommt es gar nicht an«, unterbrach ihn Dimitri freundlich. »Sie müssen doch vor allem auch für sich selbst sorgen, das ist Ihre erste Pflicht. Werden Sie alle Tage hierherkommen?«

Der Fremde, der sich schließlich als Mr. Olcott vorstellte, nickte.

»Nur am Sonntag nicht.«

Dimitri lachte.

»Gut, ich verspreche Ihnen, mich über Sonntag anständig zu benehmen.«

Bei diesen Worten zog er seine Brieftasche und nahm eine Zehnpfundnote heraus.

»Das kann ich aber wirklich nicht annehmen. Ich könnte in die größten Schwierigkeiten kommen.«

»Ach, Unsinn! Wenn man Sie hört, gibt es überhaupt nur Schwierigkeiten auf der Welt. Das ist geradezu ein Komplex der Polizeibeamten.«

Er redete Mr. Olcott zu, und nach einiger Zeit steckte der Mann den Geldschein widerstrebend ein.

Am nächsten Abend kam Mr. Dimitri an ihm vorbei, und Olcott grüßte respektvoll. Am dritten Abend lud ihn der Grieche wieder zu sich ins Haus.

»Ich möchte wirklich gern wissen, welchen speziellen Auftrag Sie haben«, sagte er, als Olcott vor einem großen Glas Whisky-Soda saß.

Olcott hustete verlegen.

»Wenn ich ganz offen sein soll, komme ich in große Schwie –«

»Schwierigkeiten wollten Sie wohl sagen«, ergänzte Mr. Horopolos ärgerlich. »Also, welche Instruktionen haben Sie?«

Nach einer Weile brachte er den Mann zum Reden.

Olcott hatte den Befehl, das Haus zu überwachen, bis Miss Grayne herauskam, und dann noch eine Stunde länger zu bleiben, um zu sehen, ob sie nicht etwa wieder zurückkehrte.

»Wenn Sie nun aber Überstunden machen muß – was passiert dann?«

»Ich muß Mr. – ich will keinen Namen nennen – berichten, ob sie bis halb zehn das Haus verlassen hat.«

Der Grieche lächelte verächtlich.

»Eine so alberne Geschichte ist mir bisher doch noch nicht vorgekommen. Nun gut, Olcott, ich werde Ihnen sagen, wenn Sie früher nach Hause gehen können!«

Seine Freundschaft mit der Sekretärin entwickelte sich nach Wunsch. Sie hatte sogar seine Einladung zu einem Abendessen in einem vornehmen Restaurant angenommen. Aber Dimitri dachte gar nicht daran, mit ihr dorthin zu gehen. Im gegebenen Augenblick wollte er den Schauplatz einfach verlegen.

Als er sie aber am Morgen des festgesetzten Tages bat, abends um zehn zu ihm ins Haus zu kommen, machte sie doch ein ängstliches Gesicht.

»So ein kleines Essen zu zweien würde aber doch sehr nett sein«, meinte er. »Und es ist doch nichts dabei, wenn wir hier in meinem Speisezimmer dinieren.«

Sie schüttelte den Kopf. Plötzlich erinnerte sich die blonde junge Dame an Gesetze des guten Tons und sagte, daß sie dann wenigstens einen Freund mitbringen möchte.

»Aber das ist doch eine ganz ausgefallene Idee«, erwiderte er lächelnd. »Überlegen Sie es sich noch einmal.«

Sie überlegte es den ganzen Tag und änderte ihre Pläne. Zuerst sollte das Essen um sieben stattfinden, dann um neun, und schließlich einigte sie sich mit ihm auf halb neun. Und er mußte ihr auch versprechen, sie nach Hause zu begleiten. Er stimmte jedem ihrer Vorschläge bei, denn sie war das schönste Mädchen, das er kennengelernt hatte.

Chefinspektor Rater saß in seinem Büro in Scotland Yard. Sein Freund aus Amerika hatte ihm gegenüber Platz genommen, den Raum mit dem Rauch seiner Zigarre erfüllt und den Redner in gewohnter Weise zum Einschlafen gebracht.

»... wir sprachen doch über diesen Kerl aus Memphis, den gerissensten Betrüger, der jemals...«

Als der Redner aufwachte, war sein Besucher verschwunden. Ein Bote hatte Mr. Rater aufgeweckt. Ärgerlich schaute der Redner auf den halbvollendeten Bericht, der vor ihm lag, und den er bei Snells Ankunft unterbrochen hatte. Das Dokument sollte am nächsten Morgen vor elf dem Polizeipräsidenten vorgelegt werden.

Er war noch halb im Schlaf und hörte dem Boten kaum zu.

»Was ist denn los?« fragte er und gähnte.

»Vor fünf Minuten kam ein Herr und sagte, daß ich Ihnen das persönlich übergeben sollte.«

Mr. Rater nahm das zerknitterte Papier und glättete es. Der kleine Zettel war offensichtlich aus einem Notizbuch ausgerissen. Die Bleistiftschrift war zittrig und undeutlich:

»Um Himmels willen, helfen Sie mir! Der Grieche hat mich in seine Stahlkammer eingeschlossen. Ich ging zu ihm zum Abendessen.« Dann waren verschiedene Worte unleserlich. »Bitte, helfen Sie mir. Lydia Grayne.«

Der Redner war plötzlich vollkommen wach. Er sah auf die Uhr – sie zeigte zehn. Lydia war zu dem Griechen gegangen! Eine weitere Erklärung war überflüssig. Er dachte im Augenblick nicht darüber nach, auf welche Weise diese Botschaft zu ihm gelangt sein mochte. Das war belanglos. Er klingelte, sah aber dann, daß der Bote noch neben ihm stand, und gab ihm den Auftrag, sofort das Überfallkommando zu alarmieren.

Fünf Minuten später raste das Polizeiauto mit höchster Geschwindigkeit nach Westen. Mit einem unsanften Ruck hielt der Wagen vor dem Haus des Griechen, und der Redner war der erste, der auf die Straße sprang.

Zweimal läutete er, bevor er Antwort erhielt, und zu seinem Erstaunen öffnete ihm dann Dimitri selbst. Er trug einen Schlafrock und sah den Beamten düster an.

»Was wollen Sie denn hier?« fragte er böse.

»Ich will wissen, wo Lydia Grayne ist!«

»Hier ist sie jedenfalls nicht«, erwiderte Mr. Horopolos wütend. »Ihr verdammter Polizeispitzel hätte Ihnen das wahrhaftig mitteilen können!«

»Wollen Sie mich freiwillig ins Haus lassen, oder soll ich erst einen amtlichen Befehl dazu ausstellen lassen?«

Dimitri machte die Tür weiter auf und ging vor dem Redner die Treppe hinauf. Oben drehte er sich ärgerlich um.

»Einer von Ihren Leuten könnte tatsächlich die Tür wieder zumachen!«

Von der Dienerschaft war niemand zu sehen, was Mr. Rater als ein sehr verdächtiger Umstand erschien. Erst später erfuhr er, daß sich die Hausangestellten in einem Teil des Gebäudes aufhielten, der vollkommen abgeschlossen werden konnte.

Dimitri führte die Beamten nicht in sein Arbeitszimmer, sondern zu einem kleinen Salon. Der Redner sah einen für zwei Personen gedeckten Tisch.

»Vielleicht erklären Sie mir jetzt, was Ihr Besuch zu bedeuten hat?« fragte der Grieche ungehalten.

Der Chefinspektor reichte ihm den Zettel, den er bekommen hatte.

Dimitri las die Botschaft und runzelte die Stirn.

»Das ist eine verdammte Lüge«, sagte er dann wild. »Sie wollte kommen, aber bis jetzt ist sie noch nicht erschienen.«

»Sie haben doch eine Stahlkammer im Keller?«

Mr. Horopolos zögerte.

»Allerdings. Ich verwahre dort meine Wertsachen. Sie glauben doch nicht etwa, daß ich die junge Dame dort eingeschlossen hätte? Das wäre doch wirklich zu lächerlich. Ich sagte bereits, daß sie heute abend kommen wollte, aber –«

»Ich möchte mir einmal diese Stahlkammer ansehen«, entgegnete der Redner bestimmt.

»Aber Miss Grayne ist doch gar nicht da – ich erwarte sie ja erst. Sie sehen doch an dem gedeckten Tisch und an den unberührten Platten, daß noch niemand gekommen ist.«

»Das ist für mich noch lange kein Beweis. Ich möchte mir einmal diesen unterirdischen Raum ansehen.«

Dimitri Horopolos wurde erst dunkelrot, dann bleich und sah aus, als ob er vor Wut explodieren würde. Aber schließlich ging er ins Nebenzimmer und kam nach kurzer Zeit mit zwei kleinen Schlüsseln zurück.

»Da Sie so verdammt neugierig sind, will ich Ihnen den Platz zeigen.«

Sie stiegen zusammen eine enge Treppe hinunter, und am Ende eines langen Ganges schloß der Grieche eine Stahltür auf.

Er schaltete das Licht ein, und Mr. Rater schaute sich in dem kleinen, engen Raum um. Auf Glaskonsolen lagen viele hundert Lederbeutel.

Aber dafür interessierte er sich nicht. Er bemerkte einen Stuhl, einen Tisch und ein Feldbett, aber Lydia konnte er nicht entdecken.

»Haben Sie noch ein anderes ähnliches Gewölbe hier?«

»Nein. Und ich habe Ihnen jetzt schon x-mal erklärt, daß Miss Grayne noch nicht gekommen ist.«

Der Redner sah sich noch einmal betreten um. Er konnte die Sache nicht verstehen. Hatte ihm jemand einen Streich gespielt? In diesem Raum konnte sich keine Maus verstecken!

Als sie wieder zum Erdgeschoß hinaufstiegen, fluchte und schimpfte Dimitri in den verschiedensten Sprachen, weil man ihn in seiner Ruhe gestört hatte. Seine Stimme wurde immer schriller und überschlug sich schließlich. Wild fuchtelte er mit den Händen in der Luft herum, so daß die Brillantringe an seinen Fingern glänzten und glitzerten.

»Es ist ja sehr interessant, daß Sie sich so aufregen, aber ich bin tatsächlich berechtigt, Ihr Haus zu durchsuchen. Und ich bin auch jetzt noch nicht sicher, daß sich die junge Dame nicht hier aufhält.«

»Dann durchsuchen Sie doch gefälligst das Gebäude!« brüllte Dimitri.

Das war eine Aufforderung, die sich der Redner nicht entgehen ließ.

Aber so gründlich seine Beamten auch vorgingen, sie fanden nichts, und der Chefinspektor mußte schließlich unverrichteter Dinge und höchst verblüfft zu seinem Wagen zurückkehren.

Dimitri schlug donnernd hinter ihm die Tür zu und ging wütend in sein Wohnzimmer, wo er nervös auf und ab wanderte. Gerade wollte er einem Diener den Auftrag geben, den Tisch im Salon wieder abzuräumen, als es unten klopfte. Vielleicht war das Lydia! Sein Herz schlug schneller bei dem Gedanken. Er eilte den Gang entlang und riß die Tür auf...

Mr. Olcott stand vor ihm.

»Zum Teufel, was wollen Sie denn noch?«

»Lassen Sie mich schnell herein«, bat der Mann leise. »Ich komme gerade von Mr. Rater. Er hat mich furchtbar abgekanzelt. Hat er Ihre Stahlkammer durchsucht?«

»Natürlich hat er das getan«, entgegnete Dimitri wild.

Er schloß die Tür, und sie gingen zu dem kleinen Salon, in dem der gedeckte Tisch stand.

»Nun, was wollen Sie? Sie sind mir ja ein netter Helfer! Haben Sie etwa Miss Grayne gesehen und zurückgeschickt?«

Olcott schüttelte ungeduldig den Kopf.

»Ich möchte nur noch wissen, Mr. Horopolos, ob der Chefinspektor die Schlüssel zu der Stahlkammer mitgenommen hat?«

»Selbstverständlich hat er das nicht getan!«

»Sind Sie Ihrer Sache auch ganz gewiß?« fragte der Mann ernst.

Der Grieche steckte die Hand in die Tasche seines Schlafrocks und holte einen Ring heraus, an dem sich die beiden Schlüssel befanden.

»Sehen Sie, hier sind sie.«

»Dann geben Sie sie mir sofort, und rühren Sie sich nicht, sonst jage ich Ihnen eine Kugel durch den Schädel«, erwiderte Mr. Olcott, in dessen Hand sich plötzlich eine Browningpistole zeigte.

Dimitri wäre vor Schrecken beinahe in Ohnmacht gefallen. Widerstandslos ließ er sich binden und knebeln. Dann ging Mr. Olcott mit den Schlüsseln in den Keller, um die Schätze der Stahlkammer zu untersuchen.

Als der Redner nach Scotland Yard zurückkehrte, saß Mr. Snell wieder an seinem gewohnten Platz. Aber Mr. Rater war jetzt nicht in der Stimmung, seine Geschichten anzuhören. Da der Captain aber die Methoden der Verbrecher sehr gut kannte, erzählte er ihm, was er eben erlebt hatte.

»Donnerwetter!« rief der Amerikaner. »Das sieht ganz nach diesem gerissenen Kerl aus Memphis aus. Das ist der größte Spitzbube und Betrüger, der jemals gelebt hat. Er arbeitet nämlich immer mit seiner Frau zusammen. Sie hat strohblonde Haare und dunkelblaue Augen. Und immer richtet sie es so ein, daß sich jemand in sie verliebt. Aber sie wählt stets einen schlechten Charakter als Opfer. Dann taucht ihr Mann, der Kerl aus Memphis, auf, gibt sich als Detektiv aus und stiehlt dem Mann alles, was nicht niet- und nagelfest ist. Ich möchte wetten, daß ...«

Bevor Mr. Snell den letzten Satz beenden konnte, eilte der Redner schon zu dem Polizeiauto zurück, das der Chauffeur gerade zur Garage bringen wollte. Er sprang auf das Trittbrett und winkte zwei Detektiven, die ihm schleunigst folgten.

Als er in das Haus des Griechen kam, brach er die Tür zu dem kleinen Salon auf und befreite Dimitri. Währenddessen war der »gerissene Kerl aus Memphis, USA« mit seiner blonden Frau längst in einem schnellen Wagen nach Osten davongefahren.

Die Lektion

Ich möchte gleich zu Anfang bemerken, daß ich niemals viel sprach. Zu Beginn meiner Polizeikarriere bekam ich eine Lektion, die ich allen jungen Beamten einprägen möchte. Man soll niemals zur unrechten Zeit sprechen oder auf die unrechten Leute hören.

Ich war sehr stolz auf meine kurze, knappe Ausdrucksweise, und wenn mir jemand gesagt hätte, daß ich zuviel spräche, wäre ich sicher sehr erstaunt gewesen. Und doch habe ich es getan, als ich den Blidfield-Mord bearbeitete, den interessantesten Fall, der mir überhaupt vorgekommen ist.

Ich kannte den alten Angus Blidfield oberflächlich. Er besaß ein großes Haus am Bloomsbury Square und hatte die Wohnungen in den einzelnen Geschossen vermietet. Für sich selbst hatte er den ersten Stock reserviert und wohnte dort mit seiner Nichte Agnes Olford.

Der alte Mann war ein sehr reicher, etwas exzentrischer Junggeselle. Trotz seines Geldes war er ein ausgesprochener Geizhals. Ich wußte damals noch nicht, daß er große Summen baren Geldes in seinem Hause aufbewahrte, und ich glaube auch, daß nur wenig andere Leute eine Ahnung davon hatten. Seine Nichte war allerdings darüber orientiert, aber sie kannte die Höhe des Betrages nicht, den ihr Onkel in dem lackierten Blechkasten unter seinem Bett verwahrte.

Die Nichte war sehr schön, besaß aber wenig Geist und Witz, sonst hätte sie nicht die Stellung in dem Haus einnehmen können, die ein einfaches Dienstmädchen mit etwas Selbstachtung abgelehnt hätte. Sie mußte von früh bis spät auf den Beinen sein und führte eigentlich ein Sklavenleben. Die ganze Hausarbeit war ihr aufgebürdet, denn Blidfield hielt sich keine

Dienstboten. Außerdem erledigte sie seine Korrespondenz und spielte auch noch die Pflegerin, wenn er krank war.

Ich kannte seinen Arzt, den jungen Dr. Lexivell, der in der Gower Street wohnte. Ich lernte ihn kennen, als unser Polizeiarzt einmal krank wurde, und wir zu irgendeinem Zweck einen Doktor brauchten. Der Sergeant erinnerte sich damals an den jungen Lexivell, und wir zogen ihn zu.

»Nun haben Sie ja ihr Glück gemacht«, sagte ich zu ihm, als ich hörte, daß der alte Blidfield ihn zu seinem Hausarzt bestimmt hatte. Er lachte.

»Denken Sie, er wollte mir zumuten, das Amt ehrenhalber zu verwalten! Es dauerte eine Weile, bis ich ihm auseinandergesetzt hatte, daß ich doch von meinem Beruf leben müßte.«

Ich war nicht erstaunt, dies zu erfahren, denn Mr. Blidfield gab niemals unnötig einen Schilling aus. Jeden Morgen machte er sich mit einer Markttasche auf den Weg, um die nötigen Einkäufe für den Haushalt zu besorgen. Er ging sogar bis zur Edgware Road, weil dort die Kartoffeln eine Kleinigkeit billiger waren.

Ich glaube kaum, daß er sehr krank war, aber er war sehr ängstlich wegen seiner Gesundheit und rief selbst bei den geringfügigsten Anlässen den Arzt. Hätte er anständig gezahlt, so hätte Lexivell sehr zufrieden sein können. Er hatte noch keine große Praxis und verbrauchte, was er verdiente, wenn nicht mehr.

Eines Tages hörte ich, daß der alte Herr ernstlich erkrankt sein sollte, und als ich Dr. Lexivell zufällig an der Ecke der Tottenham Court Road traf, erzählte er mir, daß sich ein Herzleiden bei Blidfield eingestellt hätte.

»Es kann gefährlich werden, und er muß sich in Zukunft in acht nehmen. Ich schlug ihm vor, eine Krankenschwester zu engagieren, aber davon wollte er nichts hören. Es ist mir gar nicht recht, daß dieses junge Mädchen und der alte Mann, der jeden Augenblick sterben kann, allein in der Wohnung sind. Mich geht die Sache ja nichts an, aber sooft ich in der letzten Zeit abends zu ihm kam, bemerkte ich ein paar Leute, die das Haus beobachteten. An einem kam ich dicht vorüber und betrachtete ihn genauer. Er hatte dunkle Hautfarbe und machte den Eindruck eines Ausländers. Ich glaube auch, daß es immer dieselben sind, die sich dort herumtreiben. Ich sprach mit Mr. Blidfield über die Sache, und zu meinem Erstaunen wußte er, daß das Haus beobachtet wurde. Aber er brach die Unterhaltung sofort ab, als ob es ihm unangenehm wäre, darüber zu sprechen.«

Dunkle, unheimlich aussehende Männer, die Häuser beobachten, interessieren mich immer, und so machte ich mich eines Nachmittags auf den Weg, um mich persönlich davon zu überzeugen. Ich rechnete allerdings nicht damit, daß ich die Leute um diese Zeit auf ihrem Posten treffen würde, und tatsächlich konnte ich sie auch nicht entdecken. Ich klingelte an der Wohnungstür, und Miss Olford öffnete mir. Ihr Onkel machte gerade eine Spazierfahrt, eine der wenigen Annehmlichkeiten, die er sich gönnte. Zweimal in der Woche mietete er von einer benachbarten Garage ein Auto und fuhr aufs Land hinaus.

Die kleine Miss Olford sah sehr müde und angegriffen aus, denn sie war bis drei Uhr morgens aufgeblieben.

»Der Doktor sagte, daß die gefährliche Zeit für meinen Onkel zwischen elf und drei Uhr nachts liegt, und er hat mir geraten, während dieser Zeit zu wachen. Er hat meinen Onkel schon dauernd gebeten, eine Pflegerin zu nehmen, aber der denkt gar nicht daran.«

»Was fehlt ihm denn eigentlich?« fragte ich.

Sie wußte es nicht genau; wahrscheinlich hatte Lexivell sie nicht über den Zustand Mr. Blidfields aufgeklärt. Ich sagte ihr nichts von den verdächtigen Leuten, die sich vor dem Haus herumtrieben, um sie nicht zu beunruhigen. Aber ich schlug ihr vor, sich doch am Tage einige Stunden hinzulegen.

»Mein Onkel kann jeden Augenblick zurückkommen, und dann will er seinen Tee haben.«

Mr. Blidfield traf ich bei der Gelegenheit nicht, aber ich wollte vor allem feststellen, welche Bewandtnis es mit den beiden Leuten hatte, die das Haus beobachteten. Einer meiner Detektive hatte zwei Männer gesehen, die sich auf dem Platz verdächtig machten, und sie angehalten. Aber sie konnten genügende Auskunft geben.

Am Samstagnachmittag machte ich Mr. Blidfield wieder einen Besuch, und diesmal fand ich ihn zu Hause.

Wir kannten einander nur oberflächlich, aber doch so gut, daß ich mich nach seinem Befinden erkundigen konnte.

»Mir fehlt nicht viel, ich habe nur nervöses Herzklopfen. Dieser junge Doktor will nur Honorar schlucken, aber da hat er sich in mir geirrt. Obendrein sollte ich noch eine Krankenschwester anstellen! Die stecken alle unter einer Decke, und ich zweifle nicht im geringsten daran, daß er sich von der Pflegerin eine Provision zahlen ließe, wenn ich sie engagierte. Ein Pfund soll ich täglich für eine Pflegerin ausgeben – es ist nicht zu glauben!«

Obwohl er nicht viel über seine Krankheit sprach, sah ich doch deutlich, daß es ihm nicht gut ging. Aber sein Geiz hinderte ihn daran, etwas für seine Gesundheit zu tun.

Jenen Samstagabend werde ich nicht vergessen, denn damals passierte es mir, daß ich zuviel redete.

Es war eine rauhe Nacht, obwohl wir schon Mai hatten, und es herrschte ein Schneetreiben, als ob es Januar wäre. Der Sturm heulte und jagte mir die Flocken entgegen, die sich auf der Erde sofort zu Wasser verwandelten. Kaum ein Mensch war auf der Straße zu sehen.

Um ein Uhr nachts ging ich über den Bloomsbury Square. Ich hatte meinen Schirm aufgespannt, obwohl er mir kaum Schutz gewährte, und kämpfte mich damit gegen den Wind vorwärts. Leicht genug hätte ich mit einem Straßenpassanten zusammenstoßen können, der mir entgegenkam, und sich auf dieselbe Weise zu schützen suchte, denn der Wind blies von allen Seiten. Aber als mich schließlich tatsächlich jemand anrannte, kam er von der Seite. Ich hatte ihn nicht kommen hören, und mein erster Eindruck war, daß ihn der Wind vom nächsten Dach heruntergeweht hatte. Nachher erschien es mir glaubhafter, daß er die Treppenstufen herabgeeilt war, die von einem der Häuser auf den Platz führten. Es war aber so dunkel und ungemütlich, daß ich nicht darauf achtete, welches Haus es war.

Der Zusammenstoß kam so überraschend und unerwartet, daß ich böse wurde und schimpfte. Nun habe ich eine ziemlich kräftige Stimme, die man trotz des Sturmes sehr weit hören konnte. Der andere fluchte auch, aber viel leiser als ich. Dann bückte er sich rasch und suchte auf dem Boden. Offenbar hatte er etwas fallen lassen. Schließlich fand er es, nahm es auf, aber es entglitt ihm wieder. Ich hörte den metallischen Klang auf dem Pflaster und wußte, daß es ein Schlüssel war.

Mein Ärger war inzwischen verflogen, und es kam mir zum Bewußtsein, daß meine heftigen Bemerkungen eigentlich nicht am Platze waren. Ich bückte mich deshalb auch und half ihm beim Suchen. Dabei berührte ich eine durchnäßte Schnur, die mir der Fremde jedoch sofort aus der Hand zog. Ohne ein weiteres Wort zu verlieren, versuchte der Mann, an mir vorüberzueilen, aber ein unglücklicher Zufall wollte es, daß wir noch einmal zusammenstießen, und zwar sehr heftig. Ich hörte ein lautes Poltern und sah im Licht der Straßenlaterne, daß der Fremde einen silbernen Kasten hatte fallen lassen. Der Kasten sprang auf, und mehrere Gegenstände fielen heraus. Mit einem abermaligen Fluch bückte sich der Mann, sammelte die Gegenstände hastig auf und eilte davon. Erst jetzt hatte ich sein Gesicht gesehen und war im Augenblick zu erstaunt, daß ich vergaß, ihm behilflich zu sein, obwohl er Unterstützung gebraucht hätte. Eine seiner Hände hielt krampfhaft den Schirm fest, der gerade umschlug, als er sich aufrichtete.

Wenige Sekunden später war der Mann in der Dunkelheit verschwunden, und ich machte mich auf den Heimweg.

Ich war aber kaum ein paar Schritte gegangen, als ich fühlte, daß sich etwas in die Gummisohle meines Schuhs eingedrückt hatte. Da es mich beim Gehen hinderte, machte ich bei der nächsten Laterne halt, lehnte mich gegen den Lampenpfahl und entfernte den Gegenstand.

Ich nahm ihn mit, denn es ist nicht meine Gewohnheit, wertvolle Dinge wegzuwerfen. Als ich nach Hause kam, legte ich den Gegenstand auf den Kamin, aß noch eine Kleinigkeit und ging dann zu Bett. Kurz vor dem Einschlafen wurde mir plötzlich klar, daß der Mann, mit dem ich zusammengestoßen war, aus Blidfields Haus gekommen sein mußte.

Am Sonntagmorgen klingelte mein Telefon kurz vor sechs, und ich erfuhr, daß Angus Blidfield ermordet worden war. Seine Nichte war gegen halb sechs in sein Schlafzimmer gegangen, um ihm eine Tasse Tee zu bringen. Das tat sie regelmäßig, weil der alte Herr gewöhnlich um diese Zeit aufwachte. Er lag mit schrecklichen Kopfwunden auf dem Boden und lebte nicht mehr. Die Verletzungen rührten von einem Totschläger her, der immer auf dem Nachttisch lag, damit sich Mr. Blidfield gegen etwaige Einbrecher wehren konnte. Der große, starke Blechkasten unter dem Bett war erbrochen und ausgeraubt.

Als ich ankam, war das Haus bereits von Polizei besetzt. Die Beamten von Scotland Yard suchten nach Fingerabdrücken, und die Fotografen waren an der Arbeit. In dem Schlafzimmer lag noch der Dunst des Magnesiumlichtes, das sie bei den Aufnahmen benützt hatten.

Ich fand Miss Olford im Speisezimmer. Sie war sehr bleich und zitterte; aber trotzdem erzählte sie mir alles, was sie wußte, mit ziemlicher Klarheit.

Der Doktor hatte am Samstagabend um halb neun Uhr einen Besuch gemacht und ihren Onkel untersucht. Mr. Blidfields Zustand mußte sich wohl gebessert haben, denn er sagte ihr, daß sie sich nicht weiter um ihn kümmern sollte. Bis elf Uhr war sie beschäftigt, dann hatte sie sich todmüde niedergelegt und war auch sofort eingeschlafen. Um halb sechs klingelte ihr Wecker. Sie stand auf und machte schnell Tee für ihren Onkel. Als sie nachher in sein Zimmer kam, entdeckte sie das Verbrechen.

»Haben Sie denn in der Nacht nichts gehört?«

Sie schüttelte den Kopf.

»Gar kein Geräusch?«

»Nein, nichts. Ich war so müde, daß ich zuerst nicht einmal den Wecker hörte.«

Ich ging zu dem Zimmer, in dem der Mord verübt worden war, und stellte eine sorgfältige Untersuchung an. Das Fenster stand etwa fünf Zentimeter auf, aber diesen Weg schien der Einbrecher nicht benützt zu haben, da es ziemlich hoch an einer glatten Wand lag. Die Wohnungstür zeigte keine Spuren von Stemmeisen oder anderen Werkzeugen, und das besonders komplizierte Schloß war vollständig intakt.

Miss Olford konnte mir nichts über den Inhalt des Kastens sagen. Sie wußte nur, daß Geld darin war, aber weder wieviel noch in welcher Form. Ich fragte sie noch aus, als Dr. Lexivell kam. Auf ihre Bitte hin hatte einer der Polizeibeamten vor meiner Ankunft an ihn telefoniert. Der Apparat stand in dem Schlafzimmer Mr. Blidfields.

Der junge Doktor kam zu gleicher Zeit mit dem Polizeiarzt in der Wohnung an, und die beiden untersuchten den Toten. Dann trat Lexivell zu mir.

»Ein recht trauriger Fall«, meinte er. »Haben Sie eine Ahnung, wer es getan haben könnte?«

»Nein, nicht die geringste.« Unglücklicherweise machte ich jetzt zum zweitenmal den Fehler, zuviel zu reden. »Es war eine stürmische Nacht, und ich glaube, daß selbst Polizeipatrouillen nicht nach Einbrechern ausgeschaut haben. Ich selbst lag schon um Mitternacht im Bett.«

Es war eine harmlose, aber dumme Lüge, und ich weiß nicht,

wie mir die Worte entschlüpften. Miss Olford sah mich ernst an, und ihr Blick brachte mir plötzlich zum Bewußtsein, wie unklug es von mir gewesen war, so etwas zu sagen. Frauen haben manchmal einen untrüglich feinen Instinkt.

»Haben Sie die Leute beobachtet, von denen ich Ihnen neulich erzählte?« fragte der Doktor.

Ich hatte diese Beobachter vollständig vergessen, denn im Augenblick beschäftigten mich viel wichtigere Dinge. Ich veranlaßte Miss Olford, das Haus zu verlassen und sich in der Nähe ein Zimmer zu nehmen.

Als der Tote später fortgebracht war, nahm ich eine eingehende Untersuchung des Raumes vor, in dem er ermordet worden war. Ich fand aber weder Schriftstücke noch Aufzeichnungen, die mir einen Anhaltspunkt gegeben hätten. Im Spiegelrahmen war eine Karte eingeklemmt, auf der die Telefonnummern Dr. Lexivells und der Garage notiert waren, bei der Mr. Blidfield seine Autos gemietet hatte. In der Nachttischschublade lag ein kleines, ungeöffnetes Päckchen, das ein Schlafmittel enthielt. Ich zeigte es Dr. Lexivell, und er nickte.

»Ja, das habe ich ihm verordnet«, sagte er, »aber er hatte eine große Abneigung gegen Medikamente jeder Art. Er hatte mir zwar versprochen, es zu nehmen, aber er hat es dann anscheinend doch nicht getan.«

»Haben Sie ihm früher auch schon Schlafmittel verschrieben?«

»Nein. Aber diesmal sollte der alte Mann schlafen, denn das arme Mädchen mußte unbedingt einmal zur Ruhe kommen. Wenn sein Herz auch angegriffen war, so war es doch lange nicht so schlimm, wie er sich einbildete.«

Nach seinem Besuch am Abend hatte er nichts mehr von dem alten Herrn gehört.

Ich besuchte Miss Olford in ihrem Hotel, und sie erzählte mir unter anderem, daß ihr Onkel nichts von ihren Nachtwachen gewußt hätte. Sie hatte mit dem Doktor ein Übereinkommen getroffen, ihm nichts zu sagen, was seinen Gesundheitszustand beeinträchtigen könnte.

»Haben Sie im allgemeinen einen tiefen oder einen leichten Schlaf?«

Sie lächelte schwach.

»Für gewöhnlich schlafe ich sehr leicht und wache bei dem leisesten Geräusch auf. Wenn mein Onkel in der Nacht aufstand, war ich auch sofort munter. Ihm war das unangenehm, denn seiner Meinung nach sollten junge Leute viel schlafen. Er sprach auch mit Dr. Lexivell darüber, und der wollte mir ein Schlafmittel geben.«

An diesem Tage hatte ich auch eine Unterredung mit dem Rechtsanwalt Mr. Blidfields und erfuhr, daß Miss Olford die Universalerbin war. Sie hatte einen Bruder, einen Tunichtgut, der in London lebte und offenbar mit der Polizei in Konflikt geraten war. Das hatte mir Dr. Lexivell erzählt.

»Ich habe mich oft gefragt, ob er nicht zu den Leuten gehörte, die sich immer vor dem Haus herumtrieben«, meinte er.

Es war nicht schwer, den jungen Olford aufzufinden, aber er erklärte dem Sergeanten, daß er zu der Zeit, als der Mord begangen wurde, in seinem Bett gelegen habe, und unsere Nachforschungen bestätigten seine Aussagen.

Ich schickte zwei meiner besten Leute aus, um weitere Erkundungen einzuziehen. Ich wußte, daß es einige Zeit dauern würde, bis ich ihren Bericht erhalten konnte, und ich wußte auch, daß sich während der Wartezeit allerhand unangenehme Dinge ereignen konnten.

Um neun Uhr abends schrieb ich meinen ersten Bericht über den Fall. Schriftliche Arbeiten, bei denen ich nachdenken muß, erledige ich am liebsten zu Hause. Ich wohnte damals in der Nähe der Guildford Street. Meine Räume lagen im Erdgeschoß, und von meinem Speisezimmer aus konnte ich den Hof übersehen, der sich hinter dem Haus befand. Es war ein kleiner, viereckiger Platz mit einem Eingang für Händler und Lieferanten. Eine Mauer von zweieinhalb Meter Höhe umgab ihn, aber man konnte leicht darüberklettern. Aber der Mann, der meinetwegen in den Hof kam, hatte sich diese Mühe nicht gemacht. Bei einer späteren Untersuchung fand man, daß das kleine Tor offenstand, das vom Hof auf die Nebenstraße führte und gewöhnlich um sechs Uhr abends geschlossen wurde.

Es war dunkel und regnerisch, aber bedeutend wärmer als in der vergangenen Nacht. Ich hatte ungefähr vier Seiten geschrieben, als plötzlich mit einem Krachen meine Fensterscheibe splitterte und ein Gegenstand zu meinen Füßen niederfiel. Wäre er unter den Tisch gerollt, so daß ich ihn nicht gleich hätte sehen können, so wäre ich heute wohl nicht mehr am Leben. Aber glücklicherweise erkannte ich die Gefahr sofort.

Ich bückte mich nicht, um die Handgranate aufzuheben und

wieder zum Fenster hinauszuwerfen, denn ich wußte, wie kostbar Zeit in solchen Augenblicken ist. So rasch wie möglich eilte ich in mein Schlafzimmer und war gerade in Deckung, als die Explosion erfolgte. Aber auch dann traf mich noch ein Splitter, der mich leicht verletzte.

Die Detonation war fürchterlich. Ich wankte in mein Arbeitszimmer zurück, war aber so benommen, daß ich kaum wußte, was ich tat. Erst als ich draußen die Alarmsignale der Feuerwehr hörte, kam ich wieder zu mir.

Zum Glück war niemand getötet worden, aber die Wohnung über mir hatte stark gelitten, und alle Möbel in meinem Arbeitszimmer waren mehr oder weniger beschädigt. Die Zeitungen hatten zwei Tage lang Stoff für sensationelle Artikel.

Aber durch diese Bombe erhielt ich die Lektion, die ich verdient hatte.

Ich ging nach Scotland Yard, und auf dem Wege dorthin wurde mir der Sachverhalt klar. Als ich ankam, telefonierte ich an verschiedene Stellen, und gegen Mitternacht wimmelte mein Büro von Buchmachern, Geldverleihern, Spielklubbesitzern und ähnlichen Leuten. Ich mußte das Fenster öffnen, um frische Luft hereinzulassen.

Um halb zwei in der Nacht ereignete sich dann in der Little Creefield Street ein Verkehrsunfall. Zwei Taxis waren zusammengestoßen. Scheiben klirrten, und der eine Fahrgast machte großen Spektakel. Er mußte aus dem Wagen gehoben werden. Ein Polizist blies die Alarmpfeife. Das Unglück hatte sich gerade vor Dr. Lexivells Haus zugetragen, und der Arzt schaute aus dem Fenster, um zu sehen, was passiert war. Der Polizist sagte ihm, daß der eine Herr den Fuß gebrochen und sich das Gesicht an der Scheibe zerschnitten hätte.

»In einer Minute bin ich unten«, rief der Doktor.

Als er gleich darauf auf der Straße erschien, stand ein halbes Dutzend Leute um den Mann herum, der auf dem Boden lag. Zwei Leute traten zurück, um ihm Platz zu machen, dann packten sie ihn von allen Seiten.

Der Polizeipräsident sagte, es wäre eine etwas theatralische Aufmachung für eine Verhaftung gewesen, aber ich wurde gerechtfertigt, als wir den Arzt durchsuchten. Er hatte eine Browningpistole in der Hüfttasche und nicht einmal die Vorsichtsmaßregel ergriffen, die Waffe zu sichern. In seiner Wohnung fand ich später noch mehrere Handgranaten. Diese Episode spielte sich kurz nach dem Krieg ab. Dr. Lexivell war an der Front gewesen und hatte ein ganzes Arsenal tödlicher Waffen gesammelt.

Alle diese Maßnahmen wären nicht nötig gewesen, wenn ich ihm nicht gesagt hätte, daß ich in der Mordnacht in meinem Bett gelegen hatte. Er wußte sehr gut, daß er mit mir auf dem Bloomsbury Square zusammengestoßen war, denn er hatte mich an der Stimme erkannt. Dagegen glaubte er bestimmt, daß ich ihn nicht erkannt hätte. Aber ich hatte einen Anhaltspunkt – die Nadel einer Injektionsspritze, die er bei dem Zusammenstoß verloren hatte, drückte sich in meine Sohle ein.

Nach seiner Verurteilung besuchte ich Dr. Lexivell. Er war ruhig und sprach vollkommen offen mit mir.

»Ich war finanziell erledigt und außerdem Geldverleihern und Wucherern in die Hände gefallen, die mich entsetzlich quälten. Patienten erzählen ihren Ärzten häufig Dinge, die sie nicht einmal ihren Rechtsanwälten anvertrauen würden, und auch der alte Blidfield sagte mir schon bei meinem ersten Besuch, daß er achttausend Pfund in dem Kasten unter seinem Bett verwahrte.

Es war schwierig, ihm das Geld abzunehmen, ohne selbst in Verdacht zu kommen. Er war ein Hypochonder, und zuerst hatte ich die Absicht, ihm eine Krankheit zu suggerieren und ihm Schlafmittel zu geben. Während seiner Bewußtlosigkeit wollte ich mir dann das Geld aneignen. Aber seine Nichte hinderte mich daran. Sie schlief auch in der Wohnung, und sie sträubte sich fanatisch dagegen, Medikamente zu nehmen.

Ich sagte dem alten Blidfield, daß sie krank aussähe und nicht genug Schlaf hätte. Daraufhin gab er mir den Schlüssel zu seiner Wohnung, so daß ich auf einen telefonischen Anruf hin zu jeder Nachtzeit ins Haus kommen konnte, ohne daß Miss Olford gestört wurde. Aber auch jetzt hatte ich noch nicht alle Schwierigkeiten überwunden, denn die junge Dame hatte einen sehr leichten Schlaf. Schließlich kam mir eine glänzende Idee. Ich bestimmte sie dazu, bis drei Uhr morgens aufzubleiben, um im Bedarfsfalle ihrem Onkel zu helfen.

Nach einer Woche wußte ich, daß sie müde genug war, um fest zu schlafen.

Es gelang mir dann, den alten Blidfield zum Einnehmen eines Schlafmittels zu überreden. Um halb eins kam ich in die Wohnung. Von Miss Olford hatte ich keine Störung zu befürchten. Ich hatte geglaubt, ich könnte den Kasten unter dem Bett vorziehen, in aller Ruhe das Geld herausnehmen und wieder verschwinden. Als ich kam, schlief Blidfield tatsächlich, und ich nahm natürlich an, daß er das Schlafmittel genommen hätte. Aber als ich den Kasten öffnete, rief er mich plötzlich an. Dann entstand ein kleines Handgemenge –«

Er zuckte die Schultern.

»Als ich bei dem Zusammenstoß Ihre Stimme hörte, wußte ich natürlich sofort, daß Sie es waren. Aber ich hoffte, daß Sie mich nicht erkannt hätten. Und ich hätte auch nichts gegen Sie unternommen, wenn Sie mir nicht durch Ihre Bemerkung verraten hätten, daß Sie mich nicht nur verdächtigten, sondern für den Mörder hielten. In Ihrem Beruf ist es ein großer Fehler, zuviel zu sprechen.«

Arsen

Obwohl Chefinspektor Rater vollkommen modern dachte und handelte, hatte er doch eine ungewöhnliche Abneigung gegen neue Erfindungen. Ein begeisterter Verehrer hatte ihm einen kostbaren Radioapparat geschenkt, aber das Gerät blieb sechs Monate lang unbeachtet in einer Ecke stehen. Als sich der Redner dann eines Tages doch damit beschäftigte, funktionierte er nicht, und es dauerte weitere sechs Monate, bis Rater Interesse aufbrachte, um den Teufelskasten in Gang setzen zu lassen.

Nach und nach söhnte er sich aber mit dem Geschenk aus, und es behagte ihm, andere Leute sprechen zu hören und selbst keine Antwort geben zu müssen. Jeden Tag studierte er nun das Programm in den Zeitungen und stellte seinen Apparat je nach seinen Wünschen ein.

Musik liebte er nicht besonders und beschränkte sich daher hauptsächlich auf Vorträge. Manchmal weckte ihn dann die Jazzband aus dem Orpheum-Hotel aus dem Schlaf, manchmal wachte er auch von selbst auf. Gelegentlich hörte er sich auch einmal Tanzmusik an, die direkt aus Tanzlokalen übertragen wurde. Am meisten interessierten ihn dabei die kurzen Fetzen der Unterhaltung zwischen den Tänzen, die man hören konnte, wenn die Leute in der Nähe des Mikrofons sprachen.

Einmal hörte er die Stimme eines Herrn, der über sein Geschäft redete. Er verstand ihn so deutlich, als ob er ihm gegenübersäße:

»... ich lasse niemals Rechnungen einfach laufen. Ich wußte zufällig, daß er uns nach Glasgow geschrieben hatte...«

Hier unterbrach ihn das Lachen einer Dame.

»... ich bin dem faulen Zahler heute morgen im Strand begegnet. ›Hallo!‹ sagte ich, ›Sie schulden uns noch acht Schilling‹. Doch merkwürdig, daß ich sein Gesicht sofort wiedererkannte, obwohl ich ihn nur einmal gesehen habe... nein, Arsen liefern wir nur unseren Vertretern.«

Nun kennt jeder das Gesetz von der Duplizität der Fälle. Wenn einem morgens der Arzt bei der Visite etwas von Sennesblättern sagt, kann man sicher sein, daß man abends bei der Unterhaltung mit einem Bekannten dasselbe Wort wieder hört. Der Redner, der fest an dieses Gesetz glaubte, war daher nicht überrascht, als er am nächsten Morgen in dem Bericht des Polizeidirektors von Wessex über den Mordfall Fainer von Arsen las.

Die Sache wurde Scotland Yard verhältnismäßig spät mitgeteilt. Mrs. Fainer saß im Gefängnis und wartete auf die Gerichtsverhandlung. Der Redner las das Schreiben langsam und aufmerksam durch wie gewöhnlich.

»... ich bin absolut nicht überzeugt, daß diese Frau die Mörderin ist«, schrieb der Polizeidirektor, ein Freund Mr. Raters. »Ich bin auch mit der Arbeit meiner Detektive nicht zufrieden, obwohl sie sonst Gutes leisten. Es ist schade, daß ich mich nicht früher an Scotland Yard gewandt habe. Aber wenn es Ihnen irgendwie möglich ist, möchte ich Sie bitten, hierherzukommen, obwohl es ein vergebliches Unternehmen sein wird, den Fall aufzuklären.«

Der Redner ging mit diesem Brief zum Polizeipräsidenten. Es war gerade nicht viel zu tun, und er erhielt die Genehmigung, nach Burntown zu fahren. Sein Freund holte ihn auf dem Bahnhof ab.

»Die Verhandlung findet schon nächste Woche statt, und ich sehe keine Möglichkeit, daß Sie bis dahin entlastendes Material beischaffen könnten. Die Beweise, die wir in der Hand haben, genügen vollkommen, um die arme Person an den Galgen zu bringen. Es tut mir wirklich leid um sie«, fügte er hinzu. »Sie ist eine schöne Erscheinung, und sie war viel zu gut für ihren Mann, einen unduldsamen, nörgelnden Menschen, der obendrein noch Halbinvalide war und sie von morgens bis abends quälte. Sie war eigentlich im Recht – wenn sie es wirklich getan haben sollte.«

Der verstorbene Mr. Fainer war ein wohlhabender Kaufmann gewesen, der sich schon als Dreißiger vom Geschäft zurückgezogen hatte. Zehn Jahre später hatte er die junge Dame geheiratet, die jetzt im Gefängnis saß. Sie hatte kein schönes Leben an seiner Seite, denn er war ein harter Mann, mit dem man schlecht auskommen konnte. Aber allem Anschein nach hatte sie ihr Los getragen, ohne zu klagen und zu murren. Bekannte hatte sie kaum. Nur mit einem gewissen Mr. Alexander Brait war sie befreundet, der eine Anzahl bedeutender Firmen vertrat und eine Generalagentur besaß.

Mr. Brait war ein sehr angesehener Bürger in Burntown. Er betätigte sich in der Jugendfürsorge, war ein guter Redner und Mitglied des Kirchenchors, interessierte sich auch sonst für wohltätige Zwecke und stand überall in dem besten Ruf.

»Zweifellos traute auch der verstorbene Fainer seinem Freunde Brait mehr als jedem anderen«, berichtete der Kollege Mr. Raters. »Das ist auch leicht erklärlich, denn Brait ist ein offener, freier Charakter, der Sinn für Humor hat und durch seine witzige Unterhaltung Fainer oft aus seiner trüben Stimmung riß. Dadurch hat er auch das Leben der Frau etwas erleichtert. Es ist direkt tragisch, daß ausgerechnet er der Hauptzeuge für die Staatsanwaltschaft ist.«

»Wie kommt denn das? Hat er gesehen, daß sie ihm das Gift gab?« fragte der Chefinspektor.

Zu seinem größten Erstaunen nickte sein Freund.

»Allem Anschein nach ist dem Mann das Gift während des Tees beigebracht worden. Fainer, seine Frau und Brait waren im Zimmer. Sie reichte ihrem Mann eine Schale mit Gebäck. Daraufhin wurde ihm übel – er starb am nächsten Morgen. Bei der Obduktion stellte man Arsenvergiftung fest. Brait wußte nichts davon, da er gleich nach dem Tee weggegangen war. Er erfuhr es erst am nächsten Tag und kam dann in eine furchtbare Situation. Er hatte nämlich Mrs. Fainer an dem Nachmittag des Unglückstages getroffen, und sie hatte ihn gebeten, von einer Apotheke Arsen zu besorgen. Mr. Brait war bestürzt über dieses Ansinnen, wollte sie aber nicht beleidigen und sagte, er könnte es nur beschaffen, wenn er dem Apotheker angäbe, zu welchem Zweck er es haben wollte, und gleichzeitig ein ärztliches Rezept vorzeigte. Sie geriet daraufhin in große Verwirrung und bat ihn, die Sache zu unterlassen. Als er dann später zum Tee zu Fainers kam, erwähnte sie nichts mehr davon.«

»Wurde denn später Arsen im Hause gefunden?«

»Nein. Obwohl wir alles genau durchsuchten, konnten wir nicht die geringste Spur entdecken. Ebensowenig war festzustellen, wo das Arsen gekauft wurde. Sie bestreitet auch aufs entschiedenste, ihrem Mann das Gift gegeben zu haben. Sie gibt zwar zu, daß sie Brait an dem Nachmittag in der Stadt getroffen hätte, und zwar in der Hauptgeschäftsstraße, wie auch er aussagt, aber sie erklärt mit aller Bestimmtheit, daß sie nicht mit ihm über Arsen gesprochen hätte. Brait ist darüber nicht verwundert. Er ist ein vernünftiger Mann und sieht vollkommen ein, daß die unglückliche Frau lügen muß, um ihr Leben zu retten.«

»Wie lange wohnt Brait schon in der Stadt?«

»Ungefähr fünf Jahre. Er ist hier sehr geachtet und angesehen.«

Und nun hörte der Redner aufs neue von allen Vorzügen dieses Mannes.

»Hatte sie irgendeinen Liebhaber?« unterbrach er seinen Freund.

»Nein, mein Lieber, daran ist gar nicht zu denken. Wir haben uns natürlich in jeder Weise erkundigt, aber nichts herausgefunden, was darauf hindeuten könnte.«

»Ich weiß eigentlich nicht, wie ich noch bei der Aufklärung des Falles helfen könnte. Es handelt sich höchstens noch darum, nachzuweisen, woher das Arsen gekommen ist.«

»Ja, das stimmt«, erwiderte Raters Kollege. »Dabei haben eben meine Beamten vollkommen versagt.«

Der Redner erinnerte sich in diesem Augenblick zufällig an das, was er durch sein Radio gehört hatte, und rief sofort den Oberkellner des Orpheum-Hotels an, der ihm persönlich bekannt war.

»Die Herren sprachen über Arsen? Das könnte nur Mr. Langfort aus Glasgow gewesen sein. Er ist der Inhaber einer großen chemischen Fabrik. Seit gestern ist er hier, und morgen früh fährt er wieder nach Glasgow ab. Wollen Sie mit ihm sprechen?«

»Ja, wenn es möglich ist.«

Mr. Rater mußte fünf Minuten warten, bis Mr. Langfort gerufen worden war. Er erkannte die Stimme sofort wieder, die er am vergangenen Abend durch den Lautsprecher gehört hatte. Er gab sich zu erkennen, was großen Eindruck auf Langfort machte, und erklärte dann den Zweck seines Anrufs.

»Zu komisch, daß Sie mich gehört haben. Das würde meine Frau ja sehr interessieren! Es stimmt, ich sprach über Arsen. Aber ich wäre Ihnen sehr dankbar, wenn Sie nicht erwähnten, daß ich mich mit einer Dame unterhielt ...«

Der Redner lächelte und beruhigte ihn über diesen Punkt.

»Es handelte sich um einen Mann, den ich gestern auf der Straße traf. Er besuchte mich früher einmal in Glasgow. Es muß ein Reisender oder ein Vertreter großer Firmen sein. Ich erkannte ihn zufällig wieder. Er hat bei mir ein Pfund Arsen gekauft, ich kann Ihnen auch noch das genaue Datum geben. Ich habe nämlich ein ganz vorzügliches Gedächtnis ...«

Der Redner ließ ihn erst fünf Minuten über sich und seine Person sprechen, bevor er ihn höflich an das eigentliche Thema der Unterhaltung erinnerte.

»Sie wollen seinen Namen wissen? Er hieß Grinnet. Und er hatte ein Geschäft in Bristol. Soviel ich weiß, hatte er auch einen bescheidenen Handel nach Übersee, aber der Kerl hat nicht bezahlt. Nach all diesen Jahren habe ich ihn nun hier in London wiedergetroffen!«

»Hat er denn wenigstens jetzt seine Rechnung beglichen?«

»Darauf können Sie sich verlassen«, erwiderte Mr. Langfort triumphierend. Er war sehr zugänglich und wollte alles erzählen, was er wußte, aber der Redner dämpfte den Wortschwall des Mannes, da er nur gewisse Einzelheiten brauchte. Er machte sich Notizen, obwohl er nicht wußte, ob sie jemals nur den geringsten Wert für ihn haben könnten.

Am Abend speiste er mit seinem Freund und Kollegen und fragte bei der Gelegenheit, ob er die Gefangene besuchen könnte.

»Natürlich. Kommen Sie morgen früh ins Gefängnis. Ich werde dafür sorgen, daß alle Formalitäten vorher erledigt sind. Ich glaube allerdings kaum, daß sie Ihnen viel sagen wird, und mir tut es auch leid, wenn ich dazu beitragen muß, sie noch mehr zu belasten. Aber vielleicht können Sie mit ihr sprechen und sie zur Vernunft bringen. Machen Sie doch eine

Andeutung, daß sie dem Todesurteil entkommen kann, wenn sie ein volles Geständnis ablegt.«

Am nächsten Morgen ging der Redner um neun Uhr durch das düstere Tor des Wilsey-Gefängnisses und wurde zu dem Wartezimmer der Frauenabteilung geführt. Gleich darauf öffnete sich eine Tür an der gegenüberliegenden Seite, und eine Frau trat in den Raum. Sie sah bleich und apathisch aus, aber sie bewahrte ihre Haltung.

Der Redner war durchaus nicht sentimental, aber noch nie war ihm eine schöne Frau so fesselnd und anziehend erschienen. Ihr Anblick erschütterte ihn. Aber er war sich nicht darüber klar, ob ihn die furchtbare Lage bedrückte, in der sie sich befand, oder ob ihr ruhiges Wesen, das von Unschuld sprach, so großen Eindruck auf ihn machte.

»Ich bin Chefinspektor Rater von Scotland Yard«, sagte er freundlich, »und ich möchte gern mit Ihnen sprechen.«

Sie schloß einen Moment die Augen und schüttelte müde den Kopf.

»Ich weiß nicht, was ich Ihnen noch sagen sollte. Ich habe den anderen Beamten schon alles erzählt.«

Er ging zu dem Tisch, setzte sich dicht neben sie und gab dem anwesenden Wärter ein Zeichen, sich in eine Ecke des großen Raumes zurückzuziehen.

»Ich will Ihnen sagen, was Sie mir mitteilen sollen.«

»Woher das Gift kam? Ich weiß es nicht. Das habe ich nun schon so oft erklärt. Ich erwarte auch gar nicht, daß Sie es mir glauben.«

»Die Gerichtsverhandlung gegen Sie findet nächste Woche statt. Wollen Sie bei der Geschichte bleiben, die Sie über Mr. Brait erzählt haben?«

»Ich habe mit Mr. Brait niemals über Gift gesprochen. Darauf kann ich einen Eid leisten. Aber das macht wohl auch keinen Unterschied.«

»Wissen Sie, warum Mr. Brait Ihren Angaben widerspricht?«

Sie zuckte die Schultern.

»Das kann ich Ihnen nicht sagen.«

Der Redner hatte ein erstaunlich und geradezu unheimlich feines Einfühlungsvermögen. Ihr Achselzucken und der Ton ihrer Stimme verrieten ihm mehr, als sie ahnte.

»Sind Sie mit Mr. Brait sehr befreundet?«

»Nein«, erwiderte sie zögernd, »nicht sehr.«

»Hat er jemals versucht, zu Ihnen in nähere Beziehungen zu treten?«

»Darüber möchte ich nicht sprechen.«

»Hat er Ihnen nie eine Liebeserklärung gemacht?«

Sie sah ihn bestürzt an.

»Wer hat Ihnen das gesagt?«

»Er hat Ihnen also eine gemacht?«

Sie seufzte.

»In gewisser Weise ja. Aber woher wissen Sie das?«

»Wie sieht Mr. Brait denn eigentlich aus?«

Ein scheuer, verwunderter Blick streifte ihn.

»Haben Sie ihn denn noch nicht gesehen?«

»Nein, ich bin bisher nur mit dem Polizeidirektor zusammengekommen. Ich weiß nicht, ob Sie mir glauben, Mrs. Fainer, aber ich möchte Ihnen tatsächlich helfen, und ich stelle Ihnen keine Fallen, wenn ich Sie etwas frage.«

Sie schaute ihn lange und prüfend an.

»Ich glaube es Ihnen«, entgegnete sie dann. »Ich habe Ihren Namen schon gehört, Mr. Rater. Man nennt sie doch den Redner?« Ein schwaches Lächeln glitt über ihre blassen Züge. »Heute machen Sie diesem Namen tatsächlich einmal Ehre.«

Er konnte es nicht verhindern, daß er leicht errötete.

»Da mögen Sie recht haben«, sagte er zurückhaltend. »Aber wollen Sie mir nicht etwas mehr von Mr. Brait erzählen?«

Ihre Geschichte war nicht lang. Zweimal hatte sie einen unangenehmen Auftritt mit ihm gehabt, und er hatte ihr auch ein paar Briefe geschrieben.

Der Redner wußte, daß sie ihm verschwieg, wie schrecklich diese unangenehmen Auftritte für sie gewesen sein mußten.

»Haben Sie diese Briefe aufgehoben?«

Sie zögerte wieder.

»Ja. Ich war deshalb ein wenig in Unruhe, aber ich wollte sie aufheben für den Fall... Sehen Sie, mein Mann glaubte vollkommen an den ehrlichen Charakter Mr. Braits, aber ich habe mich sehr vor ihm gefürchtet. Ich legte die Briefe in einen Kasten und verschloß ihn, aber mein Mann muß ihn in meiner Abwesenheit geöffnet haben. Als ich ihn nach einiger Zeit wieder aufmachte, waren die Briefe nicht mehr darin. Ich weiß nicht, wie er auf den Gedanken kam, den Kasten zu durchsuchen, denn ich verwahrte gewöhnlich nur leeres Briefpapier darin.«

»Hat Ihr Mann mit Ihnen über diese Sache gesprochen?«

»Nein.«

»Es könnte doch aber auch sein, daß einer der Dienstboten die Biefe entwendet hat. Sind Sie überhaupt sicher, daß die Briefe wirklich herausgenommen wurden? Vielleicht liegen sie noch darin?«

»Ich bin meiner Sache ganz sicher. Noch kurz vor meiner Verhaftung sah ich nach. Die Polizei hat den Kasten jetzt in Verwahrung. Aber man hat kein Beweismaterial gegen mich darin gefunden.«

Sie lächelte ihn wieder an.

»Aber nun sagen Sie mir, wie sieht Brait aus?«

Sie beschrieb ihn mit einigen Worten.

»In mancher Beziehung hat er einen sehr schlechten Charakter, und man kann ihn ja schließlich nicht dafür tadeln, daß er sich in eine Frau verliebt. Wenn er mir nur das nicht angetan hätte! Er sieht sehr vorteilhaft aus, ist aber viel älter, als er auf den ersten Blick erscheint. Und er hat hübsche blaue Augen. Sie werden ihn wahrscheinlich noch sehen.«

»Ja, heute abend spreche ich mit ihm«, entgegnete Mr. Rater, und zu ihrem größten Erstaunen erhob er sich. »Ich glaube, ich brauche weiter keine Fragen mehr an Sie zu richten. Nur möchte ich wissen, ob der Kasten ein gewöhnliches Schloß hatte.«

Sie schüttelte den Kopf.

»Nein, das ist ja das Merkwürdige. Der Kasten ist ein Hochzeitsgeschenk und hat ein Yaleschloß. Der einzige Schlüssel dazu war in meinem Besitz.«

»Warum verwahrten Sie denn Briefpapier darin?«

Sie errötete.

»Mein Mann sah nicht gern, daß ich Briefe schrieb. Er war wirklich sehr geizig und zählte jeden Morgen die Briefbogen auf dem Schreibtisch nach. Über jedes Blatt Papier und über jedes Kuvert mußte ich ihm Rechenschaft geben. Das klingt lächerlich, nicht wahr? Ich kaufte mir deshalb Briefpapier in der Stadt und verwahrte es in dem Kasten. Er war immer eifersüchtig, daß ich alte Freundschaften weiterpflegte und mit einigen Damen korrespondierte, die ich von der Schulzeit her kenne. Das werden Sie leicht beweisen können, aber ich weiß nicht, wozu das helfen könnte.«

»Warum haben Sie denn der Polizei nichts von Braits Liebeserklärungen erzählt, als Sie verhaftet wurden?«

Sie schauderte zusammen.

»Ich dachte nicht, daß mir das irgendwie nützen könnte.«

Der Redner verließ das Gefängnis mit der festen Überzeugung, daß die Frau unschuldig war, und es war ja nicht das erstemal in seinem Leben, daß er sich auf die Seite der Verteidigung stellte. Aber noch nie hatte sein inneres Gefühl so sehr für einen Angeklagten gesprochen wie in diesem Fall.

Am Abend kam er mit Mr. Brait zusammen und sagte ihm, daß er Mrs. Fainer im Gefängnis getroffen hätte und daß sie beharrlich bei ihrer Aussage bliebe, nicht über Arsen mit ihm gesprochen zu haben.

Mr. Brait hörte zu und machte ein trauriges Gesicht.

»Ich wünschte wirklich, ich hätte sie an dem Tag niemals getroffen. Ich hatte auch erst gar nicht die Absicht, in die Stadt zu gehen. Es war der reinste Zufall, daß ich ihr nachher begegnete. Ich habe die Frau sonst sehr gern.«

»Was meinen Sie damit? Lieben Sie die Dame?«

Mr. Brait wurde rot.

»Ich weiß nicht, wie Sie dazu kommen, eine solche Frage an mich zu stellen«, erwiderte er etwas von oben herab. »Ich habe sie sehr gern, weil sie eine hübsche Erscheinung ist. Mit ihrem Mann war ich enger befreundet als mit ihr. Das ist alles.«

»Haben Sie ihr Briefe geschrieben?«

Mr. Brait lächelte.

»Hat sie Ihnen das gesagt? Nun, dann will ich es nicht abstreiten. Ich habe ihr ein paar kurze Mitteilungen geschickt, wann ich abends zum Kartenspiel kommen würde und dergleichen. Meinen Sie, ich hätte ihr auch noch andere Briefe geschrieben?«

»Ich meine gar nichts, ich frage Sie nur«, entgegnete der Redner kurz.

Nachdem Brait gegangen war, machte der Polizeidirektor, in dessen Büro die Unterhaltung stattgefunden hatte, seinem Kollegen Vorwürfe.

»Ich glaube nicht, daß Sie auf diese Weise mit Brait umgehen sollten. Er ist wirklich ein sehr anständiger und geachteter Mann. Der tut keinem Menschen etwas zuleide. Welche Meinung haben Sie denn von Mrs. Fainer?«

»Ich habe den besten Eindruck von ihr.«

Am nächsten Morgen war Mr. Rater schon frühzeitig unterwegs, und der junge Detektiv, der ihm zur Unterstützung beigegeben war, brachte ihm verschiedene interessante Neuigkeiten.

»Braits Bürojunge hat seine Stelle verloren, weil er während der Geschäftszeit rauchte. Ich habe mich mit ihm unterhalten, er ist ein intelligenter Bursche.«

»Ich hasse intelligente Burschen«, brummte der Redner. »Mir ist es viel lieber, wenn sie vernünftig und normal sind.«

Aber später wußte er die Intelligenz des Jungen doch sehr zu schätzen, als er durch dessen Vermittlung ein Tagebuch erhielt. Während der nächsten Tage fuhr Mr. Rater dreimal zu einer benachbarten Stadt, die fünf Meilen entfernt lag. Das tat er nur, weil er von dort aus telefonieren konnte, ohne die Neugierde der lokalen Zentrale zu erregen. Er führte Ferngespräche mit St. Helens in Lancashire und mit einem Pfarrer in einer Stadt in Somerset. Als er abends nach Burntown zurückkehrte, war bis auf das Geheimnis des verschlossenen Kastens alles aufgeklärt.

Der Polizeidirektor bewahrte ihn in seinem Büro auf.

»Er hat absolut keinen Wert. Mrs. Fainer gab uns auch den Schlüssel dazu. Aber es liegt nur leeres Briefpapier darin.«

»Ist das Papier noch darin?«

»Ich glaube«, erwiderte sein Freund erstaunt und holte den Kasten herbei. »Hier ist auch der Schlüssel.«

Mr. Rater schloß auf und klappte den Deckel zurück.

Es lagen ungefähr ein Dutzend Briefbogen von verschiedener Größe und ein halbes Dutzend Kuverts darin.

»Ich möchte nur wissen, warum sie Briefpapier von so verschiedenem Format kaufte?« meinte der Chefinspektor.

Er nahm die drei obersten Bogen heraus und legte sie auf den Tisch. Daneben breitete er die übrigen aus, die größer waren.

»Und warum hob sie angeschmutztes Briefpapier auf?«

»Ja, wie in aller Welt soll ich denn das wissen?«

Mr. Rater lächelte, was selten genug vorkam.

»Ich werde diese Bogen mitnehmen, wenn Sie nichts dagegen haben. Morgen fahre ich nach London; am Sonntag bin ich wieder zurück. Aber bevor ich fahre, möchte ich noch einmal Mrs. Fainer sprechen.«

Er hatte eine merkwürdige Unterhaltung mit ihr. Als sie diesmal in den Raum trat, war ihr Schritt fester und sicherer, und die Apathie war aus ihren Zügen gewichen.

Und doch hatte ihre veränderte Haltung einen ganz anderen Grund, als er annahm.

»Ich habe es aufgegeben«, sagte sie. »Es ist am besten und wird mir am leichtesten. Ich wünschte nur, der Prozeß wäre schon vorüber.«

»So dürfen Sie nicht sprechen«, erwiderte er düster.

Einen Augenblick leuchteten ihre Augen auf, aber der Glanz erlosch sofort wieder.

»Mr. Rater, wenn mich die Geschworenen wirklich durch einen fast undenkbaren Glücksumstand für unschuldig erklärten, hätte das Leben doch keinen Zweck mehr für mich. Ich bin für immer gezeichnet. Ich müßte das Land verlassen, und mein Mann hat mir nichts hinterlassen. Noch kurz vor seinem Tode hat er sein Testament widerrufen, weil er glaubte, daß ich ihn vergiftet hätte. Ich fühle mich nicht mehr stark genug, mit einer solchen Bürde noch einmal den Kampf ums Dasein aufzunehmen.«

»Aber sie könnten doch wieder heiraten«, entgegnete der Redner, ohne sie anzusehen.

Sie schaute ihn sonderbar an.

»Was sind Sie doch für ein merkwürdiger Mann, Mr. Rater! Sie gleichen nicht ein bißchen den Beschreibungen, die ich von Ihnen in den Zeitungen gelesen habe.«

Er stand auf und räusperte sich.

»Sie müssen dem Leben ganz anders gegenübertreten.«

»Glauben Sie denn, daß mich die Geschworenen freisprechen?« fragte sie überrascht.

»Das glaube ich nicht nur, das weiß ich ganz sicher. Sehen Sie, die Putzfrau hat die Jacke aufgehoben, um die Hosen ihres kleinen Jungen damit zu flicken.«

Sie schaute ihn an, als ob sie einen Betrunkenen vor sich hätte, und er las ihre Gedanken in ihrem Blick.

»Nein, ich bin nicht verrückt«, sagte er und verließ das Zimmer schnell.

Der junge Detektiv war bei seinen Nachforschungen auf die Putzfrau gestoßen, und es war bereits ein Bericht nach Scotland Yard unterwegs, in dem Mr. Rater empfahl, den Mann ins Polizeipräsidium nach London zu versetzen.

Der Redner war zwei Tage in London, dann kam er mit dem Sechsuhrzug nach Burntown zurück. Sein Kollege holte ihn wieder an der Bahn ab.

»Ich habe wunschgemäß Mr. Brait gebeten, auf mein Büro zu kommen«, sagte er etwas kurz.

Es tat ihm bereits leid, daß er sich an Scotland Yard gewandt hatte.

»Aber ich möchte nicht haben, daß Sie ihn wieder beleidigen«, fuhr er fort. »Er war uns sehr behilflich und hat uns jede nur mögliche Information gegeben.«

»Ich weiß nicht, ob ich ihn ärgern werde oder nicht, aber ich habe herausgebracht, was Sie von mir wissen wollten, und damit sollten Sie doch eigentlich zufrieden sein.«

»Sie haben entdeckt, woher das Gift kam?«

Der Redner nickte, gab aber keine nähere Erklärung.

Als sie in das Polizeibüro kamen, waren schon zwei andere Beamte zugegen. Mr. Brait erhob sich lächelnd und begrüßte den Redner. Aber Mr. Rater übersah die Hand, die ihm der Mann reichen wollte.

»Wie lange wohnen Sie schon in Burntown?« fragte er ohne weitere Einleitung.

»Fünf Jahre.«

»Wo hielten Sie sich vorher auf?«

Mr. Brait erzählte es ihm.

»Hatten Sie dort auch eine Generalagentur?«

Der Zeuge nickte.

»Waren Sie sehr überrascht, als Mrs. Fainer sie bat, Arsen für sie zu kaufen?«

»Natürlich.«

»Sie haben vermutlich niemals mit Arsen gehandelt?«

»Nein«, entgegnete Mr. Brait mit fester Stimme.

»Sie haben niemals Arsen pfundweise von der Fabrik gekauft? Ich frage Sie das, weil ich beweisen kann, daß Sie an dem Tag, an dem Mr. Fainer erkrankte, ein eingeschriebenes Paket erhielten. In Ihren Büchern ist es als ›Chemikalien‹ eingetragen, aber ich habe die Firma in St. Helens gefunden, die es Ihnen lieferte.«

Brait nickte ruhig.

»Ja, ich kann mich jetzt entsinnen. Ich kaufte ein Pfund oder auch ein halbes – das weiß ich nicht mehr genau – und ließ es noch am selben Tage an einen Kunden in Schanghai weitergehen.«

»Wer war dieser Kunde?«

»Daran kann ich mich im Augenblick nicht erinnern.«

»Haben Sie den Einlieferungsschein für die eingeschriebene Sendung, die Sie nach Schanghai schickten?«

Mr. Brait zögerte eine Sekunde.

»Das Paket war nicht eingeschrieben.«

»Warum denn nicht? Sie haben doch der Firma in St. Helens Auftrag gegeben, Ihnen das Arsen eingeschrieben zu senden. Weshalb haben Sie es dann nach China gesandt, ohne diese Vorsichtsmaßregel zu ergreifen?«

Mr. Brait antwortete nicht.

»Um wieviel Uhr haben Sie es zur Post gegeben?«

»Um eins«, entgegnete Mr. Brait unvorsichtig.

Der Redner nützte sofort die Blöße aus, die sich der andere gegeben hatte.

»Das war zehn Minuten, bevor Sie Mrs. Fainer verließen. Sie hatten das Gift also damals in der Tasche?«

Mr. Brait wurde rot, dann bleich.

»Ich beantworte Ihnen keine Fragen mehr«, erwiderte er wütend.

»Im Gegenteil, Sie werden mir jede Frage beantworten, die ich an Sie stelle!« sagte der Chefinspektor scharf. »Sie gingen dann nicht gleich zur Post?«

»Nein, ich habe das Päckchen erst am Abend aufgegeben«, entgegnete Mr. Brait düster.

»Dann hatten Sie also das Arsen bei sich, als Sie bei Fainers zum Tee erschienen? Ich nehme an, daß das Paket in Ihrer Jackentasche aufgerissen war, als Sie nach Hause zurückkehrten. Am nächsten Tag haben Sie die Jacke verbrannt. Aber dabei hatten Sie Pech – die Putzfrau nahm sie an sich. Sie war nur angebrannt, auch die Tasche war heilgeblieben. Und darin habe ich Spuren von Arsen gefunden. Was sagen Sie dazu?«

Mr. Brait atmete schwer.

»Ich will Ihnen noch etwas mitteilen«, fuhr Mr. Rater fort. »Vor fünf Jahren haben Sie schon einmal Arsen von einer Firma in Glasgow bezogen, aber erst neulich, als der Lieferant Sie in London traf, haben Sie die Sendung bezahlt. Der Mann wird als Zeuge geladen, um Sie bei der Verhandlung zu identifizieren. Seinerzeit wurde das Arsen nach der Stadt geschickt, in der Sie früher wohnten und auch eine Generalagentur hatten. Jenes Arsen haben Sie wohl auch nach China geschickt?«

Mr. Brait antwortete wieder nicht.

»Drei Tage darauf starb Ihre erste Frau!«

Jetzt sprang der Mann wütend auf.

»Was behaupten Sie da?« schrie er außer sich. »Warum sollte ich denn Mr. Fainer umbringen – er war doch mein bester Freund!«

»Weil Sie seine Frau liebten und ihr in Ihren Briefen den Vorschlag machten, mit Ihnen zu fliehen.«

»Dann müssen Sie aber erst diese Briefe als Beweis vorlegen!«

»Das werde ich auch tun. Ich habe sechs Stück in einem Kasten von Mrs. Fainer gefunden. Sie selbst glaubte allerdings, sie wären herausgenommen worden, aber das stimmte nicht. Die Tinte war nur vollständig verblaßt. Und wer Liebesbriefe mit unsichtbarer Tinte schreibt, ist ein Schuft. Verhaften Sie ihn!«

Ein Beamter sprang zur Tür, um Mr. Brait abzufangen, als er hinauseilen wollte. Einen Augenblick blieb der Verbrecher stehen, als ob er nicht wüßte, was er tun sollte, dann riß er den Revolver aus der Tasche, bevor der Redner ihn erreichen konnte.

Ein Schuß krachte, und Mr. Brait fiel zu Boden.

Die Verhandlung gegen Mrs. Fainer, die ihren Mann ermordet haben sollte, war nur ganz kurz, und nachher nahm sie der Redner in seinem Sportwagen nach London mit. Unterwegs sprach er aber nur einmal, und zwar als sie auf der Spitze eines Hügels haltgemacht hatten. Man hatte dort einen wundervollen Ausblick über ein weites, prächtiges Tal, durch das sich in vielen Windungen ein Fluß hinzog. Er sprach allerdings lange und eindringlich.

Seine Frau erinnerte ihn später noch oft an diese folgenschwere Durchbrechung seines heiligen Prinzips.

ENDE

INHALT

Bitte beachten Sie die folgenden Anzeigenseiten. Die dort angegebenen Preise entsprechen dem Stand vom Frühjahr 1973 und können sich nach wirtschaftlichen Notwendigkeiten ändern.

Die roten Goldmann KRIMI

Richard T. Bickers
Futter für den Hai
192 Seiten. Band 3248. DM 3.–

Eigentlich wollte Flugkapitän Paul Torrence in Südafrika mit seiner Verlobten Ferien machen. Er startet – und gerät in einen Wirbel von Gefahren und Verbrechen ... Mord, Diamantenschmuggel und Menschenraub auf einer Insel vor Südafrika.

Frances Keinzley
Der Mörder läßt bitten
176 Seiten. Band 3252. DM 3.–

Neuseeland. Sieben angesehene Bürger treffen sich in einem einsamen Berghaus. Keiner will es zugeben, aber sie wurden von einem Erpresser dorthin befohlen. Welches Geheimnis verbindet die sieben? Es dauert nicht lange, dann fragen sich sechs: Wer war der Mörder?

Helen Nielsen
Mord ist ansteckend
192 Seiten. Band 3253. DM 3.–

Der dritte Mord in drei Tagen. Für eine Stadt wie San Diego keine Sensation, aber Rechtsanwalt Simon Drake ahnt gewisse Zusammenhänge. Drake muß sehr behutsam vorgehen, denn seine Freundin scheint in den Fall verwickelt. Und dann geschieht ein vierter Mord.

WILHELM GOLDMANN VERLAG MÜNCHEN

Die roten Goldmann KRIMI

Paul Kruger
Ein Sarg nach Maß
192 Seiten. Band 3254. DM 3.–

Sie lag am Boden. Tot. Neben dem Holzscheit, mit dem man sie erschlagen hatte. Der Fall wird immer verwirrender für Rechtsanwalt Phil Kramer. Denn es bleibt nicht bei dem einen Mord.
›Ein erstklassiger Autor – ein neues Talent auf dem Gebiet des Kriminalromans‹, urteilt die Presse.

Ben Healey
Gefährlicher Schnee
192 Seiten. Band 3256. DM 3.–

Auf die Villa Cevedala sind die Einwohner von Sulden besonders stolz: Kinder können dort dank des menschenfreundlichen Dr. Kleber kostenlos Skiferien machen. Das Haus in Südtirol interessiert aber nicht nur Amateurdetektiv Paul Hedley, sondern auch den britischen Geheimdienst.

Douglas Rutherford
Das Rennen ist gelaufen
192 Seiten. Band 3258. DM 3.–

Von seinem Sieg auf dem Nürburgring hängt das Schicksal der ›Crawford Motors‹ ab. Es ist seine letzte Chance, das weiß der Rennfahrer Patrick Crawford ganz genau. Was er nicht weiß: Er hat einen Gegner, der schon einmal gemordet hat . . .

WILHELM GOLDMANN VERLAG MÜNCHEN

Die roten Goldmann KRIMI

Lilian J. Braun
Kater Kokos zweiter Fall
192 Seiten. Band 3260. DM 3.–

Bei seinem Bericht für das Feuilleton des ›Daily Fluxion‹ stößt Jim Qwilleran auf sehr merkwürdige Ereignisse im Zusammenhang mit dem Tod des Kunsthändlers Andrew Glanz.
Siamkater Koko hilft seinem Herrn, auf der richtigen Spur in dem Mordfall zu bleiben.

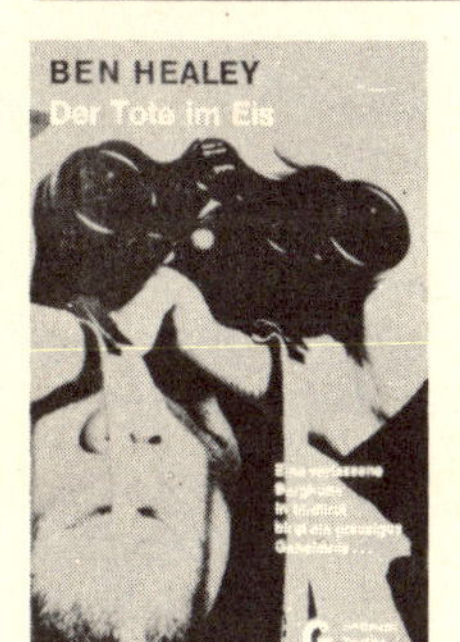

Ben Healey
Der Tote im Eis
160 Seiten. Band 3261. DM 3.–

Vorsichtig schleicht Paul Hedley die Stufen hinab, die zur Hauskapelle führen. Dann steht er wie erstarrt. In der Kapelle brennen riesige Wachskerzen. Sie beleuchten das Gesicht eines Toten. Das verlassene Berghaus in Südtirol umgibt ein Geheimnis.

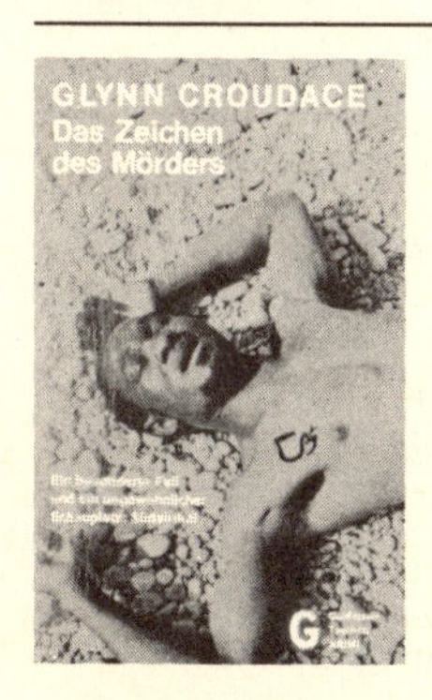

Glynn Croudace
Das Zeichen des Mörders
160 Seiten. Band 3266. DM 3.–

Ein besonderer Fall und ungewöhnlicher Schauplatz. Das Flugzeug tauchte über der Wüste auf. Plötzlich – ein greller Blitz.
Der Beobachter nickte zufrieden. Er fuhr zu der Absturzstelle. Der Pilot war tot. In seiner Tasche steckte ein Vermögen: Diamanten.

WILHELM GOLDMANN VERLAG MÜNCHEN

Die roten Goldmann KRIMI

Victor Canning
Rivalen am Riff
160 Seiten. Band 3267. DM 3.–

Zwei erbitterte Feinde stehen sich in einem schier aussichtslosen ›kalten Krieg‹ gegenüber: Casares Manasco will alle Träume von Nick Thorne in Scherben schlagen. Zwischen beiden steht eine leidenschaftliche Frau, der Funke unterm Pulverfaß. Schauplatz: Mallorca

---

Lovat Marshall
Vier Fuß unterm Apfelbaum
160 Seiten. Band 3270. DM 3.–

Lew Archer steht nicht zum erstenmal vor Gericht. Doch Privatdetektiv Sugar Kane glaubt nicht an die Schuld des Angeklagten. Aber er braucht Beweise – und die kann ihm nur der wahre Mörder liefern ...
Der Roman spielt in London.

Jay Barbette
Zwischen den Zeilen
160 Seiten. Band 3277. DM 3.–

Einen Doppelgänger zu haben, ist schon unangenehm genug. Aber der Unbekannte will außer dem Leben des Börsenmaklers John Brainerd auch noch seine Frau und sein Vermögen. Erst als Brainerd einem zweiten Mordanschlag entgangen ist, weiß er, wo er ansetzen muß ...

WILHELM GOLDMANN VERLAG MÜNCHEN

Die roten Goldmann KRIMI

Joan Fleming
Man töte dieses Weib!
176 Seiten. Band 3278. DM 3.–

Sie saß in einem Boulevardcafé in Paris und zeigte ihre hübschen Beine ...
Der Mann mit dem Regenschirm nahm den Köder an – und die Falle schnappte zu.
Es war Mord, was sie von ihm verlangte. Und sie war daran gewöhnt, daß sie bekam, was sie wollte ...

William Maner
Mord in besseren Kreisen
192 Seiten. Band 3279. DM 3.–

Luke Sampson, der Emporkömmling, bewahrte die angesehene Baker-Familie vor dem Ruin. Trotzdem ist er den Bakers nicht gut genug. Das findet auch seine Frau, eine geborene Baker. Am Gipfelpunkt seiner Karriere wartet ein Mörder.
Der Roman spielt in Bakersville, USA.

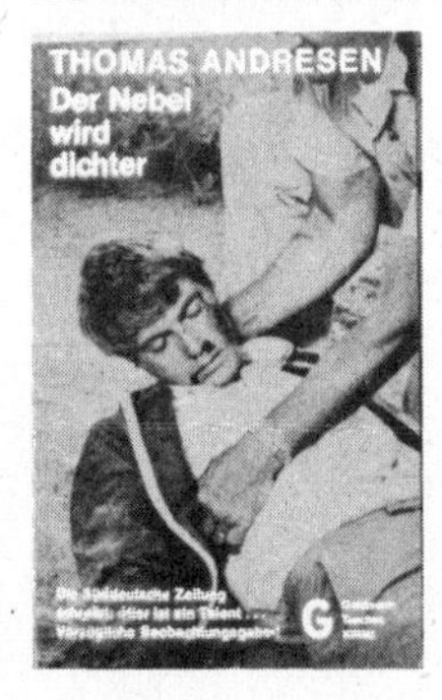

Thomas Andresen
Der Nebel wird dichter
160 Seiten. Band 3282. DM 3.–

Ein riesiger Schatten tauchte im Nebel auf. Peter Brockmann duckte sich hinter den Grabstein.
Würde der Schatten das Geldpäckchen aus der steinernen Vase herausholen?
Der Kies knirschte, eine Hand, durch den Nebel ins Gespenstische vergrößert, griff nach oben — Peter Brockmann schoß ...

WILHELM GOLDMANN VERLAG MÜNCHEN

Die roten Goldmann KRIMI

Youngman Carter
Trick 17
160 Seiten. Band 3283. DM 3.–

Ein klassischer englischer Kriminalroman mit dem berühmten Privatdetektiv Albert Campion. Auf der Suche nach dem Geologen Makepeace gerät Campion in ein schier unübersehbares Dickicht aus Raub, Entführung und – Mord ... Der Roman spielt in einer Kleinstadt bei London.

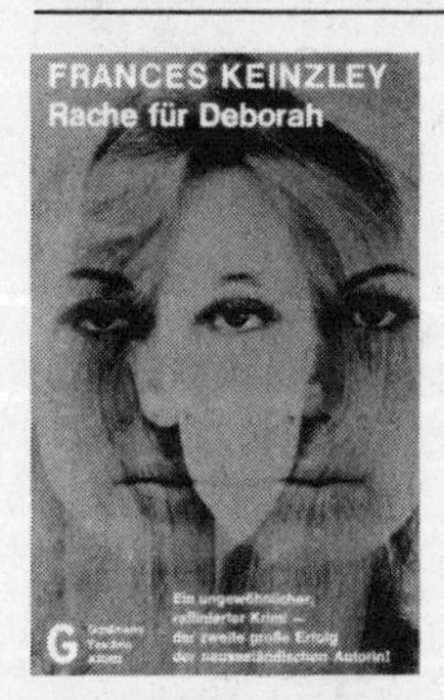

Frances Keinzley
Rache für Deborah
128 Seiten. Band 3284. DM 3.–

Schon ein halbes Jahr nach dem Tod ihrer Tochter Deborah fährt Eloise Blassing nach Neuseeland, um einen raffinierten Plan in die Tat umzusetzen. Mit ihr an Bord ist der Mann, den sie für Deborahs Mörder hält ... Der zweite große Erfolg der neuseeländischen Autorin!

Thomas B. Dewey
Der Teufel holt sie alle
160 Seiten. Band 3285. DM 3.–

Es war genau 2.18 Uhr, als das Telefon den Privatdetektiv Mac weckte. Kriminalleutnant Donovan vom Morddezernat meldete sich am anderen Ende. »Mac, ich sitze hier mit einer Toten und fühle mich ein bißchen einsam. Kommen Sie doch herüber.«
»Hören Sie, Donovan«, sagte ich, »wir haben jetzt halb drei Uhr morgens ...«
»Es ist eine Klientin von Ihnen ...«